古典詩歌研究彙刊

第二八輯

龔鵬程 主編

第 2 冊

李白《古風》五十九首研究
（第二冊）

谷 維 佳 著

國家圖書館出版品預行編目資料

李白《古風》五十九首研究（第二冊）／谷維佳 著 -- 初版
-- 新北市：花木蘭文化事業有限公司，2020〔民 109〕
目 10+210 面；17×24 公分
（古典詩歌研究彙刊 第二八輯；第 2 冊）
ISBN 978-986-518-199-4（精裝）
1.（唐）李白 2. 唐詩 3. 詩評
820.91 109010835

古典詩歌研究彙刊
第二八輯 第 二 冊
ISBN：978-986-518-199-4

李白《古風》五十九首研究（第二冊）

作 者 谷維佳
主 編 龔鵬程
總 編 輯 杜潔祥
副總編輯 楊嘉樂
編 輯 許郁翎、張雅淋 美術編輯 陳逸婷
出 版 花木蘭文化事業有限公司
發 行 人 高小娟
聯絡地址 235 新北市中和區中安街七二號十三樓
電話：02-2923-1455 ／傳真：02-2923-1452
網 址 http://www.huamulan.tw 信箱 hml810518@gmail.com
印 刷 普羅文化出版廣告事業
初 版 2020 年 9 月
全書字數 550781 字
定 價 第二八輯共 10 冊（精裝）新台幣 18,000 元
版權所有 • 請勿翻印

李白《古風》五十九首研究
（第二冊）

谷維佳　著

目
次

圖目次

第四章　李白《古風》選本定量分析 與多維考察

　　清人陳沆（1785～1826）《詩比興箋》中有一段話，指出了「選」之於李白《古風》的重要性，曰：

> 詩有必箋之而後明者，嗣宗《詠懷》、子昂《感遇》是也；有必選之而始善者，太白《古風》是也……世誦李詩，惟取邁逸……實末學之少別裁，非獨武庫之有利鈍也。《古風》五十九篇，今箋其半，彬彬乎可以興，可以觀焉。詩不云乎：「參差荇菜，左右芼之」，又曰：「他人有心，予忖度之。」〔註1〕（卷三）

陳沆認為，像阮籍《詠懷》，陳子昂《感遇》這類詩歌，從詩篇旨意到用詞、用典皆晦澀難懂，必須有人作詳細的箋注，指明其解讀的方向，而後才能使人明了其意；然太白《古風》卻不然，《古風》從遣詞用句，到篇章大旨，本就鴻明易解，不需詳箋，然其地位雖重要，卻往往遮蔽在李詩其他名篇之下，不為人所重視，只有把其中一些重要篇目揀選出來，使之走入人們的關注視野，才能懂得它的好處所在。繼而解釋了太白《古風》「必選之而始善」的緣由，他認為《古風》言多諷興寄託，可以寄情感，觀世俗，察風化，是李白詩歌中極

〔註1〕〔清〕陳沆《詩比興箋》卷三，上海古籍出版社，1981年，第131頁。

優秀的作品，然世人讀李詩，卻只喜歡那些才情肆意，豪邁飄逸之作，是因為讀者學識不夠而少判斷的緣故，就像武庫中有利器卻不能辨識。最後二句引用《詩經》中語，認為李詩就像河邊長著的荇菜，需要人去採摘揀擇，對於《古風》而言，詩人有心為之，我們也應該仔細忖度才好。

由此可見，在陳沆看來，「選」之於李白《古風》有著重要意義，這其中自然包含了「選」者的揀選原則和眼光優劣，以及時代風氣等諸多複雜問題，每個時代選本的傾向和側重都有所差異，呈現出不同的風貌特徵，並由此引發出編年、指事等一些列問題。陳沆在「興」「觀」原則指導下，《詩比興箋》卷三選李白《古風》28 篇，約占半數，並「以類從而分箋之」，認為以《蟾蜍薄太清》為始的 20 篇〔註2〕，多感時思遇之意，以《登高望四海》為開端的 8 篇〔註3〕，則是避亂遠舉之思，並由此以天寶為界，提出了太白《古風》一半作於天寶之前，一半作於天寶之後的觀點，批判前人說法多混淆；然陳沆之說也頗有值得商榷之處，打亂原本順序，以天寶為界統分兩類的做法，體現了編選者很大的主觀性，這都是基於編選者陳沆本人的選擇標準、分類原則和編次順序帶來的自然結果，並不一定是李白創作本意。

「選」之於李白《古風》的意義，不僅體現在每一個選本的個體風貌所呈現出來的不同特點，我們還可以通過歷代以來各個時段對李

〔註 2〕陳沆所選前後順序並非按通行本而來，而是自己打亂順序，大體編年之後，以天寶前後分為兩部分，天寶前的包括：《蟾蜍薄太清》《周穆八荒意》《秦王按寶劍》《殷后亂天紀》《秦王掃六合》《戰國何紛紛》《蓐收肅金氣》《一百四十年》《代馬不思越》《胡關饒風沙》《羽檄如流星》《燕昭延郭隗》《大車揚飛塵》《碧荷生幽泉》《孤蘭生幽園》《羽族稟萬化》《鳳飢不啄粟》《綠蘿紛葳蕤》《青春流驚湍》《桃李開東園》，共 20 篇。

〔註 3〕天寶後的分別為：《登高望四海》《倚劍登高臺》《八荒馳驚飆》《世道日交喪》《三季分戰國》《玄風變大古》《西嶽蓮花山》《鄭客西入關》，共 8 篇。

白《古風》的不同編選狀況，從收錄文本之屬性、時段、所收篇目之多少、比重之差異等各個方面考察李白《古風》在後世傳播接受的整體態勢，消長變化，選本之間的差別，哪些詩篇在哪個時段最受人關注，各篇的總體關注度前後有無變化等，從中發現一些傳播接受中的整體規律。我們以清末為界，分為兩個時段來論。

第一節　唐至清末〔註4〕《古風》選本〔註5〕的定量分析與多維考察

一、選錄《古風》的李詩選本和唐詩古詩選本整體情況

　　約以李白《古風》產生之後為始，至清末（以 1900 年前後為分界），我們可以對這一時段選錄《古風》的主要李詩選本和唐詩古詩選本以表格的形式作一統計，以期見出唐至清末歷代《古風》入選情況的變化，其各自入選情況詳見表 6 和表 7：

表 6：唐至清末選錄《古風》的李詩選本統計表〔註6〕

朝代	編選者	選本名稱	卷　次	入選篇數
元	范梈	《李翰林詩》	卷一	15
明	張含輯、楊慎批點	《李詩選》	卷一	5
明	朱諫	《李詩選注》	卷一	59
明	梅鼎祚評、屠隆集評	《李詩鈔評》	卷二	14
明	林兆珂	《李詩鈔述注》	卷五，卷六	45

〔註 4〕略以 1900 年為界。

〔註 5〕考慮到歷代以來李白詩歌全本眾多，且肯定包含《古風》五十九首全部，全本情況將在《〈古風〉得名與傳本演變考論》一節詳論，為避免重複，故在此節表格中不再錄入全本，但對於《古風》五十九首全選，而並非李白詩歌全本者則納入考察之列。

〔註 6〕各個選本入選具體篇目，詳見附錄一《古風》全本選本統計總表，此表不再列入。

清	應時，丁谷雲	《李詩緯》	卷一，卷二	12
清	沈寅，朱崑	《李詩直解》	卷一	10
清	笈甫主人	《瑤臺風露》	卷一	59
日本	近藤元粹	《李太白詩醇》	卷一	34

上表可以見出，唐至清末選錄《古風》的李詩選本有9種。最早選錄《古風》的李詩選本出現在元代，唐宋兩朝沒有包含《古風》的李詩單選本出現，元代有1種，明代和清代皆有4種，其中最晚的一種為日本近藤元粹所編《李太白詩醇》，約出現於清末。相比表7中選錄《古風》的唐詩選本和古詩選本而言，選錄《古風》的李詩單選本在整個清末以前整體數量是比較少的。但是從卷次來看，有7種位於卷一；從入選篇數來看，有2種59首全選，入選量在30首以上的也有2種，10首以上的有4種，最少的也選了5首。可見李詩單選本的編選者還是比較重視《古風》的。

表7：唐至清末選錄《古風》的唐詩古詩選本統計表

朝代	編選者	選本名稱	卷　　次	《古風》入選篇數
唐	殷　璠	《河嶽英靈集》	卷上	1
五代	韋　縠	《才調集》	卷六	3
宋	姚　鉉	《唐文粹》	卷十四	11
宋	真德秀	《文章正宗》	卷二十二下	32
宋	祝　穆	《事文類聚》	別集卷十文章部	1
元	劉　履	《風雅翼》	卷十一	18
明	高　棅	《唐詩品匯》	卷四	32
明	吳　訥	《文章辨體》	卷十二（古詩三）	10
明	曹學佺	《石倉歷代詩選》	卷四十四上（盛唐十三上）	16

明	鍾　惺	《唐詩歸》	卷十五	1
明	張維新	《華嶽全集》	卷七	1
明	陸時雍	《唐詩鏡》	卷十七（盛唐第九）	27
明	唐汝詢	《唐詩解》	卷三（五言古詩三）	16
明	費經虞	《雅倫》	卷二十	8
明	謝天瑞	《詩法》	卷八	1
清	孫承澤	《天府廣記》	卷四十二	1
清	王夫之	《唐詩評選》	卷二	7
清	刑　昉	《唐風定》	卷之一上	5
清	徐　倬	《全唐詩錄》	卷二十	40
清	王士禎	《古詩選》	五言詩卷十六	27
清	沈德潛	《唐詩別裁》	卷二	15
清	官　修	《唐宋詩醇》	卷一	27
清	宋宗元	《網師園唐詩箋》	卷二五言古詩之二	9
清	陳　沆	《詩比興箋》	卷三	28
清	曾國藩	《十八家詩鈔》	卷四	59
清	李　鍈	《詩法易簡錄》	卷一	2
清	餘慶元	《唐詩三百首續選》	五言古詩卷	1

在上表中，唐至清末選錄李白《古風》的唐詩選本和古詩選本共有
28 種。其中唐五代 2 種，宋元 4 種，明代 9 種，清代 12 種，另有 1
種約與清末同時美國人厄內斯特・費諾羅薩（Emest. Francisco.
Fenollosa）的十九首遺稿（惜已不傳），入選《古風》3 首，但具體入
選篇目已不可知。

　　唐代選錄《古風》的唐詩選本目前所見有 2 種，最早選錄《古風》
篇章的是殷璠的《河嶽英靈集》，入選了《莊周夢胡蝶》一篇，但是
卻並非題作《古風》，而是題作《詠懷》，關於該篇的題目和是否應該

入選《古風》，是歷代以來最有爭議的地方。目前所見非最早選錄但卻最早明確題為《古風》的是五代後蜀韋縠所編的《才調集》，選錄三首，分別是：《泣與親友別》八句，《秋露如白玉》《燕趙有秀色》，總題為《古風三首》。最晚的是約與清末同時的十九世紀末美國人厄內斯特‧費諾羅薩（Emest. Francisco. Fenollosa）的李白詩歌遺稿，其中包含李白《古風》十四首，其遺稿惜已不傳，我們只能從比其稍晚的愛滋拉‧龐德（Ezra. Pound）《神州集》（*Cathay*）中得到相關蛛絲馬蹟的信息[註7]。從卷次上來看，唐詩選本中的《古風》位次就沒有什麼規律可尋了。而從入選篇數來看，25首以上的有8種，分別為宋代1種，明代2種，清代5種。只選1篇的有6種，唐宋各1種，明代有3種，清代有1種，所選篇目不一。可見自宋至清的唐詩與古詩選本中，李白《古風》所受重視程度也是逐漸加深的

結合以上兩個表格，我們可以用圖形的方式，對唐至清末各時段選錄《古風》的李詩選本和唐詩選本數量變化趨勢作一展示，如圖3所示：

圖3：唐至清末各代選錄《古風》的李詩選本和唐詩古詩選本數量變化折線圖

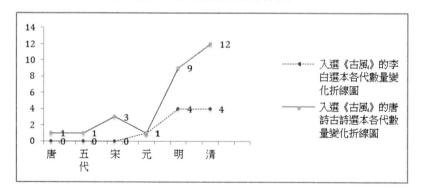

〔註7〕愛滋拉‧龐德（Ezra. Pound）從厄內斯特‧費諾羅薩（Emest. Francisco. Fenollosa）的遺稿中又選了19首中國古詩翻譯並出版為《神州集》（Cathay），其中12首為李白的詩歌，包含3首《古風》。

由圖 3 我們可以明顯得出以下幾點認識：首先，就趨勢而言，由唐至清，選錄《古風》的李詩單選本和唐詩、古詩選本，其整體數量都呈上升趨勢；其次，歷代入選《古風》的唐詩、古詩選本在數量上都大於李詩單選本，尤以清代差距最大；第三，明清兩代的選本數量遠大於之前各朝，且以清朝為最；第四，折線圖的整體走勢向我們展示了李白《古風》在選本的數量上，呈現出由沈寂到逐漸為人所認識，並至廣泛接受的一個向上的變化過程。

　　基於上述圖表中各個朝代入選《古風》的李詩選本和唐詩選本的綜合分析，結合附錄總表中每個選本所入選《古風》的具體篇目，我們接下來可以對入選篇目的具體情況，包括整體入選篇數，入選頻率最高者和最低者，各個朝代之間有無變化等相關問題作更深層次的探究。

二、唐五代至宋元：選本沈寂期

　　唐宋兩朝，目前未見有選錄《古風》的李詩單選本。就唐詩、古詩選本而言，唐 1 種，五代 1 種，宋代 3 種。在這 5 種選本中，入選《古風》詩歌數量最多的是宋代真德秀的《文章正宗》，共 32 首；最少的是《河嶽英靈集》和《事文類聚》，都只有 1 篇。這個時段單篇入選頻率最高的是《莊周夢胡蝶》篇和《大雅久不作》篇，都是 3 次。其中前者入選時間較早，在唐代就已經引起了關注；而後者雖然是《古風》中的首篇，且地位極其重要，但是直到宋代姚鉉編選的《唐文粹》才開始引起編選者的注意。需要指出的是，相對唐代入選的《古風》四篇《莊周夢胡蝶》《泣與親友別》《秋露如白玉》《燕趙有秀色》而言，《大雅久不作》篇雖然受到關注的開始時間較晚，但是一旦受到關注，即迅速成為《古風》諸篇的聚焦點，宋代以後入選《古風》者，大多繞不開該篇。

　　有唐至北宋，人們對李白《古風》的接受是沈寂的。宋初姚鉉編《唐文粹》，選唐人此類古詩 64 篇，總題曰《古風》，收李白《古風》

11 篇，包括兩宋本中沒有入選《古風》而是題作《感遇》的《咸陽二三月》一篇。伴隨著姚鉉對《大雅久不作》篇的關注，李白《古風》開始走進接受者的視野，但並未在短時間內引起重視。又經歷了約160 年，在接受層面開始認識到李白《古風》真正價值的是南宋著名的儒學家、理學家朱熹，朱熹的許多觀點都對後世的《古風》評點接受具有奠基性意義，朱熹還特地拈舉出《大雅久不作》為例，為《古風》定下了「雍容和緩」的基調。朱熹之後不久，真德秀的《文章正宗》入選《古風》數量大增，有 32 篇之多，並且也入選了《大雅久不作》篇。其後祝穆的《事文類聚》僅入選《古風》一篇，就是《大雅久不作》。從這個入選篇目的變化過程我們也能看出，陳沆所言「選」以及有識見的重要接受者對於《古風》價值發現的重要性，以及《大雅久不作》在《古風》中的重要地位。另外，這個時期，因為很多篇目都是首次入選，還有一些篇目仍然一次都沒有入選，所以討論入選頻率最少者是沒有意義的，姑且不論。

進入元代，范梈的《李翰林詩》和劉履的《風雅翼》分別選錄李白《古風》15 首和18 首，從數量上看，相差無幾。許多重要篇目如《大雅久不作》《蟾蜍薄太清》《羽檄如流星》等都得以入選。「兩宋本」沒有收入《古風》而是題作《感遇》的《寶劍雙蛟龍》篇收錄於《李翰林詩》中，《咸陽二三月》篇收錄於《風雅翼》中，但是這兩篇在「楊蕭本」中皆收入《古風》，以此可見「楊蕭本」覆蓋面之廣，影響之大。范梈《李翰林詩》所選 15 篇，其入選標準不明，既有關注現實的篇目，如《大雅久不作》《蟾蜍薄太清》《胡關饒風沙》《羽檄如流星》等，又有遊仙抒情的篇章，如《太白何蒼蒼》《客有鶴上仙》《松柏本孤直》《桃花開東園》等，對《古風》各個類型詩歌的涵蓋面比較廣，大約是各類均取其代表的緣故。但劉履《風雅翼》從選本名稱即可看出編選者是以關注現實的「風雅精神」為旨歸的，故所選篇章大多屬於比興寄託類，如《大雅久不作》《蟾蜍薄太清》《代馬不思越》《羽檄如流星》《殷后亂天紀》等，只有《綠蘿紛葳蕤》

和《青春流驚湍》兩篇屬於詩人悲感時節、傷時不遇之作。以上可以見出編選者評選標準的不同所帶來的入選篇目的差異。

從整體上看，唐至宋元，收錄《古風》的選本數量是比較少的，《古風》詩歌在整體上還處於沈寂階段，也間接地表明了此一時段《古風》在人們的接受視野上還沒有引起足夠的重視。

三、明清兩代：選本上升期

明代選錄《古風》的李詩選本有 4 種，選錄篇數最多者是朱諫的《李詩選注》，朱諫推崇李白的古詩，尤其是《古風》，故 59 篇全部選入，其評選標準、體例、及創新之處，已於它章詳論，茲不贅述。其次是林兆珂的《李詩鈔述注》，選錄《古風》45 篇，大部分重要篇目都已經涵蓋其中。然後是梅鼎祚、屠隆的《李詩鈔評》，有 14 首。張含輯，楊慎批點的《李詩選》，有 5 首。除了篇數最少的張含、楊慎的《李詩選》沒有選錄《大雅久不作》外，其餘 3 種都有選錄該篇。

就編選者的大致生卒年來看，朱諫的《李詩選注》在四者之中是最早的，其對《古風》的重視和在《古風》接受史上的地位自不待言。然因其全選的性質，且依據的是「楊蕭本」，所以爭議較大的篇章如《咸陽二三月》《寶劍雙蛟龍》《昔我遊齊都》均包含在內。張含輯，楊慎批點的《李詩選》，在入選篇數不多的情況下，首次選擇了爭議較大的《昔我遊齊都》一篇，並包含「泣與親友別」和「在世復幾時」兩個部分，三篇合而為一，成為完整的一篇，至此也表明了在某種程度上，雖然該篇的分合還存在很大問題，但是人們已經在「楊蕭本」的巨大影響下習慣性地接受了其三部分合為一篇的事實，此後《昔我遊齊都》三合為一，已經成了《古風》接受中的一個慣性認知。

明代選錄李白《古風》的唐詩選本和古詩選本共有 9 種，這個數字相對於之前各朝的總體入選情況來說，呈現出急劇增長的態勢。入

選篇數最多的是高棅的《唐詩品匯》，有 32 首；最少的只有 1 篇，有
3 種，分別是：鍾惺《唐詩歸》選《鳳飛九千仞》篇，張維新《華嶽
全集》選《西嶽蓮花山》篇，謝天瑞《詩法》選《大雅久不作》篇。
除了鍾惺、張維新、費經虞，剩下 6 種都有入選《大雅久不作》篇；
其餘，像《蟾蜍薄太清》《代馬不思越》《莊周夢胡蝶》等，也是入選
頻次比較高的篇目。

清代選錄李白《古風》的李詩選本有 4 種，其中比較特殊的是應
時、丁谷雲合編的《李詩緯》，共入選《古風》12 首，包括「正風」
7 首，「變風」5 首，顯示出了其獨特的「風雅」「正變」觀念。其次，
是沈寅、朱崑《李詩直解》選《古風》10 首，包含《大雅久不作》
篇，其選詩標準不明，但從各篇總評來看，入選者多為遊仙譏刺之作
與達生感慨之詞，其評語大抵如下：

> 《秦皇掃六合》篇：此言人君好神仙者之鑒也。
>
> 《鳳飛九千仞》篇：此篇太白借遊仙之意以自況也。
>
> 《客有鶴上仙》篇：此遊仙之詩，想亦贈答之詞，借
> 仙以比客也。
>
> 《莊周夢胡蝶》篇：此達生者之詩也。
>
> 《黃河走東溟》篇：此達生而學仙者之詩也。
>
> 《昔我遊齊都》篇：此遊仙之詩。

入選 10 首《古風》，約半數為表面上的遊仙之作，其餘亦太白達
生之歎。還有十九世紀末日本學者近藤元粹所編《李太白詩醇》1 種，
入選《古風》篇數較多，有 34 種，其選詩標準不明，評論多祖述前
人成果，較少自我發覆。這 3 種清代的《古風》李詩選本都選錄了《大
雅久不作》篇。

清代選錄李白《古風》的唐詩選本和古詩選本較多，約有 12 種，
另有十九世紀末美國學者厄內斯特・費諾羅薩（Emest. Francisco.
Fenollosa）的遺稿只知入選篇數，而具體篇目不明。在可知的 12 種
中，有 8 種所選篇數較少，在 10 篇以下，其中 2 種僅有 1 篇，其餘
入選篇數不定，最多者是曾國藩的《十八家詩鈔》，59 首《古風》全

部選入。其中 2 種入選 1 篇者，皆非《大雅久不作》，孫承澤《天府廣記》選《燕昭延郭隗》篇，大概是為了提醒統治者要禮賢下士，招攬人才；而餘慶元《唐詩三百首續選》選《桃花開東園》篇，大概是因為該篇簡單易懂，比興互用，與選本本身的普世性質和自《詩經》一脈相承的比興傳統相互契合的緣故。李鍈《詩法易簡錄》選 2 篇，為《大雅久不作》和《莊周夢胡蝶》。在可知具體入選篇目的 12 種中，選《大雅久不作》的有 7 種，超過半數，但其中選錄《古風》10 篇以上，且較為重要的選本如王夫之《唐詩評選》、陳沆《詩比興箋》卻都沒有選《大雅久不作》篇。

　　從總體入選數目的變化折線圖來看，相比於唐至宋元《古風》選本的沈寂狀態，進入明清以後，不管是李詩選本，還是唐詩和古詩選本，從數量上看都取得了急劇的增長，伴隨著選本數量的增多，表明從接受角度來看，明清兩代人對《古風》詩歌更加重視了。

四、各朝代選錄《古風》篇目比重分析〔註8〕

　　唐至清末，選錄《古風》的李詩選本共有 8 種，唐詩選本和古詩選本共有 28 種，排除其中 1 種具體篇目不明，還有 27 種，我們可以對其篇目的入選頻率作一分析統計，以見出入選頻率較高者和較低者。

　　在 8 種李詩選本中，其中入選頻率最高者為《大雅久不作》《秦王掃六合》《莊周夢胡蝶》《天津三月時》4 篇，均有 7 次之多；其次是《松柏本孤直》篇，有 6 次；第三是《太白何蒼蒼》《齊有倜儻生》《胡關饒風沙》《秋露白如玉》《登高望四海》5 篇，皆入選 5 次。因明代朱諫《李詩選注》59 首全選，所以入選頻率最少者也有 1 次，有《金華牧羊兒》《秦水別隴首》《容顏若飛電》《北溟有巨魚》《秦皇

〔註 8〕入選《泣與親友別》者歸入《昔我遊齊都》篇，《五鶴西北來》與《客有鶴上仙》為同一首之異文，統一納入《客有鶴上仙》篇，以後相似問題者同此處理。

按寶劍》《殷后亂天紀》《戰國何紛紛》《齊瑟彈東吟》8 篇，這些是在清末以前入選《古風》的李詩選本中所受關注度較少的篇目。

據統計，唐至清末可知具體入選篇目的 27 種唐詩選本與古詩選本中，入選頻率最高的依然是《大雅久不作》篇，共 18 次之多；其次，是《莊周夢胡蝶》篇，有 17 次；第三，是《蟾蜍薄太清》《君平既棄世》篇，有 14 次。除了入選頻率最高的這三篇之外，較高者還有入選 13 次的《燕昭延郭隗》，以及入選 12 次的《世道日交喪》《羽檄如流星》。這些篇目都是《古風》中比較引人關注的篇章。入選頻率最少的是《北溟有巨魚》《搖裔雙白鷗》，除了曾國藩和笈甫主人全選本外的其餘選本皆沒有入選；《金華牧羊兒》《朝弄紫泥海》和《一百四十年》3 篇除了曾國藩和笈甫主人的全選本外，也只入選了1 次。

綜合以上，我們可以用表格的形式列出清末以前選錄《古風》的李詩選本和唐詩古詩選本入選頻率最高者，以見出其間的差異之處，詳見表 8：

表 8：唐至清末李詩選本和唐詩古詩選本《古風》入選頻率最高者

李詩選本		唐詩選本、古詩選本		總計次數	
篇　目	入選頻次	篇　目	入選頻次	篇　目	總計最高
大雅久不作	7	大雅久不作	18	大雅久不作	25
莊周夢胡蝶	7	莊周夢胡蝶	17	莊周夢胡蝶	24
秦王掃六合	7	蟾蜍薄太清	14	天津三月時	19
天津三月時	7	君平既棄世	14	蟾蜍薄太清	18
松柏本孤直	6	燕昭延郭隗	13	君平既棄世	18
太白何蒼蒼	5	世道日交喪	12	齊有倜儻生	17
齊有倜儻生	5	羽檄如流星	12	胡關饒風沙	16

胡關饒風沙	5	齊有倜儻生	12	秦王掃六合	16
秋露白如玉	5	天津三月時	12	燕昭延郭隗	16
登高望四海	5	胡關饒風沙	11	羽檄如流星	16
蟾蜍薄太清	4	鳳飢不啄粟	11	世道日交喪	15
羽檄如流星	4	秦王掃六合	9	松柏本孤直	15
鳳飢不啄粟	4			鳳飢不啄粟	15
君平既棄世	4				
燕昭延郭隗	3				

上表，我們可以看出各篇目入選頻率的高低變化：李詩選本和唐詩、古詩選本選錄《古風》頻率最高者和次高者一致，最高者是《大雅久不作》，其總的入選頻次為25次，排第一；次高者是《莊周夢胡蝶》，24次，排第二，在總的可知具體入選篇目的36種清末以前的選本中，入選頻率分別高達69%和67%；《天津三月時》排第三，19次；從第四開始，入選頻次就開始出現了差異，《蟾蜍薄太清》和《君平既棄世》18次，並列第四，且這兩篇均在唐詩和古詩選本中入選頻率較高，而在李詩選本中頻率較低，明顯可以看出李詩選本和唐詩選本編選者對這兩篇的各自偏愛程度是不同的；《胡關饒風沙》《秦王掃六合》《燕昭延郭隗》《羽檄如流星》四篇，總入選次數並列第五；《世道日交喪》在唐詩選本和古詩選本中入選頻次較高，但是在李詩選本中較低，《松柏本孤直》篇差異不大，綜合起來看，兩者均入選15次，與《鳳飢不啄粟》一起位居第六。以上，大體是清末以前入選《古風》較多者的情況。

　　由於朱諫《李詩選注》、曾國藩《十八家詩鈔》和笯甫主人《瑤臺風露》三種都是59首全選本，因此《古風》各篇入選頻率最少者也有3次，所以具體分析入選頻次最少者的情況意義不大，我們只能列出入選頻次較少的篇章，大致有《北溟有巨魚》《金華牧羊兒》《搖裔雙白鷗》《齊瑟彈東吟》《一百四十年》《朝弄紫泥海》等。

　　另外，從總體上看，還有幾點值得我們注意的大致規律：首先，唐宋之初，最先受到關注的往往是《古風》靠前的篇目；其次，從整體上看，受到關注較多的也是《古風》前半部分的篇章；第三，宋代真德秀《文章正宗》入選篇數較多，開始關注到後半部分的篇目；第四，唐代最初受到關注的不是後世關注頻次最多的《大雅久不作》等關注現實的篇章，而是《莊周夢胡蝶》，以及《秋露白如玉》《燕趙有秀色》等抒情和比興性質比較濃鬱的篇目，其後才開始慢慢關注到其中隱含現實寄託的部分。

　　我們再來看入選比重的問題。因李白詩歌總數大體一致，所以對於李詩單選本而言，入選《古風》數量愈多，自然表明編選者的重視程度越高，比如說朱諫《李詩選注》，曾國藩《十八家詩鈔》，笈甫主人《瑤臺風露》三者都是 59 首全選，即直接表明編選者對這類《古風》詩歌的重視；那麼，相反來說，入選篇數愈少，大體上表明編選者重視程度越低，比如在表 7 中，有 7 種都只有 1 篇入選，最早的《河嶽英靈集》，入選李白詩歌共 13 首，卻只有 1 首《古風》，且不是後世所重視的重點篇目，也不題作《古風》，唐詩選本《才調集》共選李白詩歌 28 首，也只有 3 首《古風》入選，亦不是後世所重點關注的篇目，所以這也間接表明，在李白詩歌傳播接受的早期，《古風》詩歌是不太受到關注和重視的。

　　但是，也有比較特殊的情況，即在唐詩和古詩選本中，總選李白詩歌篇數較少，但是卻包含 1 首《古風》者，雖然入選《古風》篇數少，但是因入選李白詩歌基數更少，反而表明了編選者對《古風》詩還是比較重視的，如目前影響最大，清代最通行的蘅塘退士所編選唐詩選本《唐詩三百首》，卷一五言古詩部分選李白《月下獨酌》和《春思》2 首，並未入選《古風》，而餘慶元續《唐詩三百首續選》時，五言古詩部分共選李白五古 5 首，第一首即為《桃花開東園》，既補充了《唐詩三百首》的不足，也表明了編選者對《古風》的重視，但這種情況是比較少見的。另外，對於唐詩選本和古詩選本而言，還

有一些更加複雜而特殊的情況，比如有些雖然也選了李白《古風》
但不是選本的性質，而是在涉及到某個特殊名詞的特殊情況下入選其
中 1 首，如明代戴敏修、戴銑所編《弘治易州志》〔註9〕選了《燕昭
延郭隗》一首，是在「黃金臺」詞條下，作為舉例之用，故不作選本
對待。

　　唐詩選本和古詩選本從整體上看，也大致符合入選篇數越多越
重視，入選篇數越少越不重視的規律。專注於「古詩」的選本從總體
上看是比較重視《古風》的，而偏重於「古詩」之「正變」「風雅」
「比興」等關鍵詞的選本也是比較重視《古風》的，如真德秀《文章
正宗》選 32 首，陳沆《詩比興箋》選 28 首，都是比較多的，劉履
《風雅翼》從題目的定名中即可看出明顯偏向「風雅」一脈，共選李
白詩歌 19 首，其中 18 首都是《古風》，剩下 1 首是《夷則格上白鳩
拂舞辭》，也屬古詩一類，這個比重是很大的，表明編選者在「風雅
精神」的旨歸下對李白詩歌中在這方面最具表現力的《古風》詩歌的
重視。

　　由上可見，選錄《古風》篇數的差異，是與作者的選詩標準緊密
相關的，具有普遍性的同時，在某種特殊情況下，又具有特殊性，需
要區別對待。但是從整體編選的角度來看，李白《古風》還是比較為
人所重視的，以唐五代宋元和明清為分界，前半段處於沈寂階段，後
半段出現了劇烈的增長，這也與明清時人對李白其人其詩接受方向的
轉變相一致。

五、清初《李詩緯》的「風雅正變」觀與選評標準

　　清初應時、丁谷雲合編李白、杜甫詩歌為《李杜詩緯》，其中《李
詩緯》四卷，《杜詩緯》七卷，有康熙十七年（1678）刻本，現藏清
華大學圖書館和成都杜甫草堂博物館。目前李白研究學界對《李詩緯》
關注較少，只有濮禾章的《述〈李詩緯〉》對其結構、編次及要點略

〔註9〕〔明〕戴敏修，戴銑纂《弘治易州志》卷十九，明弘治刻本。

有摘述〔註10〕。此本共選李白詩歌 137 首，包括《古風》12 首，雖篇數不多，但編選者有著明確而嚴格的評選標準，對所選李白各體詩歌皆以「正風」「變風」為準進行歸類分卷，同時以「意」「章」「辭」三者的相互結合對各篇進行品級評定，分為「上」「上次」「中」「中次」「三者一居」五等，體現了選編者明確清晰的風雅詩教觀和嚴謹規範的詩歌選評標準，下面將分而述之：

（一）體分正變：踐行李白《古風》的風雅正變觀

「體分正變」是應時合編《李杜詩緯》時一以貫之的歸類標準〔註11〕。《李詩緯》共選李白詩歌 137 首，所選詩歌先分體，之後每一體又各自分為「正風」「變風」兩類。《李詩緯》卷一包括樂府正風、樂府變風和五言古詩正風三部分；卷二包括五言古詩變風和七言古詩變風兩部分；卷三包括五言律詩正風，五言律詩變風，五言排律正風，七言律詩正風；卷四包括五言絕句正風，五言絕句變風，七言絕句正風，七言絕句變風等等，以此類推。

從「體分正變」的歸類選評標準看，《李詩緯》當為應時踐行李白《古風》其一《大雅久不作》中「我志在刪述」的宏願而成。雖然目前學界對「我志在刪述」的理解仍有分歧〔註12〕，但李白《古風》

〔註10〕濮禾章《述〈李詩緯〉》，《李白學刊》，1989 年，第 1 期，第 251～258 頁。

〔註11〕《杜詩緯》亦分正變，稍有不同的是分為正變《風》《雅》四類，《李杜詩緯敘》曰：「故刪李詩分為四卷，而定以正變《風》；刪杜詩分列七卷，而定以正變《風》《雅》。」

〔註12〕對「我志在刪述」的不同解讀主要有兩種，一是認為表達了李白修史的願望，想要傚仿孔子作《春秋》之舉作史書，以俞平伯、袁行霈為代表；二是認為李白要傚仿孔子刪《詩》之舉編選詩歌，以王運熙、薛天緯為代表。可參見繆曉靜《李白〈古風〉其一「我志在刪述」解》（《文史知識》，2014 年，第 10 期，第 46～51 頁。）錢志熙在《論李白〈古風〉五十九首的整體性》一文中認為，「李白所說的『刪述』，並非如文中子王通編《詩經》以後歷代詩歌為《續詩》那樣的實際的刪述工作，而是指通過自己的古風、古樂府的創作上探風騷的作品，為詩壇立一標準。如此，則雖未於編籍間刪述，而

繼承「風雅精神」的主觀意圖和創作實踐卻是十分明顯而確定的。
如果說李白《古風》是在詩歌創作層面上溯風雅，那麼《李詩緯》正
是以詩歌選編歸類評價的方式踐行李白《古風》中的「風雅正變」
觀而成。丁谷雲所撰《李杜詩緯·凡例》有言：「《詩緯》之書，先生
繼《三百篇》而刪定者。所以輔聖人之經，揚雅化，正世風也。」
〔註13〕聖人之作稱為《經》，此本以《緯》命名，《說文》釋「緯」曰：
「織橫絲也。」〔註14〕《釋名》：「緯，圍也。反覆圍繞，以為經也。」
〔註15〕正是認為所選李、杜詩歌是緊緊圍繞《詩經》而作，最能體現
其風雅精神，能對聖人之《經》起到橫向的輔助作用，《經》《緯》相
輔相成，弘揚雅道，矯正世風，丁谷雲認為應時編選此書之要旨大義
正在於此。

　　應時崇尚《雅》道，以正世風的刪定宗旨和目的，是與世風日下
的社會現實相聯繫的，具有極強的針對性和社會現實意義。丁谷雲作
《凡例》言：「聖人不分正變，暗次先後，以昭訓戒，今茲《詩緯》，
則嚴以考定，何也？因世風日下，如朝廷律設大法，尚多作奸犯科，
乃欲高言刑措乎？」「所定風雅之正變，專意主持風教。而每章下細
批總評，只論作詩之法，所謂道並行而不相悖矣。」認為古人選詩，
「正變」隱含在其中而不發明於外，即能夠昭明訓誡之意。但當時世
風日下，即使朝廷設定了嚴苛的律法，作奸犯科之事尚有許多，故選

　　　刪述之功自然成立」（《文學遺產》，2010 年，第 1 期，第 31 頁），受
　　　錢氏觀點的啟發，繆曉靜在考察了「刪述」一詞的用法後，進一步
　　　認為，「後世文人論及孔子刪述，主要視其為詩文創作的典範，用典
　　　或旨在強調自我創造、樹立標桿的意義，或意在突出詩文的社會政
　　　治功用。對他們來說，『刪述』的具體行為或對象並不是用典時必須
　　　考慮的，重要的是『刪述』本身的精神。」（第 50 頁）
〔註13〕〔清〕應時、丁谷雲《李詩緯》，清康熙十七年（1678）刻本，現藏
　　　清華大學。文中所引用《凡例》，序言，小序，對《古風》各篇的評
　　　點，如無特別注明，皆出此書，下文不另注。
〔註14〕〔東漢〕許慎著，段玉裁注《說文解字注》卷十三上，上海古籍出
　　　版社，1988 年，第 644 頁。
〔註15〕〔東漢〕劉熙《釋名》卷第六，《四部叢刊》景明翻宋書棚本。

詩之「正變」不可不明示於外。所以在其目錄與正文中，所選李白樂府、五言古詩、七言古詩，均嚴格按照「正變」的標準分類相從。每篇下又細批總評，彰顯教化之道與闡明作詩之法二者並行不悖。這樣做的目的，就是為了專門用選詩、評詩的方式更加明確地助益社會風教。李白《古風》的創作，《大雅久不作》前半篇交代了是基於詩體代變，日益衰退的歷史現實而發，而詩歌風格的變化是社會憲章淪沒的直接反映，自己對改變詩體代衰的頹勢責無旁貸。從這個層面來說，應時正是以編選李詩的方式繼承了李白這一精神。但二者之又有細微差別，應時是針對一朝一代的當下社會狀況而發，李白的視角則更為宏大，但二人以創作或編選的方式復歸風雅之道的精神實質則是統一的，表現出了極為強烈的社會責任感。

那麼，《李詩緯》所體現的具體的風雅正變觀是怎樣的呢？在「古詩正風（五言）」下有一段小序，更加具體地闡述了編選者的「風雅」觀念，和詩之「正變」準則：

> 風以言一人之情，而事隱乎其中，雅以記四方之事，而情生於其際。是故發乎情，止乎禮義，風人美之。發乎情，越乎禮義，風人刺之，然其事可考而知也。若雅者，因其事裁乎禮義而美刺興焉，乃其情亦可知矣。夫人有不得志於時類，以情之所種發起抑鬱憂思，宛轉相深於不已，則耳目之感通莫不達之聲歌，即不必有其事，亦將曲喻引申，而出其情之所以然，使百世而下，或有得吾意所存而相與發明焉，未始不小有裨於風教，此亦風雅之遺也。吾謂杜少陵有雅道焉，而李東山蓋盡風人之致乎！然而少陵深遠矣。（《李詩緯》卷一）

在編者看來，風是言一人之情的，情彰而事隱；雅是記四方之事的，情生於事。也就是說風是偏重個人的、主觀的、抒情的，以「禮義」為界。情禮相當者，美之；情越乎禮者，刺之，李白詩歌是此類代表。雅是偏向社會的、客觀的、敘事的，它在敘事的過程中已經依據禮儀對事件的表達進行了裁奪，故美刺自然彰顯，而詩人情感也自然流露

出來，杜甫詩歌為代表。李白詩歌分為「正風」「變風」兩類，而杜甫詩歌則分為「正變《風》《雅》」四類的做法，也是基於各自對抒情和敘事的偏重。對偏重抒情一脈的詩人來說，創作過程中要以合乎禮儀為標準，注意把控情感抒發的力度。對於偏向敘事一端的詩人來說，其創作也要以合乎禮儀為標準，但要注意的是裁度所敘事件的性質、角度和詳略程度。合乎者即為「正」，而越乎者自然為「變」。這就是應時的風雅正變觀。

　　以上，我們已經通過對「古詩正風（五言）」下小序的分析，見出了應時的風雅正變觀。丁谷雲在《凡例》中又言：「風雅名義，與聖人所定者稍異。統論已入古集中，其緒論原委則散入於諸定體之下。」聖人對風雅的定義，自然以《毛詩大序》為準的。應時的風雅正變觀念與《毛詩》有何相似與不同？總論篇末曰：

　　　　詩能立意高遠，而措辭隱約，《風》《雅》《頌》取神而不襲，興比賦互用而不乖，絢采燦然而非綺靡也，模範肅然而非痴肥也，而且溫厚之中有風力，錯綜之內有條理，其聲爽朗，其韻悠揚，言有盡而意無窮，使讀之者忘倦，聞之者鼓舞，斯其至矣，太白有之，少陵其亦淺於化耶。
　　（《李詩緯》總論）

這段話總體上概括了編選者對能真正繼承「風雅」精神的優秀詩歌作品的要求，丁氏認為，首先是要立意高遠，同時又要做到措辭隱約，對於《詩經》中的《風》《雅》《頌》諸篇，取其神韻為己所用，但是卻不能照搬照抄，賦、比、興的寫作手法相互穿插使用，卻不能互相衝突，形式上語詞的運用要做到粲然明亮卻不流於綺靡，有模範之態，肅然之姿，但是卻不至於使面目臃腫，溫柔敦厚中有風人之力，錯綜交叉之下又很有條理，讀起來聲音爽朗，韻律悠揚，言有盡而意無窮，有感發人心的力量，這才是能得《詩經》之精髓的好的詩歌，這類詩歌太白集中有（暗指《古風》五十九首而言），而杜甫此類詩歌就顯得略淺薄了。

我們還可以比照《毛詩大序》中對「風雅」的論述和定義：

> 上以風化下，下以風刺上，主文譎諫，言之者無罪，
> 聞之者足戒，故曰風。至於王道衰，禮義廢，政教失，國
> 異政，家殊俗，而變風、變雅作矣。國史明乎得失之跡，
> 傷人倫之廢，哀刑政之苛，吟情性，以風其上，達於事變
> 而懷其舊俗也。故變風發乎情，止乎禮義。發乎情，民之
> 性也；止乎禮義，先王之澤也。是以一國之事，繫一人之
> 本，謂之風；言天下之事，形四方之風，謂之雅。雅者，
> 正也，言王政之所由廢興也。政有小大，故有小雅焉，有
> 大雅焉。頌者，美盛德之形容，以其成功告於神明者也。
> 是謂四始，詩之至也。〔註16〕

《毛詩序》中「上」「下」本身就帶有階級屬性，是以詩人的身份劃
分的，上對下是以風化之，下對上本身就是違反社會階層正統劃分
的，故而是以風刺之。但「言之者」和「聞之者」又是超越了階級屬
性的，言者無罪，聞者足戒，此為風之意涵。而變風、變雅則和王道
運作，國運興衰，政教得失，社會風俗相關，王朝一旦走向頹廢衰落，
社會動盪不安的末世，變風、變雅自然而生。

從比較中可以看出，《李杜詩緯》中的「風雅」觀念與《詩大序》
表述雖略有小異，實質卻是相同的。國家發展的上升階段，政治制度
有著勃勃生機，統治者一般比較睿智開明，社會秩序井然。在這樣的
社會風氣影響下，「禮義」對社會各階層的約束力和規範性都比較強，
統治者對諫言的接納程度是比較高的，詩人的情感表達也往往是比較
恰切有度的。而末世則相反，王道衰，家國亂，禮義廢，詩歌的情感
表達和敘事側重自然有所偏離。但《李杜詩緯》又與《詩大序》所言
稍有不同，其異者在於，《詩大序》認為「風雅」都是記事的，不同
之處在於「一人之事」還是「一國之事」，即事之大小。但《李杜詩
緯》卻認為《風》是言「一人之情」的，「事」隱藏在「情」中，《雅》

〔註16〕〔漢〕鄭玄箋，〔唐〕孔穎達疏，朱傑人、李慧玲整理《毛詩注疏》，
上海古籍出版社，2013年，第16～23頁。

是記事的，但是「情」卻生於其際，更加強調「事」和「情」之間的對立相生關係。另外，《李杜詩緯》更加強調「風雅精神」對後世教化世風的重要作用，稱之為「風雅之遺」。

「五言古詩變風」下同樣有一段小序，更是結合了《詩大序》對家國王道衰微時變風、變雅自然而生的觀點生發的，曰：

> 吾讀李白樂府、歌行及諸選體，於頹流日微時，亦既見橫制之力矣。然史稱李白好黃老，黃老書非可治國家，李白不遇時每欲放遊虛無，永與世訣，故好之，終亦類感憤言也。其李白之變乎？但以視世之貪小榮，齷齪不足比數者，其何如哉？亦可以風矣。（《李詩緯》卷二）

編選者認為，李白樂府、歌行及諸選體中，即使是在頹波日微之時，也能顯出橫制之力。李白好黃老，每當人生不遇之時，放遊虛無之際，即生出永與世訣之語，類似感憤之言，對情感力度表達的把握不夠，乃李白詩歌中「變風」之類。但是比較其他貪慕榮利的齷齪之徒，仍然有益於風教之處。

結合對五言古詩「正風」「變風」的相關論述，我們再來看編者所選李白《古風》情況。五言古詩正風部分共選李詩 16 首，其中包含《古風》7 首，位於五言古詩正風部分的首位，分別是：《大雅久不作》（其一），《秦皇掃六合》（其二）〔註17〕，《莊周夢胡蝶》（其九），《齊有倜儻生》（其十），《黃河走東溟》（十一），《松柏本孤直》（十二），《天津三月時》（十八）。五言古詩變風部分選李白《古風》5 首，位於卷首，分別是：《太白何蒼蒼》（其五），《胡關饒風沙》（十四），《燕臣昔慟哭》（三十七），《鳳飢不啄粟》（四十），《八荒馳驚飆》（四十五）。

按選編者的標準，李白詩歌總體上屬於「風」詩。以對情感表達的把控力度劃分正變，正風七首的情感表達是比較內斂的、含蓄的，

〔註17〕其餘篇目次序與通行的王琦本所標次序相同，唯有此篇在王琦本中為「其三」，此本卻標為「其二」，不知所據為何。

有所控制的,《大雅久不作》篇被朱熹例舉為「雍容和緩」﹝註18﹞的代表作,自不必說;《秦王掃六合》篇通體論史事而絲毫不涉及現實,卻又處處隱含映像之意;《莊周夢胡蝶》歎息人生虛無,有如一夢;《齊有倜儻生》寫魯仲連以自勉;《黃河走東溟》傷年光易逝,青春不再;《松柏本孤直》篇借松柏自陳心曲;《天津三月時》描寫上朝之盛,宴會之樂,藉以發出警惕之語。整體上這幾篇的情感表達都是比較含蓄克制的,以隱喻、映像的方式表達,而不直露。變風五首的情感表達是稍顯過分的,其產生於社會動蕩,自我不遇之時,有追慕黃老,以遊仙逃避現實的傾向,情緒的把控有些失當,《太白何蒼蒼》篇末「吾將營丹砂,永與世人別」顯然是感憤之語;《胡關饒風沙》通過對戰場累累白骨的描寫向人展示出一幅慘亂的末世之象;《燕臣昔慟哭》從題目中「慟哭」二字即能看出情感的失控;《鳳飢不啄粟》感別之時發出了「焉能與群雞,刺蹙爭一餐」的憤怒之語;《八荒馳驚飆》所展示的是一副蕭瑟衰敗的亂世之象。總體上來說,編選者對所選 12 首《古風》「正風」「變風」的分類,是與其「風雅正變」的詩歌選編標準相互契合的。

(二)意、章、辭相結合的詩法評價標準

總論對所選每篇詩歌的具體詩法評價,以「意」「章」「辭」三者相結合,分為五等,以上圈、中圈、下圈標識:

> 篇分殿最有三法:曰意,曰章,曰辭。三者具美,上也。意章兼美者,為上次,辭章美者為中也,辭意美者為中次,三者一居其至,亦在集焉,凡五等。意致美者,題首加上圈,章法佳者,題首加中圈,辭氣美者,題首加下圈。以辭累章,以章累辭,以辭章累意者,具刪之。(《李詩緯》凡例)

﹝註18﹞ 〔宋〕朱熹著,朱傑人等主編,《朱子全書》(修訂本)(第十八冊),鄭明等校點,《朱子語類》(五)卷一百四十《論文下·詩》,上海古籍出版社,安徽教育出版社,2010 年,第 4323 頁。

卷一所選李白《古風》7 首的品級分別為：

○○○古風　　　按：《大雅久不作》，上中下三圈，意章辭三者
　　　　　　　　　　具美，上

○○○其二　　　《秦皇掃六合》，意章辭三者具美，上

○○○其九　　　《莊周夢胡蝶》，意章辭三者具美，上

○　○其十　　　《齊有倜儻生》，上下兩圈，辭意美，章法
　　　　　　　　　不佳，中次

○　○十一　　　《黃河走東溟》，同上，中次

　○　十二　　　《松柏本孤直》，中圈一個，章法佳，意辭
　　　　　　　　　欠，末

○○○十八　　　《天津三月時》，意章辭三者具美，上

卷二所選李白《古風》5 首，其品級分別是：

　○　古風之五　　按：《太白何蒼蒼》：中圈一個，章法佳，
　　　　　　　　　　　意辭欠，末

○○○十四　　　《胡關饒風沙》：意章辭三者具美，上

○　　三十七　　《燕臣昔慟哭》：上圈一個，意致美，
　　　　　　　　　辭章欠，末

　○○四十　　　《鳳飢不啄粟》：中下兩圈，辭章美，
　　　　　　　　　意致欠，中

○　　四十五　　《八荒馳驚飆》：中圈一個，章法佳，
　　　　　　　　　意辭欠，末

我們還可以從正文對所選《古風》正風 7 首，和變風 5 首的評價中，略窺其《風》之「正變」準則。正風 7 首的評價如下：

　　《大雅久不作》篇：總評：措詞簡潔，矜貴，且轉換
無痕。龍友云：此八代詩評，又自敘立言意也。句評：揚
馬激頹波，開流蕩無垠。（下接脈緊而氣和）

　　《秦皇掃六合》篇：總評：揮斥驅驟，而語有分寸。

　　《莊周夢胡蝶》篇：總評：不落理窟，其起結有水到

渠成之樂。龍友云：雖黃老之精微，卻可醒世，故入乾正。

《黃河走東溟》篇：總評：氣緊勢勁。龍友云：「春容捨我去，秋髮已衰改」二語，刪之恐急否，日對起已排，故接滾語，若再排則犯矣，且人生句，未始不搖宕。

《松柏本孤直》篇：總評：敘事敘情樸素。句評：古樸。悠然。

《天津三月時》篇：總評：摹擬景色，有自然風致，尤妙在不先說明。龍友曰：「今人復後人，年年橋上遊」二語，在「相續流」句下，不特意氣索然，而且章法隔礙，刪之。

通過以上對所選各篇《古風》「正風」的評價，我們可以看出，應時在刪定的時候，所認為的能得《風》之正者的篇目，主要是在「情」的表達上要做到「發乎情，止乎禮義」，即情感的表達要有所克制，含蓄雋永，不能肆意流蕩而無所收束，整體詩歌風貌要看起來雍容和緩、古樸自然。甚至編選者對於自己認為有礙文氣的句子，直接予以刪除，可見其嚴格的「正變」觀念。

「古詩變風（五言）」下，也有一段話來闡述對所選篇目歸入《變風》的緣由，已見前論。所選《古風》歸於「變風」者，其所言乃世風日下之時，顯出李白橫制頹波之力，多為李白不遇之時，嚮往黃老遊仙之術，發而為永與世訣的感慨激憤之言，這一類《古風》作品可以歸入「變風」。我們再來看對「變風」所選5首的評價：

《太白何蒼蒼》篇：總評：不結束，不矜持，竟飄然霞舉。龍友云：雖可澹情，實恐亂紀，變也。

《胡關饒風沙》篇：總評：通體沉著，結峭勁，氣從漢魏來。龍友云：有過於憤處，故入變風。

《燕臣昔慟哭》篇：總評：怨而不誹。龍友云：此為去國而作，與後《擬古》同意，但《擬古》是比體，此是興體。

《鳳飢不啄粟》篇：總評：初非自負，因感恩未報而發，章法甚巧妙。

　　《八荒馳驚飆》篇：總評：起處意對句活，下能短兵
相接。龍友云：此又為去國而作，詞氣飄逸，掩其憤激。

　　由各篇評價關鍵詞句可知，應時、丁谷雲所選李白《古風》，歸
入「變風」者，首先大致因為其內容多寫於去國之時，表達的是不遇
的心緒，情緒的控制有不到之處，顯得過於憤激，峭厲，這樣的作品
是符合「變風」風格特徵的。

　　以上，我們詳論了應時、丁谷雲所合編的《李詩緯》的選錄篇目，
選評標準，以及其編選和評價過程中所身體力行的「風雅」「正變」
觀念，對於《古風》的李詩選本而言，這是一個目的明確，標準嚴格，
旨意清晰的重要選本，其選評中所體現出的種種詩學觀念，無論在之
前還是之後，都是很值得我們重視的。

第二節　近現代《古風》選本的定量分析與情況考察

　　與清末之前的《古風》選本相比，近現代選錄《古風》的李詩選
本和唐詩古詩選本情況比較複雜，一是名目繁多，很難一一窮盡，只
能以所見最多來作部分考察；二是隨著社會轉型，文化、教育、意識、
價值觀都發生了很大的轉變，選本的編選背景與目的更加複雜難辨。
所以，基於這兩點，我們只能最大程度地見微知著，考察部分以見出
整體情況與變化差異。

一、所依據選本的整體情況與選擇標準

　　近現代選錄《古風》的李詩選本和唐詩選本，以及綜合類的古詩
選本情況比較複雜，我們大致以以下幾條作為選擇判斷標準：

　　首先，時間段限上，大致以 1900 年至 2018 年為界，共約 118
年的時間，幾乎涵蓋了整個 20 世紀和 21 世紀初的階段。

　　其次，在選本的選擇上，以目前所搜集到與《古風》選錄相關的
最大入選量為考察目標，共 139 餘種（詳見附錄一），但是由於 20 世
紀初的一些選本和海外的選本有部分散佚難見，有些選本未能親覩，
未免有所遺憾。

　　第三，在這總共 139 種近現代選本中，包括 12 種美日英等漢學家所編選的海外選本，排除明確可知不錄《古風》的 14 種，以及種種原因未可見的 21 種，其餘目前可見具體入選篇數和篇目者有 104 種，以下具體分析主要以這 104 種為主，包括李詩單選本 64 種，其餘唐詩、古詩選本和李杜合刊本等約 40 種。

　　第四，以 10 年為斷限，除了 1930～1939 和 1940～1949 兩個十年段沒有可見的選錄《古風》的選本外，其餘所錄選本幾乎涵蓋了每個十年段限。

　　第五，從總體來看，由於在關鍵詞的檢索與選本題名差異上的原因，所觀察者以李詩單選本為主，選本數量上要多於唐詩古詩選本。

　　第六，對於這 118 年的長時間段內入選《古風》的選本，以最大程度地去考察所親見的各個選本面貌的異同，但由於種種原因和人力限制，所考察入選《古風》的選本數量一定是不全面的和有所遺漏的，此為遺憾之處。

　　第七，在文獻來源上，以北京國家圖書館、上海市圖書館、南京市圖書館與武漢大學圖書館，江油李白紀念館及孔夫子舊書網所見的最選本大量為主要來源。

　　第八，本部分的表格數據皆依據附錄中的總表而來，總表中近現代選本按照出版時間先後為序，以一版一印時間為主；同一編選者所編的書名稍有差異而所選篇目一致的重複刊本不在統計考察之列。

　　第九，近現代選錄《古風》的李詩選本和唐詩、古詩選本選評標準比較複雜，因此，我們在對其進行多維度考察的時候，不僅要兼顧到專業性和學術價值，還要兼顧到普適性和通識教育意義，這是不同於清末以前古代選本的重要特點。

　　第十，在選本的定量分析方法和角度上，參考王兆鵬《唐宋詞的定量分析》〔註19〕一書中的某些觀點和方法，王兆鵬數十年間致力於古典文獻計量學的研究，其成果累累，足資借鑒。

〔註19〕劉尊明、王兆鵬《唐宋詞的定量分析》，北京大學出版社，2012 年。

　　以上，為需要說明之處。下面我們將分別對 64 種李詩選本和 40 種唐詩古詩選本，李杜合刊本等的《古風》選錄情況作一分析。

二、選錄《古風》的李詩單選本情況

　　在目前可見的 64 個選錄《古風》的李詩單選本中，以 10 年為時間段，結合總表，我們可以列表如下：

表 9：近現代選錄《古風》的李詩單選本 10 年段限統計表

年　限	選本總數	選詩篇數最高者	入選篇數	選詩篇數最低者	入選篇數
1900～1909	0		0		0
1910～1919	1	（英）阿瑟・韋利（Arthur. Waley）《詩人李白》*The Poet Li Po A. D. 701～762*	1		
1920～1929	4	（清）曾國藩編，高鐵郎選校，毛盛炯新評《李白詩選》	59	傅東華《李白詩》	4
1930～1939	0				
1940～1949	0				
1950～1959	2	林庚《李白詩選》	12	舒蕪《李白詩選》	10
1960～1969	1	復旦大學中文系古典文學教研組《李白詩選》	19		
1970～1979	3	2 個編選組《李白詩選》〔註 20〕	8	北京衛戍區 51121 部隊理論組《李白詩歌選評》	2

〔註 20〕此十年，有 2 種編選組集體所編的同樣題名為《李白詩選》的選本，分別為：哈爾濱師範學院中文系 73 級工農兵學員李白詩選注組；上海師範大學、上海市紡織工業局編選組，同樣皆收錄 8 首，但篇目不同。

1980～1989	12	（日）平岡武夫《李白的作品》	59	毛水清《李白詩歌賞析》	2
1990～1999	18	張才良《李白詩四百首》	59	2 種〔註21〕	1
2000～2009	15	孫紅英《李白命盤名句賞讀》	57	3 種〔註22〕	2
2010～2018	9	薛天緯《李白詩解》	59	馬瑋《李白詩歌鑒賞》	2

　　由上表我們可以看出，對於選錄《古風》的李詩選本而言，其總體趨勢是逐漸增多的，基本上以 1970 年前後為界，之前的選本數量偏少；而 1970 年以後進入快速增長階段，尤其是 1980 年以後，入選《古風》的李詩選本數量得到了急劇增長；有三個 10 年時段比較特殊，即1900～1909 和 1930～1939 以及 1940～1949，這三個 10 年階段內，1900～1909 年，沒有入選《古風》的李詩選本，大概原因是由於時間過早，即使有，也可以歸入到清末來算，而後兩段大體是因為戰爭的影響，由文化教育事業普遍走低的大趨勢所決定的。

　　對於選錄《古風》的李詩選本而言，其入選數量不固定，有多有少，多者 59 首全部選入，如上表中平岡武夫、張才良、薛天緯等所編選本，但因為其不是李詩全本，只是全部入選了《古風》，所以還是當作選本來對待；少者只有 1 篇，根據附錄總表可知，在這 118 年的時間段內，僅入選《古風》1 篇的李詩選本分別是：1919 年（英）阿瑟·韋利（Arthur. Waley）的《詩人李白》(The Poet Li Po A. D. 701～762) 選《代馬不思越》，1992 年張才良《李白安徽詩文校箋》選《鳳飛九千仞》，1999 年成浩《李白馬鞍山詩文賞析》選《惻惻泣路歧》一篇，前者入選標準不明，後兩者明顯與地域有關，其餘李詩選

〔註21〕分別為：張才良《李白安徽詩文校箋》選 1 首，《鳳飛九千仞》篇；成浩《李白馬鞍山詩文賞析》選 1 首，《惻惻泣路歧》。
〔註22〕分別為：劉偉明《李白詩選》，許淵沖《大中華文庫：李白詩選》，李永祥《李白詩詞》。

本大多選《古風》篇數較多，由此，也能看出對於李詩選本來說，編選者是比較重視《古風》的。

　　總體來看，因為是李詩單選本，其對《古風》的重視程度還是比較高的，無論是從入選篇數最高和最低角度來看，還是整體總的入選篇數，一般都是比較多的。在這 64 種選錄《古風》的李詩單選本中，1970 年之前的因所見選本較少，流傳下來的大多是學術價值比較強的，比如說 1919 年（英）阿瑟・韋利（Arthur. Waley）的《詩人李白》（*The Poet Li Po A. D. 701～762*）選《代馬不思越》1 首；還有出版於 1923 年的清代沈歸愚選，姚祝蓉音注的《音注李太白詩》，選《古風》15 首；出版於 1928 年的清代曾國藩編，高鐵郎選校，毛盛炯新評的《李白詩選》，以清末曾國藩《十八家詩鈔》為底本，《古風》59 首全選；以及 1921 年，胡雲翼選編，羅芳舟、唐紹吾注釋的《李白詩選》，選《古風》11 首；還有稍晚的林庚出版於 1956 年的《詩人李白》附錄的《李白詩選》選《古風》12 首，林庚先生作為古典文學早期的研究專家，其著作學術價值是比較高的，對李白的個人研究和在此基礎上選編的作品較為精到，是值得我們參考的重要選本。

　　從 1970 年往後，選錄《古風》的李詩單選本從整體數量上大大增加，但是選本的常識性和普適性也隨之增強，這個時段，在李白詩歌的接受者層面，越來越多地開始重視普通大眾的知識結構和認知層次，冠名為「賞析」「鑒賞」「選譯」「賞讀」「精選」等關鍵詞的選本數量大大增加，像 1996 年魯越、王曉東的《中小學生精讀唐詩：李白》雖然 59 首《古風》全部入選，但是沒有出注，沒有集評，依據《全唐詩》而來，只有正文，而且從題目可以看出，其面向對象非常明確，主要是中小學生，只以背誦朗讀為主，不考慮深層次的旨意理解和問題挖掘。這樣的選本，對於李白《古風》現當代的傳播接受而言，其更大的價值在於讓更多讀者從中小學階段就開始接受到這一部分詩歌，就範圍而言，相比學術性較強的選本，此類選本可能

影響還要更大一些，其目的主要在擴大受眾的基數，而不在對專業學術問題的探究，我們不能由其學術性不強而否定其影響力和現實價值。

作為鑒賞性質的選本而言，在這些選本中，有一些對所選《古風》篇目的分析還是很精到的，比如出版於 1989 年的霍松林、尚永亮《李白詩歌鑒賞》，雖然只選了《古風》7 首，入選篇數不多，但對每一首的內容分析和鑒賞都比較到位，如《代馬不思越》篇，分析首句「代馬不思越，越禽不戀燕」時說：「開篇四句化用古詩『胡馬依北風，越鳥巢南枝』句意，借鳥、獸的鄉土之戀，比喻征人離家戍邊的痛苦心情，誠如《唐宋詩醇》所謂『民安鄉井，離別為難，況驅之死地乎！起意惻然可念。』」〔註 23〕雖然是對詩句所運用常見典故的分析，卻能做到既兼顧了一定的學理性，引用古代選本對這句詩用典所隱含深意的評點，同時又有自己的判斷和解析，此本雖然也屬於「中學生文庫」系列，但對於初學者深入淺出地理解所選《古風》內容主旨來說，還是有很大的正面積極意義的。

所以我們也不能一概而論，認為凡是含有這些關鍵詞的選本學術價值都不高，其中尤其是出自一些現當代李白研究大家學者的選本，在評選的同時往往會結合自己對李白《古風》的研究發表一些觀點，學術價值是比較高的，比如 1984 年安旗、薛天緯、閻琦的《李詩咀華：李白詩名篇賞析》入選《古風》4 首，1990 年郁賢皓的《李白集》〔註24〕選《古風》11 首，1991 年詹鍈等《李白詩選譯》選《古風》4 首，1996 年裴斐的《李白選集》選《古風》12 首，2001 年安旗《李白詩秘要》選《古風》20 首，2005 年葛景春《李白詩選》選《古風》18 首，以及 2012 年馬茂元、王運熙、霍松林等的《李白詩歌鑒賞辭典》等，這些李白研究大家學者的選本觀點都頗有引人深

〔註23〕霍松林，尚永亮《李白詩歌鑒賞》上海教育出版社，1989 年，第 65 頁。

〔註24〕郁賢皓先生此本李白詩選，還有《李白集》和《李白選集》兩種版本，名目不同，內容一致，故擇其一以論。

思之處，所體現的學術價值比較高，是值得我們著重關注的現當代選本。

　　最值得注意的是 2016 年薛天緯的《李白詩解》，作為李詩的一個單選本，選錄李白詩歌 298 題 484 首，雖然只占傳世李白總詩歌總數的一半，但是《古風》全部入選其中，且其編排體例依據李白人生中的各個階段而來，比如第一卷為「蜀中及出蜀之什」，第二卷為「酒隱安陸及初入長安之什」，第九卷為「古風之什」，且本卷不僅包含《古風》，還包括《效古》二首，《感遇》二首，《擬古》十二首，《感興》八首，《寓言》三首，《感遇》四首，總共 90 篇，從中體現了編選者認為這類詩歌皆可統歸入「《古風》型詩」的學術觀點，在第九卷正文前以「題解」的形式介紹了「古風」組詩的命題及編集情況，以及目前學界研究李白的大家學者如賈晉華、梁森、錢志熙等人所提出的「古風」之含義的異同之處，學理性較強。

　　現當代選錄《古風》的李白詩歌單選本，基本上沒有一個統一的入選標準可以衡量，大多依據清末以前的古本而來，但又不像古本往往按照詩體、旨意等有一個明確的選評準則，其情況比較複雜，每一個選本都需要我們認真對待，特殊情況特殊分析。

三、選錄《古風》的唐詩選本情況

　　在目前可見的 40 個選錄《古風》的唐詩選本和合刊本中，以 10 年為界，結合總表，我們可以列表如下：

表 10：近現代選錄《古風》的唐詩選本 10 年段限統計表

年　限	選本總數	選詩數最高者	入選篇數	選詩數最低者	入選篇數
1900～1909	0		0		0
1910～1919	1	（美）愛滋拉·龐德（Ezra. Pound）《神州集》*Cathay*	3		

1920～1929	0				0
1930～1939	0				0
1940～1949	0				0
1950～1959	2	蘇仲翔《李杜詩選》	14	高步瀛《唐宋詩舉要》	6
1960～1969	2	馬茂元《唐詩選》	6	朱東潤《中國歷代文學作品選》	3
1970～1979	6	歐陽德威《唐代文學作品選》	6	劉逸生《唐詩小札》	1
1980～1989	8	潘百齊《全唐詩精華分類鑒賞集成》	14	2 種〔註25〕	1
1990～1999	7	宋緒連、初旭《三李詩鑒賞辭典》	22	林家英《唐詩精華》	1
2000～2009	8	中科院文學研究所《唐詩選》	7	秦似《唐詩新選》	1
2010～2018	8	楊芳雲《李白・杜甫・白居易名詩經典大全集》	12	陳伯海《唐詩學文獻集萃》	2

上表中，由於所見選錄《古風》的唐詩選本總數比李詩單選本要少，所以其十年段限內選本數量為零的特殊時段比較多，除了共同的 1900～1909、1930～1939 和 1940～1949 三個之外，還有 1920～1929 十年段限內也沒有入選《古風》的唐詩選本。

　　由上表可知，選錄《古風》的唐詩選本數量總體上要比李詩選本少，而且入選篇數明顯偏少。收錄最多的是 1992 年宋緒連、初旭所編《三李詩鑒賞辭典》，共收錄 22 首，這個數量相對李詩單選本來說，並不是入選篇數最多的；而入選《古風》最少的，僅 1 篇者，有 5 種，這個數量是多於入選《古風》最少的李詩單選本的，而且從總體基數

〔註25〕分別是武漢大學中文系古典文學教研室編《新選唐詩三百首》，徐榮街、朱宏恢《唐宋詩選譯》，都選 1 首，且都是《西上蓮花山》篇。

上來看，選錄《古風》的唐詩選本本身數量就比李詩單選本少了約三分之一，且唐詩基數要比李白個人詩歌總數要大得多，所以我們可以得出大致結論，選錄《古風》的唐詩選本所選篇數一般比入選《古風》的李詩選本要少，但這並不表明唐詩選本的編選者對《古風》詩歌不重視，相反，如果這些唐詩選本中本身選李白詩歌比較少，但是還選錄了《古風》的話，反而表示編選者對《古風》作品的重視，比如1976年美國（美）休・斯廷森（Hugh. M.Stimson）的《唐詩五十五首講解》（*Fifty-five Tang Poems*）共選李白詩歌9首，其中2首都是《古風》，分別為《大雅久不作》和《桃花開東園》，以此比例來看，還是比較重視李白《古風》的。這是一個比重的問題，需要對每個入選《古風》的唐詩選本作單獨分析，沒有普遍規律可循，這也是李詩選本和唐詩選本其自身性質不同所造成的差異。

　　選錄《古風》的唐詩選本中，所見最早的是1915年美國愛滋拉・龐德（Ezra. Pound）的《神州集》（*Cathay*），也是目前所見1900年以後最早的一個海外入選《古風》的中國詩歌選本，愛滋拉・龐德（Ezra. Pound）從厄內斯特・費諾羅薩（Emest. Francisco. Fenollosa）的19首遺稿中選了12首李白的詩歌，其中包含3篇《古風》，分別是《天津三月時》《胡關饒風沙》《代馬不思越》，此本半翻譯半創作，實踐了龐德「通過翻譯批評」的觀念，被英國學者馬道克特・福特（Maddock. ford）評論為：「《神州集》是英語寫成的最美的書。」〔註26〕

　　從總體上來看，近現代選錄《古風》的唐詩選本的學術價值是普遍要高於選錄《古風》的李詩單選本的，其重要者有1959年高步瀛的《唐宋詩舉要》，選《古風》6首，1960年馬茂元《唐詩選》選《古風》6首，1983年蕭滌非、程千帆、馬茂元、周汝昌、周振甫、霍松林等的《唐詩鑒賞辭典》選《古風》8首，1995年陳伯海的《唐詩匯

〔註26〕馬道克特・福特（Ma ddock. ford），轉引自趙毅衡《遠遊的詩神》，四川人民出版社，1985年，第12頁。

評》作為近現代一個重要的唐詩選本，選了《古風》20 首，是入選篇數比較多的選本，以及 2013 年劉學鍇的《唐詩選注評鑒》雖然只選了《古風》三首，但是匯編前人觀點詳盡，評點精到，也是一個價值比較高的選本。其區別在於現當代的李詩單選本往往比較關注普適性，而唐詩選本出於精選的角度考慮，還是對學術價值有一定要求的。

四、《古風》選本的綜合情況分析

在目前可見選本共 118 種中，只有 14 種明確可知不錄《古風》，入選《古風》者共有 104 種，其入選比率高達 88%。其中選錄《古風》的李詩單選本有 64 種，其餘唐詩選本等有 40 種，綜上，以 10 年為段限，各個時段入選《古風》的選本數量統計情況可以列表如下：

表 11：近現代《古風》總選本 10 年段限統計總表

時間段限	入選《古風》的總選本數	李詩單選本數	唐詩選本、合刊本數
1900～1909	0	0	0
1910～1919	2	1	1
1920～1929	4	4	0
1930～1939	0	0	0
1940～1949	0	0	0
1950～1959	4	2	2
1960～1969	2	1	1
1970～1979	9	3	6
1980～1989	19	11	8
1990～1999	25	18	7
2000～2009	23	15	8
2010～2018	16	9	7

上表數據顯示，近現代入選《古風》的選本，不論是李詩單選本，唐詩選本、合刊本等，還是綜合兩項的總選本數，皆是以 1970 年為界，之前數量較少，之後才開始急劇增長的，其中增長最快的階段是 1980 年往後的幾十年。

　　結合附錄總表可知，在以上 12 個 10 年斷限中，比較特殊的時段是 1960～1969 和 1970～1979 之間的兩個十年，此時間段內選錄《古風》的選本共有 11 種，且 1970～1979 之間的 9 種從出版時間上看均集中於 1976 年以後，由附錄總表可知，其中有 6 種都是由編選組集體合力編選而成，在後一個十年時間的後半段，所顯示出的集體的力量是超過個人意識努力的。

　　大體上我們可以看出，1970 年之前，入選《古風》的選本，不論是李詩單選本，還是唐詩選本、合刊本，整體數量上都是比較少的，進入 1970 年之後的十年，尤其是 1976 年之後，在 1977 年，中斷了 10 年的高考制度得以恢復，在這之前，當個人受困於歷史的原因，還無法對以李白為代表的詩歌文化編選事業做出貢獻，而又迫切地需要補充之前十年缺失的文學知識的時候，以各個大學古典文學教研室或編選組為主要代表的集體努力發揮了巨大的作用，在這一個時間段內，集體的智慧給急需補給知識的學習者提供了可資參考的範本。由此，進入 1980 年以後，個人的努力很快顯現出來，超越了集體的意志，此一時段選本數量大增，在 1980～1989 的 10 年內，入選《古風》的選本共有 19 種，幾乎都是個人編選的。

　　以上這些，大體基本上都是基於歷史原因所造成的文化事業的特殊之處，以影響最大最廣的李白《古風》詩歌為代表的考察，其所得結果在某種程度上具有普遍的適用性，其餘杜甫、白居易等人的詩歌作品的編選情況，從選本的數量考察來看的話，其結果和規律也應有大體類似之處。

五、《古風》選本篇目入選頻率比重變化

　　我們再來看在這些近現代的李詩選本和唐詩選本中，《古風》各

個篇目的入選頻率之高低的差異，詳見表 12：

表 12：近現代選錄《古風》的李詩選本〔註 27〕和唐詩選本〔註 28〕入選頻率最高者

李白選本		唐詩選本、古詩選本		總　計	
篇　　目	入選頻次	篇　　目	入選頻次	篇　　目	總計最高
西上蓮花山	51	西上蓮花山	31	西上蓮花山	82
大車揚飛塵	45	大雅久不作	24	大車揚飛塵	69
羽檄如流星	39	大車揚飛塵	24	大雅久不作	60
大雅久不作	36	秦王掃六合	18	羽檄如流星	53
燕昭延郭隗	33	羽檄如流星	14	秦王掃六合	48
秦王掃六合	30	齊有倜儻生	11	燕昭延郭隗	43
齊有倜儻生	28	燕昭延郭隗	10	齊有倜儻生	39
登高望四海	27	胡關饒風沙 醜女來效顰	9	登高望四海	34
松柏本孤直 一百四十年	24	鄭客西入關	8	醜女來效顰	31
醜女來效顰	22	天津三月時 登高望四海 桃花開東園	7	一百四十年	30
天津三月時	21	咸陽二三月 一百四十年	6	松柏本孤直	29

上表列出了近現代選錄《古風》李詩選本和唐詩選本中，總計相對來說入選頻率較高的篇目，根據我們的統計結果結合上表，可以得出如

〔註 27〕近現代入選《古風》的李白選本中，有 5 種是 59 首全收的，分別是：1928 年（清）曾國藩編，高鐵郎選校，毛盛炯新評《李白詩選》，1989 年日本平岡武夫《李白的作品》，1994 年張才良《李白詩四白首》，2016 年薛天緯《李白直解》。

〔註 28〕近現代入選《古風》的唐詩選本中，有 1 種是 59 首全收的，為 2014 年周勛初等編《全唐五代詩》。

下結論：

就李詩單選本來說，入選頻率最高的是《西上蓮花山》，有 51 次，在總的李詩單選本 64 種中占比 80%，排第一位；第二位的是《大車揚飛塵》，入選 45 次，占比 70%；第三位是《羽檄如流星》，入選 39 次，占比 61%，這是在入選《古風》的近現代李詩單選本中占比最高的前三者，李詩選本入選頻率較高的前十位之間的差異是比較小的，且重複率比較小。

就唐詩選本而言，入選頻率最高者也是《西上蓮花山》，有 31 次，在總的唐詩選本 40 種中占比 78%；其次是《大雅久不作》，24 次；第三是《大車揚飛塵》，24 次；第四是《秦王掃六合》，入選 18 次；唐詩選本的入選頻率前十位之間的差距較大，且重複篇章比較多，這表明對唐詩選本的編選者而言，其關注的《古風》篇章的相似性是比較大的。

總的來看，近現代入選頻率最高的是《西上蓮花山》，共 82 次，占總體比重的 79%；其次是《大車揚飛塵》，總計 69 次，占比 66%；第三是《大雅久不作》，共 60 次，占比 58%。

我們再來看入選頻率較少者，據完整數據統計，在李詩單選本中，受關注比較低的篇章大致有《客有鶴上仙》《金華牧羊兒》《容顏若飛電》《三季分戰國》《玄風變大古》《蓐收肅金氣》《搖裔雙白鷗》《周穆八荒意》等；約有一半的篇目如《鳳飛九千仞》《容顏若飛電》在唐詩選本中也是幾乎沒有受到太大關注的。由於入選次數和頻率較少者比較多，所以不再一一列出。

第三節　古代與近現代《古風》單篇入選比重變化及原因分析

一、清末（1900 年）為界前後單篇入選比重變化

結合上兩節，由以上唐至清末和近現代兩部分入選《古風》頻率

較高者的具體篇目次數，可以窺見以清末為界入選頻率較高者的前後變化，詳見表 13：

表 13：清末前和近現代《古風》單篇入選次數較高者變化比照表

清末前		近現代	
篇　目	次　數	篇　目	次　數
大雅久不作	25	西上蓮花山	81
莊周夢胡蝶	24	大車揚飛塵	68
天津三月時	19	大雅久不作	60
蟾蜍薄太清、君平既棄世	18	羽檄如流星	53
齊有倜儻生	17	秦王掃六合	48
胡關饒風沙、秦王掃六合燕昭延郭隗、羽檄如流星	16	燕昭延郭隗	43
……		齊有倜儻生	38
西上蓮花山	8		

清末前入選頻次較高者和近現代二者相結合，可以得出總入選頻率較高者，見表 14：

表 14：清末前和近現代《古風》單篇總入選次數較高者

篇　目	清末前	近現代	總入選數
西上蓮花山	8	81	89
大雅久不作	25	60	85
羽檄如流星	16	53	69
秦王掃六合	16	48	64
燕昭延郭隗	16	43	59
齊有倜儻生	17	38	54

比較清末之前的選本，近現代排名前三位者從《大雅久不作》《莊周夢胡蝶》《天津三月時》順次位移到了《西上蓮花山》《大車揚飛塵》《大雅久不作》；尤其是清末以前最受重視的排第一位的《大雅久不作》篇，在近現代選本中位次跌落到了第三位；清末前位居第二的《莊周夢胡蝶》篇甚至在近現代前七中都沒有出現；其餘清末以前比較受重視的《天津三月時》《蟾蜍薄太清》《君平既棄世》在近現代選本前幾位中都沒有出現；而近現代最受關注的篇目是《西上蓮花山》，其次是《大車揚飛塵》，第三位才是《大雅久不作》，接下來分別是《羽檄如流星》《秦王掃六合》《燕昭延郭隗》和《齊有倜儻生》；比較來說，在清末之前和近現代較受關注的排名大約前十的《古風》中，重複的只有《大雅久不作》和《秦王掃六合》《燕昭延郭隗》《齊有倜儻生》《羽檄如流星》五篇，其餘差距都是比較大的；而綜合起來看，在清末之前和近現代選本的總選本數統計中，入選頻率最高的是《西上蓮花山》，總 89 次，占比 86%；其次是《大雅久不作》，總 85 次，占比 81%；第三是《羽檄如流星》，69 次，《秦王掃六合》64 次，和前兩名差距比較大。現當代對《西上蓮花山》的關注，使其總入選頻率直接超越了《大雅久不作》篇，這是很讓我們意外的一個事實。

二、單篇入選比重變化的原因分析

以清末為界，清末以前和近現代選本所關注的《古風》篇目前幾名之間差異之原因，我們大致可以有如下推斷：

首先，《大雅久不作》篇的變動比較大，清末以前選本的編選者最重視該篇，但是到了近現代，卻遠落後於排在它之前的《西上蓮花山》和《大車揚飛塵》兩篇，作為《古風》首篇，《大雅久不作》有著提綱挈領的地位和作用，緣何到了近現代選本中反而不再是最受關注的篇目了呢？

對於《大雅久不作》篇而言，在近現代選本中所受到的關注度和地位反而有所降低，主要是源於近現代選本選篇宗旨和受教育者結構

層次的變化。《大雅久不作》所闡述的，主要是李白宏觀的歷史觀、政治觀和文學觀，關於該篇題旨和具體句子的解說向來說法不一，很多問題和不解之處的爭論，使該篇具有較高的學術價值，但是在普適性的近現代選本中，卻不太適合中低層次知識結構的接受者作為入門級的篇目來進行閱讀鑒賞。

由緒論綜述可知，其所受到的重點關注是在研究性的論文中，研究《古風》某一首的單篇論文27篇中，有15篇都是關於《大雅久不作》的，超過半數的比例也正說明了這個問題。在近現代李白《古風》的接受中，人們不是不再關注《大雅久不作》，而是接受的角度和方向發生了變化，由選本挪移到了研究性的論文中。對於清末以前的古代選本而言，編選者大多知識淵博，眼光獨到，流傳下來的大多數選本都具有較高的學術價值，而當時能接觸到這些選本的，也多為有較高文學修養的士大夫階層，普通百姓本身識字能文者就不多，也就不存在詩歌鑒賞難易的問題。進入到近現代以後，普通大眾受教育比例越來越大，但是又達不到專業地對某些難解的問題進行深層次挖掘探究的地步，因而通識性的編選者在篇目的選擇上，往往會避開爭議性比較大的篇目，而選擇大眾知識認知層次水平所易於接受的篇章。

也就是說，編選者對《大雅久不作》是否重視，是與接受者的知識結構和認知層次相關的，二者之間的落差，是由於近現代以來，普適性的教育水平大大提高，而專業的研究者人數反而相對減少的社會文化教育發展現狀造成的，並不是說進入近現代以後就不再重視該篇了。

其次，對於《西上蓮花山》和《大車揚飛塵》而言，其在近現代選本中的入選比例大大提高。除了選錄《古風》較多的選本往往選這兩篇外，近現代許多選《古風》較少的選本，也大多都選擇了這兩篇，比如選且只選這兩篇的就有：1984年張碧波、鄒尊興《新編唐詩三百首譯釋》，1995年霍松林、霍有明《唐詩精品》，1995年杜維沫、

高光遠《李白杜甫詩精選 240 首》，2007 年李永祥《李白詩詞》，共 4
種；單選《西上蓮花山》的有：1980 年武漢大學古典文學教研室編
《新選唐詩三百首》；選《古風》兩首或三首、四首，其中包含《西
上蓮花山》或《大車揚飛塵》的還有很多，如 1976 年北京衛戍區 51121
部隊理論組編《李白詩歌選評》，1977 年武漢大學古典文學教研室編
《唐詩選注》，1979 年張燕瑾《唐詩選析》，1980 年高嵩《李白杜甫
詩選譯》，1991 年任朝第《李杜詩萃》，1999 年郁賢皓《唐詩經典》
以及 2017 年曉茅《李白詩》和馬瑋《李白詩歌賞析》等。

　　有意思的是，《西上蓮花山》篇後四句在清末以前的選本中文本
的爭議是比較大的，包括與前十句之間文本不銜接的問題，以及後四
句意似未完的問題等等，這是一個文本本身就存在爭議的篇目，在清
末以前的李詩單選本中只入選了 2 次，唐詩選本中包括 59 首全選者
也只入選了 11 次。如此一個文本有爭議的篇目，到了近現代所受到
的關注程度反而大大提高，其主要原因，乃是文學選本的編選受政
治意識形態影響的體現，這也直接表明了以清末為界，近現代選本
編選者的視角更多地挪移到了李白《古風》中描寫現實，與史事緊密
相關的篇章上。我們來看一些近現代選本中比較重視這兩篇的編選者
的評價：

　　《西上蓮花山》篇：

　　　　詩中借遊仙對安史之亂發出了強烈譴責，從而抒發了
　　詩人憂國憂民的情懷……詩人關心注目現實，關心國家和
　　人民的命運，這正是這首詩的主旨所在。〔註29〕

　　　　感慨現實而作此詩。〔註30〕

　　　　對安史叛軍的滔天罪行進行了無情的揭露和批判，對
　　遭受苦難的人民表示了極大的同情和憐憫。〔註31〕

〔註29〕張碧波、鄒尊興《新編唐詩三百首譯釋》黑龍江人民出版社，1984
　　　　年，第 225 頁。
〔註30〕霍松林，霍有明《唐詩精品》時代文藝出版社，1995 年，第 151 頁。
〔註31〕任朝第《李杜詩萃》陝西人民出版社，1991 年，第 99 頁。

　　　　詩人正是從描繪的理想與現實，仙境與人間交織的畫
　　圖中傾注了鮮明的愛憎。〔註32〕
　　《大車揚飛塵》篇：
　　　　這首五言古詩是一首政治諷喻詩……這是一首具有強
　　烈現實主義精神的詩篇。〔註33〕
　　　　是優秀的政治諷刺詩。〔註34〕
　　　　這是一首政治諷刺詩。〔註35〕
　　　　開元年間難得的政治諷刺詩。〔註36〕
　　　　對唐玄宗的腐朽政治進行了無情的揭露和譴責。〔註37〕
　　　　這首詩通過對宦官和鬥雞者生活場面的描寫，深刻揭
　　露了現實的混濁和政治的黑暗，表達了詩人的無比憤慨。
　　〔註38〕

以上，對這兩篇《古風》詩歌的評價中，關鍵詞大體集中在「譴責」
「揭露」「政治」「批判」「現實」「國家」「人民」上，這向我們顯示
出這些選本之所以選這兩首《古風》，大體上是基於其所隱含的現實
批判意義的。這樣的選本，關於其評選標準，編選者雖然沒有明確的
說明，但從總體來看，明顯是受政治因素的影響居多，認為好的詩歌
作品應該具有鮮明而強烈的關注現實的精神，尤其是進入 1970 年以
後，這樣的評選標準在詩歌選本中更加凸顯出來。

　　這樣的評選標準無所謂好壞，但從合理程度來說，近現代入選
《古風》的選本中，受政治因素影響的程度顯然稍有過之。詩歌的主
要功能畢竟不似小說以敘事為主，其本身作為一種抒情性較強的文

〔註32〕毛水清《李白詩歌賞析》廣西人民出版社，1986 年，第 80～81 頁。
〔註33〕張碧波、鄒尊興《新編唐詩三百首譯釋》黑龍江人民出版社，1984
　　　　年，第 161～162 頁。
〔註34〕霍松林，霍有明《唐詩精品》時代文藝出版社，1995 年，第 152 頁。
〔註35〕任朝第《李杜詩萃》陝西人民出版社，1991 年，第 115 頁。
〔註36〕郁賢皓《唐詩經典》上海書店出版社，1999 年，第 25 頁。
〔註37〕該書編選組《李白詩選注》上海古籍出版社，1978 年，第 50 頁。
〔註38〕霍松林，尚永亮《李白詩歌鑒賞》上海教育出版社，1989 年，第 73
　　　　頁。

學樣式，尤其是李白這樣典型的浪漫主義詩人，即使是在詩歌中描寫現實，也會做一定的處理，弱化其實實在在的敘事成分，而增強抒情表達。在這些選本中，熊禮匯評註的《李白詩》中的解讀是對政治因素的分寸拿捏比較合適的，其評《西上蓮花山》時說：「這是一首極富浪漫色彩的詩，也是李白少有的直接反映安史動亂的詩。其藝術手法，充分表現出浪漫主義詩人反映社會現實的特點。陳沆說此詩『皆遁世避亂之詞，託之遊仙也』（《詩比興箋》）大體是對的，託遊仙而寫遁世避亂之意，就是此詩的基本手法。」〔註39〕既注意到了該篇描寫現實的部分，又不過分誇大，而是放置於抒情遊仙詩的整體框架之內作解，認為這是作為浪漫主義詩人的李白，在抒情性的詩歌中，較好地處理敘事和抒情二者之間關係的一個範本，同時也是對傳統遊仙詩創作手法的進一步提升和創新，其評價可謂中肯適度。

本章小結

　　以上，我們整體上以清末（大體指 1900 年前後）為界，從選本的角度，分析了清末以前選錄《古風》的李詩選本、唐詩和古詩選本，近現代入選《古風》的李白選本、唐詩選本四類選本的具體情況和整體情況，並涉及到了各類選本在兩個大的時間段內數量的變化，以及入選篇次較高者和較低者之間的相似和區別，還有前後兩個不同的時間段整體上所關注的重點篇目的差異，及造成這種差異的原因。

　　正如陳沆《詩比興箋》所言，「選」之於李白《古風》而言，能反映出很多問題，是極其重要的一個側面，在擴大《古風》的接受面，增強其影響力的同時，其最直接的就是能反映出不同時段編選者對《古風》的態度，及在接受者群體中所產生的影響。

　　就各個時期選錄《古風》的選本數量來看，清末以前，唐宋時期基本上是處於沈寂狀態，這個時期尤其是北宋以前，《古風》的真正

〔註39〕熊禮匯《李白詩》，人民文學出版社，2005 年，第 5 頁。

價值還未引起足夠的重視；經南宋朱熹等人的提倡，進入明清，選本數量急劇增長，《古風》所受到的關注大大增加；近現代 1900 年至今的一百多年間，大體以 1970 年為界，由於種種歷史原因的影響，1970年之前的選本是比較少的，其後，尤其是進入 1980 年以後，選本數量大增。

就具體篇目而言，從整體來看，唐宋時期《古風》還沒有得到足夠的重視，偶而選錄《古風》的選本，以最早的唐本而言，其關注點是在《莊周夢胡蝶》《桃花開東園》《秋露白如玉》等抒情性和比興意味比較濃鬱的篇目上；進入南宋，經過朱熹的倡導，《大雅久不作》的地位和價值得以發現，自此至整個明清時期，成為最受矚目的單篇；進入近現代，接受者知識層次結構和受教育程度、比例的改變，加之文學選本的編選受政治因素的影響程度加深，使選本編選者的目光挪移到了《西上蓮花山》和《大車揚飛塵》篇，而對《大雅久不作》篇的關注則以論文的形式在專業的學術研究層面推進。

限於種種原因，一些選本散佚難見，尤其是近現代《古風》選本不可能全部涵蓋其中，我們只能以所見最大的選本數來作為統計分析的對象，以一窺全，以上所得結論大體上是可靠的，具有一定參考價值。

第五章　李白《古風》文本整體考論

第一節　「《古風》五十九首」得名與傳本演變考論

　　關於李白集的版本研究，目前最全面詳細，且最有價值的乃詹鍈《李白集版本源流考》〔註1〕，是在其舊作《李白版本敍錄》的基礎上增添材料重新改寫而成。從歷時性角度以前後代際之間的傳承流變為脈絡進行發掘的，還有鈴木修次、朱光寶《李白詩歌的傳承及版本論考》〔註2〕，申風《李集書錄》〔註3〕。餘者或對李集在各個朝代的編集刊刻情況進行研究，如王永波《李白詩在唐五代的編集與流傳》〔註4〕、《李白詩在宋代的編集與刊刻》〔註5〕、《李白詩在明代的編

〔註1〕詹鍈主編《李白全集校注彙釋集評》，百花文藝出版社，1996 年 12 月，第 4537～4563 頁。注：由於詹氏之文考論詳盡，故本文對李白集的整體編輯刊刻情況不多贅述。本文重點關注《古風》五十九首在各個主要版本系統（包括全本和選本）中的編輯、演變及流傳過程，並側重其在各個重要選本中的選錄情況。已佚之早年重要版本，從現存序跋或其他材料中能做出合理推測，懷疑當有《古風》存錄者，均作考釋；若已完全不能推測，則從略。

〔註2〕鈴木修次、朱光寶《李白詩歌的傳承及版本論考》，《天府新論》，1998 年，第 4 期。

〔註3〕申風《李集書錄》，《李白學刊》，1989 年，第 1 期。

〔註4〕王永波《李白詩在唐五代的編集與流傳》，《江蘇師範大學學報（哲學社會科學版）》，2014 年，第 1 期。

刻與流傳》〔註6〕，譽高槐《明代李白集刊布述略》〔註7〕；或對李白集的某一個版本中存在的問題進行考述，如楊樺《宋甲本宋乙本〈李太白文集〉為同一版本》〔註8〕，李子龍《陳振孫家藏本〈李翰林集〉源流補述》〔註9〕，殷春梅《靜嘉堂文庫藏宋蜀刻本〈李太白集〉有關問題考述》〔註10〕等。

對李白《古風》的研究，從整體性角度展開，且具有較大參考價值的主要有郁賢皓《論李白〈古風五十九首〉》〔註11〕、《李白〈古風〉五十九首芻議》〔註12〕，錢志熙《論李白〈古風〉五十九首的整體性》〔註13〕，喬象鍾《李白〈古風〉考析》〔註14〕，房日晰《論李白的〈古風〉》〔註15〕，賈晉華《李白〈古風〉新論》〔註16〕，楊海健《〈古風五十九首〉的來源與集成》〔註17〕等。餘者多從局部入手，選擇其中

〔註5〕王永波《李白詩在宋代的編集與刊刻》，《吉林師範大學學報（人文社會科學版）》，2014年，第2期。

〔註6〕王永波《李白詩在明代的編刻與流傳》，《山西大學學報（哲學社會科學版）》，2015年，第1期。

〔註7〕譽高槐《明代李白集刊布述略》，《中南大學學報（社會科學版）》，2010年，第6期。

〔註8〕楊樺《宋甲本宋乙本〈李太白文集〉為同一版本》，《天津師大學報》，1983年，第5期。

〔註9〕李子龍《陳振孫家藏本〈李翰林集〉源流補述》，中國李白研究（2003～2004年集）2003年李白國際學術研討會論文集。

〔註10〕見馬鞍山市博物館網站「學術交流」欄。

〔註11〕郁賢皓《論李白〈古風五十九首〉》，《中國李白研究（一九九零年集‧上）——中國李白學會第二屆年會紀事》，1989年6月。

〔註12〕郁賢皓《李白〈古風〉五十九首芻議》，《中國文學研究》，1989年，第4期。

〔註13〕錢志熙《論李白〈古風〉五十九首的整體性》，《文學遺產》，2010年，第1期。

〔註14〕喬象鍾《李白〈古風〉考析》，《文學遺產》，1984年，第3期。

〔註15〕房日晰《論李白的〈古風〉》，《西北大學學報（哲學社會科學版）》，1983年，第3期。

〔註16〕賈晉華《李白〈古風〉新論》，《中國李白研究（一九九一年集）——中國首屆李白研究國際學術討論會論文集》，1991年7月。

〔註17〕楊海健《〈古風五十九首〉的來源與集成》，《北京圖書館館刊》，1999年，第1期。

一篇進行單論，如袁行霈《李白〈古風〉（其一）再探討》〔註18〕，具有代表性，茲不贅述。

　　目前為止，還沒有研究者對李白《古風》的傳本系統及源流演變做出清晰而完整的考述。要研究《古風》的傳本系統，首先要釐清其形成過程，即「五十九」之數的確定過程；次要從全本和選本的角度綜合考察，對其形成後的編選流傳狀況做一整理；三要在前兩步的基礎上，對一些問題作出解釋，得出一個合理的結論，譬如：《古風》詩在李白集的編選過程中經歷了怎樣的演變？最早可能著錄的版本？現今可知的最早全本和選本？哪一個版本最早明確把「古風」和「五十九」之數繫於一處？「《古風》五十九首」的概念何時起開始定型？在選本中哪些篇目最引人注目，入選頻率最高？哪些篇目入選頻率最低？全本和選本的數量分別大概有多少？哪些版本的價值較高，值的我們進一步關注等等。筆者大量檢閱各種存世的李白詩文全集及選集，茲考述如下：

一、唐宋傳本

　　唐代所知的李白全集有3種，惜今皆散佚。最早的乃魏顥於天寶十三載（754年）所編的《李翰林集》，其《序》說：「首以贈顥作，顥酬白詩。……次以《大鵬賦》、古樂府諸篇，積薪而錄，文有差異者兩舉之。」〔註19〕提到「古樂府」字樣，疑有《古風》詩，然原本已佚，存錄情況、具體篇目皆不詳。

　　次為李白族叔李陽冰所編的《草堂集》，其《序》曰：

　　　　（白）不讀非聖之書，恥為鄭、衛之作，故其言多似天仙之辭。凡所著稱，言多諷興。自三代已來，風騷之後，馳驅屈、宋，鞭撻揚、馬，千載獨步，唯公一人。故王公

〔註18〕袁行霈《李白〈古風〉（其一）再探討》，《文學評論》，2004年，第1期。

〔註19〕〔唐〕魏顥《李翰林集序》，王琦《李太白全集》，中華書局，2011年3月，第1238頁。

趨風，列嶽結軌；群賢翕習，如鳥歸鳳。盧黃門云：「陳拾
遺橫制頹波，天下質文翕然一變，至今朝詩體，尚有梁、
陳宮掖之風。至公大變，掃地並盡；今古文集，遏而不行。
唯公文章，橫被六合，可謂力敵造化歟。」〔註20〕

這段話向我們傳遞了這樣幾個重要信息：一、李白詩歌源自《詩經》，
尤其是沿襲了其《風》《雅》正聲的傳統，「恥為鄭、衛之作」；二、
李白詩歌內容有一部分是諷喻之作，且在《草堂集》中佔有重要地位；
三、這些重要的篇目使李白具有了與屈原、宋玉並肩（言其詩），超
越揚雄和司馬相如（言其賦）的地位；四、這些詩歌改變了齊梁宮體
詩的綺靡之風，使天下文風為之一變。再參考後世李白全集的編選次
序，大部分都會把古賦、古詩（包含《古風》）、古樂府諸篇放在前面，
譬如兩宋本、蕭本、王琦聚錦堂本等重要版本，而這些詩賦剛好又是
最能體現上段話旨意及以上論析的篇目。故由此序可合理推測《草堂
集》中即有《古風》諸篇，只是因為《草堂集》已佚，其具體篇目、
次序、刊刻情況，今均不得而知。再次為范傳正所編寫的二十卷本《草
堂集》，已佚。范氏所撰《唐左拾遺翰林學士李公新墓碑》，只云「文
集二十卷，或得之於時之文士，或得之於宗族」〔註21〕，故其是否著
錄有《古風》詩，不詳。

選集中，目前流傳下來的元結、殷璠等人編的《唐人選唐詩》
十種，選入李白詩的有4種，即《河嶽英靈集》（13首），《唐寫本唐
人選唐詩》（43首），《又玄集》（3首）和《才調集》（28首）。《河嶽
英靈集》入選《莊周夢胡蝶》一篇，但卻題作《詠懷》。五代後蜀韋
縠編《才調集》〔註22〕，卷第六選李白詩共28首，其中有古風三

〔註20〕〔唐〕李陽冰《草堂集序》，王琦《李太白全集》，中華書局，2011
年3月，第1230頁。

〔註21〕〔唐〕范傳正《唐左拾遺翰林學士李公新墓碑》，王琦《李太白全集》，
中華書局，2011年3月，第1251頁。

〔註22〕〔五代〕後蜀韋縠《才調集》，元結、殷璠等編《唐人選唐詩》（十
種），中華書局，1958年12月。

首，分別為《泣與親友別》〔註23〕《秋露如白玉》〔註24〕《燕趙有秀
色》。這是目前最早的、惟一可確認的唐代李白集（包括全集和選
集）中，明確收錄並題為《古風》，且知道具體篇數和篇目的一個
版本。

　　宋代目前所知李白全集版本系統有3種，分別為：樂史本（已
佚），宋本（別稱宋甲本、宋乙本、宋蜀本、蘇本、晏處善本等），咸
淳本（「當塗本」與之同）。全集中最早的是樂史所編二十卷《李翰
林集》，乃承繼李陽冰所編的《草堂集》而來，由以上《草堂集序》
之推測可知，亦應包括《古風》諸篇，然此本已佚，具體情況亦未可
知。除此之外，另有十卷本《李翰林別集》，其《序》中說：「李翰林
歌詩，李陽冰纂為《草堂集》十卷。史又別歌詩十卷，與《草堂集》
互有得失，因校勘排為二十卷，號曰《李翰林集》。今於三館中得李
白賦序表贊書頌等，亦排為十卷，號曰《李翰林別集》。」〔註25〕明
確指出其中只包含「賦序表贊書頌」，可排除其著錄《古風》詩的可
能性。

　　迄今為止影響最大最廣泛的乃是宋敏求廣為搜集，經曾鞏考訂次
序，後又由蘇州太守晏處善刻印的版本，世稱蘇本、晏處善本，或宋
蜀本，別又分為宋甲本（北京國家圖書館藏）、宋乙本（日本靜嘉堂
文庫藏），即慣稱的「兩宋本」，為同一個版本系統〔註26〕，乃今傳最

〔註23〕《泣與親友別》篇，在宋甲本中為其十九，乃單篇；而在蕭士贇《分
　　　　類補注李太白詩》及王琦聚錦堂本中，為其二十《昔我遊齊都》的
　　　　中四韻。王琦認為：「韋縠《才調集》，只選中四韻作一首，而前後
　　　　不錄，是知古本似未失真，蕭本未免誤合。」（王琦《李太白全集》
　　　　上，中華書局，2011年3月，第102～103頁。）該問題將在宋代傳
　　　　本的論述中作進一步說明。
〔註24〕《才調集》為「秋露如白玉」，後兩宋本、蕭本、王本皆作「秋露白
　　　　如玉」，版本差異，俟考。此處依《才調集》錄。
〔註25〕〔宋〕樂史《李翰林別集序》，王琦《李太白全集》，中華書局，2011
　　　　年3月，第1238頁。
〔註26〕此一版本亦存在諸多問題，如「其具體刊刻時間」，「兩宋本是否為
　　　　同一版本」等，已有學者作出諸多努力對此進行探討，因不在本文

早的《李太白文集》的底本。此本為現今所知李白集版本系統中，最早明確著錄《古風》的全本。以宋甲本〔註27〕為例，《古風》諸篇列在卷二，自右至左排列順序分別為，目錄：第一行空一字書「第二卷」，第二行空兩字書「歌詩五十九首」；正文，第一行頂格書「李太白文集卷第二」；第二行空一字書「歌詩五十九首」；第三行空兩字書「古風上」。然卷三繼之以「歌詩三十一首　樂府一」，遍查全集並無「古風下」，殊為不解，俟考〔註28〕；第四行空三字書「古風五十九首」；第五行才開始頂格書「大雅久不作」，且各篇目沒有數字排序。卷二首頁右下角有紅色小印一枚，題曰「臥翁」，結束亦有紅色小印一枚，題曰「臥庵」，下書「卷終」，這兩枚小印乃明朝收藏家朱之赤的號。其具體篇數有五十九首，這也是迄今可知的《古風》型詩與「59」之數最早明確繫於一處的全集版本。

　　該本對《古風》的著錄情況與現今通行的李白集版本（比如王琦本）相比較有所不同。這一問題主要集中在「《昔我遊齊都》《泣與親友別》《在世復幾時》是三篇還是一篇？」和「《咸陽二三月》《寶劍雙蛟龍》是否應該入選《古風》中？」這兩個問題上。王琦認為：「中節語意與上下全不相類，當棄世遠遊，何事猶作兒女子態，與親友泣別，至於欲語再三咽耶？韋縠《才調集》只選中四韻作一首，而前後不錄，是知古本似未失真，蕭本未免誤合。但首章語意似未完，或有

重點討論之列，故略。限於篇幅及本文重點探討論題，對於兩宋本的具體問題，可參考：詹鍈《李白集版本源流考》、楊樺《宋甲本宋乙本〈李太白文集〉為同一版本》、殷春梅《靜嘉堂文庫藏宋蜀刻本〈李太白集〉有關問題考述》等文。對於以上文章之觀點，筆者暫持保留意見，俟考。

〔註27〕〔唐〕李白著，（宋）樂史、宋敏求、曾鞏編次《李太白文集》，中華再造善本，宋蜀刻本。

〔註28〕咸淳本「古風」分上下兩卷，下卷以「三季分戰國」始。詹鍈認為該本是依據樂史本而來，乃未經曾鞏考訂的版本，即其所依據的底本樂史本時間上要早於宋蜀本，或許宋蜀本只有「古風上」而無「古風下」乃是在編訂的過程中把樂史本上下兩卷「古風」合二為一，編者誤留了「古風上」的名字，刪掉了「古風下」而已，俟再考。

缺文未可知。朱子謂太白詩多為人所亂，有一篇分為三篇者，有二篇
合為一篇者，豈指此章而言耶？今姑仍蕭本，俟識者再為定之。」
〔註29〕王氏認為，蕭士贇乃「誤合」《才調集》，而非確然有所依，然
苦無新發現，姑且依蕭本而行。王氏謂朱子言「一篇分為三篇者」，
乃指宋甲本中《昔我遊齊都》《泣與親友別》《在世復幾時》為三篇，
而蕭本中合為一篇；「二篇合為一篇」者，乃指宋甲本中無《咸陽二
三月》《寶劍雙蛟龍》，而是題作《感遇二首》，清代繆曰芑本源於宋
本，被編入二十二卷，合為一篇，題作《感遇》。故宋甲本一分為三，
再減去兩篇；蕭本三合為一，再加上兩篇，俱為「五十九」首之數。
此一問題，詹鍈在《李白集板本源流考》（《李白全集校注彙釋集評》，
第 4550～4552 頁）中有詳細說明，然對於一些問題，詹氏亦不解，
俟再考。

　　其次是咸淳本，詹鍈認為該本是依據樂史本而來，未經曾鞏考訂
次序的版本。此本「古風」詩分為兩卷，據《景宋咸淳本李翰林集》
〔註30〕，正文第一行頂格書「李翰林集卷第一」，第二行空七字接右
書「翰林供奉李白」，第三行空三字書「古風上」，第四行頂格書「大
雅久不作」，至「容顏若飛電」篇結束，左下角書「李翰林集卷第一」；
第二卷依第一卷體例，第三行變為「古風下」，第四行頂格書「三季
分戰國」，至最後一首「惻惻泣路歧」結束，左上角書「李翰林集卷
第二」。各篇均無序號標明次序，且沒有數字標明《古風》詩篇數。
經比照，「當塗本」與此本為同一版本系統，從略。

　　通過與宋蜀本做比較，可總結如下：首先，在卷數上，宋蜀本為
一卷；咸淳本為兩卷。其次，在篇數上，宋蜀本為 59 首，有明確標
明「歌詩五十九首」；咸淳本為 60 首（無標明）。第三，在有出入的
具體篇目上，宋蜀本另有卷二十二《感遇》二首，分別為《咸陽二三

〔註29〕〔清〕王琦《李太白全集》（上），中華書局，2011 年 3 月，第 102
　　　　～103 頁。
〔註30〕〔唐〕李白著《景宋咸淳本李翰林集》，江蘇廣陵古籍刻印社，1980
　　　　年 4 月。

月》《寶劍雙蛟龍》；咸淳本前者列入其八，後者列入其十六。宋蜀本《昔我遊齊都》《泣與親友別》《在世復幾時》為三篇，咸淳本「昔我遊齊都」以下至「欣然願相從」為一首，「泣與親友別」以下至「蒼蒼但煙霧」為一首，分為兩篇，這樣咸淳本就是六十篇，而宋蜀本為五十九篇。

　　到了元末明初楊齊賢、蕭士贇本《分類補注李太白詩》，又把三者合為一篇，加入了《感遇》二首，就又變成了「五十九」之數，三者之間數目演變情況，見圖4：

圖4：宋蜀本、咸淳本、楊蕭本《古風》篇數演變情況圖〔註31〕

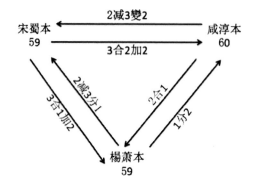

以上3種全本所收之《古風》詩，從卷數看，除咸淳本明確分為二卷外，餘者均為一卷。從篇數看，除咸淳本為60首，餘者均為59首。從注釋上看，自唐至宋，除了對個別字的異文隨文做注外，均沒有詳細注釋。從排序上看，李白集在宋初雖經曾鞏考訂次序，在時間上大致有了前後之分，《古風》詩各個版本排序也大致相當，並無太大出入，然《古風》詩內部並沒有數字明確標明先後次序，可知唐宋

〔註31〕「3合2」或「2變3」分別指《昔我遊齊都》《泣與親友別》《在世復幾時》三篇，合為《昔我遊齊都》《泣與親友別》兩篇；「3合1」或「1分3」為這三篇分合為一篇；「1分2」和「2合1」指《昔我遊齊都》《泣與親友別》兩篇的分合；「加減2」篇者指《咸陽二三月》《寶劍雙蛟龍》兩篇。

兩代，各版本編輯刊刻者並沒有對《古風》詩以數字前後相繫的排序意識。

　　宋代現在所知的主要唐詩選本有 3 個，詳見表 15：

表 15：宋代唐詩選本選錄《古風》統計表

編者	名　稱	卷　次	入選篇數	具體篇目
姚　鉉	《唐文粹》	卷十四	11	大雅久不作、咸陽二三月〔註32〕、莊周夢胡蝶、齊有倜儻生、黃河走東冥、胡關饒風沙、燕昭延郭隗、天津三月時、郢客吟唱白雪、燕趙有秀色、美人出南國
真德秀	《文章正宗》	卷二十二下	32	大雅久不作、蟾蜍薄太清、秦帝掃六合、代馬不思越、莊周夢胡蝶、齊有倜儻生、松栢本孤直、君平既棄世、胡關饒風沙、燕昭延郭隗、天津三月時、郢客吟白雪、秦水別隴首、世道日交喪、蓐收肅金氣、羽檄如流星、醜女來効顰、抱玉入楚國、燕臣昔慟哭、孤蘭生幽園、登高望四海、鳳飢不啄粟、周穆八荒意、八荒馳驚飆、桃花開東園、美人出南國、宋國梧臺束、青春流驚湍、齊瑟彈東吟、越客採明珠、我行巫山渚、惻惻泣路岐
祝　穆	《事文類聚》	別集卷十文章部	1	大雅久不作

二、元明兩代傳本

　　目前可知元代全本有兩部。其一是宋楊齊賢補注、元蕭士贇刪補的《分類補注李太白詩》〔註33〕，是元、明兩代最通行的李白集注本，統稱楊蕭本，然楊注原本佚失較早，故又多稱蕭本，因此放在元代論述。今能見到的最早刻本乃明修影印元勤友堂刻本，檢「中華再造善本」《分類補注李太白詩》，前有「據中國國家圖書館藏元建安余

〔註32〕《唐文粹》選《咸陽二三月》，題作《感遇》。
〔註33〕〔宋〕楊齊賢補注，〔元〕蕭士贇刪補《分類補注李太白詩》，中華再造善本，元建安余氏勤友堂刻明修本。

氏勤友堂刻明修本影印原書版框高十九點九釐米寬十三點二釐米」字樣，此本《古風》詩的排列順序，目錄：自右至左為第一行頂格書「卷之二」，第二行空一字書「古風」，第三行空兩字書「歌詩五十九首」；正文：第一行頂格書「分類補注李太白詩卷之二」，第二行空一字書「古風」，第三行空三字書「其一」，第四行頂格書「大雅久不作」，以此類推，每一首前俱標明序號，共五十九首，至此，蕭氏完成了對《古風》中每一首詩的編號排序工作，每一首詩在《古風》詩中均有了一個固定的編號和位置，該本影響極大，後世除翻刻本、編年本，及某些選本的特殊需求外〔註34〕，全本的編號排序基本上延續了蕭氏的排序和篇目，甚至有些選本目錄中直接以「古風其某某」，如「古風其一」「古風其十六」等數字代替首句。該本作注的順序先列「齊賢曰」，後列「士贇曰」，由於楊齊賢本早佚，故蕭注本就變成了現存最早、注釋最詳盡的版本。也成為清王琦《李太白文輯注》的底本。

其二是《唐翰林李太白詩集》二十六卷，佚名，現中國臺灣「國家圖書館」藏一部四冊。正文第一行頂格書「唐翰林李太白詩集卷第一」，第二行空三字書「古風」，下附小字「凡六十六首」，這是除了「59」之數外，第二個正文中明確標出《古風》型詩篇數且不同於59之數的版本（咸淳本為 60 首，但集中並未明確標明）。一一核對之，有改動的地方分別是：「大雅久不作」篇從「自從建安來」一分為二，多 1 篇；「昔我遊齊都」「泣與親友別」一分為二，多 1 篇；「秦水別隴首」和「秋露白如玉」合為一篇，少 1 篇；這樣的話，總數只有 60 首，而非 66 首之數，故其說法有誤。由此，詹氏言其錯誤頗多，

〔註34〕排除編年本，如安旗《李白全集編年箋注》、大野實之助《李太白詩歌全解》等，以及翻印本，如《李翰林集》三十卷，光緒三十二年西泠印社吳隱翻刻宋咸淳本；清初有繆曰芑影宋刻本《李翰林集》等。另，選本也有針對所選篇目按順序重新排列者，如明林兆珂《李詩鈔述注》選《古風》詩45首，從「其一」至「其四十五」重新排列，然其各篇之間的前後次序大體不亂，此不算在內。

並由諸多材料推測疑為坊刻本，也是有道理的。

　　元代李白《古風》選本共有兩種。其一是劉履《風雅翼》，卷十一選詩續編一，選古風 18 首〔註35〕。這 18 首依次分別為：《大雅久不作》《蟾蜍薄太清》《代馬不思越》《雨檝如流星》《秦皇按寶劍》《殷后亂天紀》《咸陽二三月》《燕昭延郭隗》《郢客吟白雪》《越客採明珠》《綠蘿紛葳蕤》《世道日澆喪》《鳳飢不啄粟》《燕臣昔慟哭》《青春流驚湍》《羽族稟萬化》《莊周夢胡蝶》《君平既棄世》。其選詩順序與之前以兩宋本為代表的順序並不相同，要麼是作者依據某一理由有意打亂順序而為，要麼是無意為之。亦或者是依據某一個當時的不定本順序所選。無論哪一種情況，都暗示我們，直至元代，李集版本也並沒有完全穩定下來，除了通行本之外，在民間依然存在著不定本。

　　其二是范梈批選《李翰林詩》，高密鄭鼐編次，卷一選《古風》15 首，這 15 首乃按照兩宋本為代表的通行順序所選。其前有小序云：「觀太白歷敘雅道之意，則韓公所稱李、杜文章者，豈無為哉！然非韓公則亦未足以知二公之深也。又曰：此《古風》為集首。杜用《龍門寺》《望嶽》等篇，編唐詩者之識趣，與編宋風者，已有大徑庭矣。」〔註36〕這則小序傳達了兩個信息：其一，李杜文章皆有為而作，是有現實觀照和針對性的，韓愈在這一點上有著深刻的認識，而後世研究者往往只關注到杜甫詩歌的現實性而忽略了李白；其二，以《古風》位列集首，在唐代李白集的編選者中，已經形成共識，這是深得李詩精髓之舉，唐詩編選者對集首篇章的選擇與宋詩編選者的選擇已發生

〔註35〕〔元末明初〕劉履編，何景春刊刻《風雅翼》，卷十一選詩續編一，明弘治刊本。

〔註36〕〔元〕范梈批選，高密鄭鼐編次《李翰林詩》，元刻本，現藏中國臺灣「國家圖書館」。這 15 首分別為：其一《大雅久不作》、其二《蟾蜍薄太清》、其三《秦皇掃六合》、其四《鳳飛九千仞》、其五《太白何蒼蒼》、其七《客有鶴上仙》、其十《齊有倜儻生》、其十二《松柏本孤直》、其十四《胡關饒風沙》、其十六《寶劍雙蛟龍》、其十八《天津三月時》、其二十三《秋露白如玉》、其三十四《雨檝如流星》、其三十九《登高望四海》、其四十七《桃花開東園》。

了大相逕庭的變化。

到了明代，無論是全本，還是選本，都比之前數量多，還出現了李、杜詩的合刊本。明代的李白詩全本中（包括合刊本，不包括同一版本的重刊本），含《古風》詩的有9種（其中4種為合刊本）。依次如下：

《分類李太白詩》二十五卷，五冊，李文敏、彭祐編，正德十年乙亥解州刊本。詹氏言此本見於美國人艾隆（Elling O. Eide）私人藏書處「縹囊齋」，分類、編次俱與楊蕭本同，只是去掉了注釋，故略。

《唐翰林李白詩類編》十二卷，正德十三年戊寅刊本。此本與前不同，先分體後分類，卷一包括四言，由樂府和寫懷兩部分組成，五言古詩，包括古風（標明「五十九首」）和樂府兩部分，《古風》詩為卷一的一部分，只有原文，無注釋等，疑難字下標有讀音或異文。此本另有嘉靖間延平刻本，與戊寅本大同小異，故略。

《唐李白詩》十二卷，佚名，嘉靖八年刻本。此本卷首有《李太白詩題辭》，編者極力推崇古體詩，曰：「人皆喜讀杜詩，予獨喜讀李詩；人皆喜讀近體，予獨喜讀古體。夫不讀李詩不足以發雋逸之趣，不讀古體不足以發舂容之旨，故杜詩易讀，李詩難讀；近體易讀，古體難讀。讀李詩如入天府而睹宮闕，讀古體如登清廟而聞琴瑟。孰謂李詩易學，古體易作哉！」〔註37〕其後有署名「大梁李濂序」的《唐李白詩序》，及署名「宋端明殿學士兼翰林侍讀學士龍圖閣學士尚書吏部侍郎宋祁撰」的《唐李白傳》。該本目錄自右至左，第一行頂格書「唐李白詩目錄」，第二行頂格書「第一卷」，第三行空一字書「五言古詩」，第四行空三字書「古風五十九首」（其中「古風」為大號字體，「五十九首」為小號字體）。正文自右至左，第一行頂格書「唐李白詩卷之一」，第二行空一字書「五言古詩」，第三行空四字書「古風

〔註37〕〔明〕王睦楑《李太白詩題辭》，《唐李白詩》十二卷，嘉靖八年刻本。

五十九首」，同目錄「古風」為大字，「五十九首」為小字。這是最早把「古風」和「五十九」兩者聯繫在一起的一個版本，至此，完成了由「歌詩五十九首」到「古風五十九首」名稱上的一個轉變。現位於北京國家圖書館，藏本分訂六冊。此本只有正文，無注。卷上首有少量朱筆批注。

《分類補注李太白詩文》三十卷，嘉靖二十二年，郭雲鵬寶善堂刻本。鑒於楊蕭本注釋過於繁雜，郭本對其刪減過半，且加入了徐禎卿對《古風》的評價，及未署名的新注。《四部叢刊》本李白集即以此本為底本影印。

《李翰林分類詩》八卷，賦一卷，萬曆二年甲戌李齊芳、潘應詔刻本。其卷一包括《古風》、《樂府上》二十八首，自右至左，分別為：第一行頂格書「李翰林分類詩卷一」，第二行左下書「廣陵李齊芳　侄茂年茂材分類」，第四行左下書「同里潘應詔　舒度　馮春　同閱」，第四行空三字書「古風五十九首」，延續了《唐李白詩》的做法，可見「古風五十九首」取代「歌詩五十九首」，已經變成編輯刊刻者的共識。此本以明鮑松刻仿宋咸淳本為底本，《感遇》二首歸於《古風》內。只有正文，沒有注釋校對。

合刊本《李杜詩集》十六卷，萬虞愷輯，嘉靖二十一年壬寅萬氏刻本。卷一至八為李白集，先分體後分類，「古風」詩位於第一卷，排列次序上先列「古賦」，次以「五言古詩」，包括古風五十九首和樂府諸篇，此本亦只有正文。

合刊本《李翰林全集》四十二卷，年譜一卷，萬曆四十年壬子劉世教《合刻分體李杜全集》本。前有署名「大泌山人李維楨本寧譔」的《合刻李杜分體全集敘》及署名「萬曆玄點困敦夏六月朔，平原劉世教譔」和「秀水王稚登書」字樣的《合刻李杜分體全集序》；下為「凡例」；接以李陽冰《李翰林詩序》，樂史《別集序》，宋敏求《後序》，曾鞏《後序》，以及「元封三年夏四月信安毛漸校正謹題」的《題跋》，以及《舊唐書列傳》，李華《李翰林墓誌銘》，劉詮

《碣記》，署名「關中薛仲雍編」的《李翰林年譜》。目錄頂格書「卷之四」，空一字書「五言古詩一」，空二字書「古風六十一首」。這是除了「古風五十九首」之外，明確把「古風」和另一個數字「六十一」（篇數）聯繫在一起的一個本子，且據詹氏考訂，也是校勘最審慎，元明兩代價值較高的一個版本。然亦是只有正文和若干字句點校，沒有注解。

合刊本嚴羽、劉辰翁評點，聞啟祥輯《李杜全集》，其中《李太白集》二十二卷，崇禎二年刻本。該本《古風》詩排在第一卷，其排列、篇目與蕭本同，略。

合刊本《李詩通》，二十一卷，胡震亨編，與《杜詩通》四十卷合刊，合稱《李杜詩通六十一卷》。前有「海鹽胡震亨遁搜甫撰」「秀水朱茂時子葵甫訂」。乃胡氏重新編訂的一個本子，其前有序：「……按宋所收，間雜偽作，曾子所次，體例亦多錯紊，今從編訂，以樂府居前，餘一律各以類從，為二十」〔註38〕，故該本乃先分體後分類，分體由《唐翰林李白詩類編》而來。其總目有「五言古詩　十卷　四百四十一首」，「古風」列於卷六，該本力倡「古風六十首」之說，卷首注云：「舊作五十九首，《詩紀》分第二十首為三首，作六十一首。今考第二十『昔我遊齊都』一篇，辭意止可分為二首，合之適得六十，於成數似符云」〔註39〕。

明代的主要選本亦有 13 個，詳見表 16：

表 16：明代李詩選本與唐詩選本選錄《古風》統計表

編　者	名　稱	卷　次	入選篇數	具體篇目
朱　諫	《李詩選注》	卷一	59	全部

〔註38〕〔明〕胡震亨，《李詩通》卷六，清順治七年（1650）朱茂時刻本。
〔註39〕同上。

張　含	《李詩選》	卷一	5	秦皇掃六合、咸陽二三月、莊周夢胡蝶、天津三月時、昔我遊齊都
梅鼎祚	《李詩鈔評》	卷二	14	大雅久不作、蟾蜍薄太清、燕趙有秀色、莊周夢胡蝶、鄭客西入關、蓐收肅金氣、登高望四海、綠蘿紛葳蕤、八荒馳驚飈、美人出南國、松柏本孤直、君平既棄世、青春流驚湍、羽族稟萬化
林兆珂	《李詩鈔述注》	卷五（25首）卷六（20首）	45	大雅久不作、蟾蜍薄太清、秦皇掃六合、鳳飛九千仞、太白何蒼蒼、代馬不思越、客有鶴上仙、咸陽二三月、莊周夢胡蝶、齊有倜儻生、松柏本孤直、君平既棄世、胡關饒風沙、燕昭延郭隗、寶劍雙蛟龍、天津三月時、西嶽蓮花山、昔我遊齊都、郢客吟白雪、秋露白如玉、世道日交喪、碧荷生幽泉、燕趙有秀色、三季分戰國、鄭客西入關、蓐收肅金氣、羽檄如流星、醜女來效顰、抱玉入楚國、燕臣昔慟哭、孤蘭生幽園、登高望四海、鳳飢不琢粟、朝弄紫泥海、周穆八荒意、綠蘿紛葳蕤、八荒馳驚飈、一百四十年、桃花開東園、美人出南國、青春流驚湍、倚劍登高臺、越客採明珠、我到巫山渚
高　棅	《唐詩品彙》	卷四（五言古詩四）	32	大雅久不作、蟾蜍薄太清、秦帝掃六合、鳳飛九千仞、太白何蒼蒼、客有鶴上仙、莊周夢胡蝶、齊有倜儻生、黃河走東溟、松柏本孤直、君平既棄世、胡關饒風沙、燕昭延郭隗、寶劍雙蛟龍、天津三月時、郢客吟白雪、秋露白如玉、世道日交喪、三季分戰國、鄭客西入關、蓐收肅金氣、羽檄如流星、抱玉入楚國、燕臣昔慟哭、孤蘭生幽園、登高望四海、鳳飢不啄粟、周穆八荒意、八荒馳驚飈、桃花開東園、越客採明珠、我到巫山渚
吳　訥	《文章辨體》	卷十二（古詩三）	10	大雅久不作、代馬不思越、郢客吟白雪、越客採明珠、世道日澆喪、鳳飢不啄粟、燕臣昔慟哭、青春流驚湍、莊周夢胡蝶、君平既棄世
曹學佺	《石倉歷代詩選》	卷四十四上（盛唐十三上）	16	大雅久不作、蟾蜍薄太清、代馬不思越、客有鶴上仙、咸陽二三月、松柏本孤直、君平既棄世、燕昭延郭隗、寶劍雙蛟龍、

				西嶽蓮花山、泣與親友別、秦水別隴首、世道日澆喪、燕趙有秀色、蓐收蕭金氣、抱玉入楚國
鍾　惺	《唐詩歸》	卷十五	1	鳳飛九千仞
張維新	《華嶽全集》	卷七	1	西嶽蓮花山
陸時雍	《唐詩鏡》	卷十七（盛唐第九）	27	大雅久不作、蟾蜍薄太清、代馬不思越、咸陽二三月、莊周夢胡蝶、君平既棄世、胡關饒風沙、天津三月時、西嶽蓮花山、秋露白如玉、大車揚飛塵、秦水別隴首、世道日交喪、碧荷生幽泉、燕趙有秀色、容顏若飛電、玄風變大古、鄭客西入關、蓐收蕭金氣、羽檄如流星、醜女來効顰、孤蘭生幽園、登高望四海、綠蘿紛葳蕤、青春流驚湍、倚劍登高臺、越客採明珠
唐汝詢撰（吳昌祺刪訂）	《刪訂《唐詩解》》	卷三（五言古詩三）	15	大雅久不作、蟾蜍薄太清、咸陽二三月、莊周夢胡蝶、齊有倜儻生、松柏本孤直、君既然棄世、燕昭延郭隗、天津三月時、世道日澆喪、羽檄如流星、抱玉入楚國、顏臣昔慟哭、鳳飢不啄粟、我到巫山渚
費經虞	《雅倫》	卷二十	8	蟾蜍薄太清、太白何蒼蒼、齊有倜儻生、黃河走東溟、昔我遊齊都、秋露白如玉、登高望四海、桃花開東園
謝天瑞	《詩法》	卷八	1	大雅久不作

三、清代傳本

　　清代的李集全本有 5 種，其中有 3 種乃翻刻《宋蜀本》《咸淳本》或刪削王琦本而來。這 5 種分別為：

　　清初繆曰芑影宋刻本《李翰林集》，簡稱繆本，康熙五十六年，雙草堂刻本，清孫星衍校。但此本完全是照宋蜀本《李太白文集》而來，只是名字改成了《李翰林集》，無箋注，只有少量校對文字，故略〔註40〕。

―――――――――――

〔註40〕該本目錄及正文中又稱《李太白文集》，容易讓人誤以為是依樂史本影印，特註明。

　　清代最重要的版本就是王琦《李太白文集輯注》，該本以蕭本為底本，是清代最通行的一個善本。現有聚錦堂藏板，三十六卷，款式全同寶笏樓刊本。16 冊；23cm。10 行 20 字，小字雙行同，白口，單黑魚尾，左右雙邊，版框高 17.9cm，寬 13.6cm。前有齊召南《李太白集輯注釋序》，及杭世駿、趙信、王琦自序等。目錄「卷之二」下空兩字書「古詩五十九首」，右空一字書「古風五十九首」。正文自右至左：第一行頂格書「李太白文集卷之二」，第二行下書「錢塘　王琦琢崖輯注」，第三行下書「濟　魯川校」，第四行空一字書「古詩五十九首」，第五行空兩字書「古風五十九首」，第六行頂格書「大雅久不作」，《古風》詩各篇未標明次序。該本另有文淵閣《四庫全書》本，以及民國三年（1914）澹廬居士陳震所刻掃葉山房本，相較上本，此本齊召南序後多「光緒戊申三月秀水楊觀光書」及「光緒三十有三年歲次丁未嘉平既望澹廬居士陳震撰並書」兩篇，餘同，略。

　　《李太白全集》十六卷，乃李調元、鄧在珩依據王琦本，刪削其注而刻，故略。

　　《李翰林集》三十卷，光緒三十二年西泠印社吳隱翻刻宋咸淳本，劉世珩玉海堂影宋咸淳本，略。

　　《全唐詩》卷一百六十一，（清）文淵閣《四庫全書》本，中國臺灣商務印書館影印。全本，無注釋，排序等，只有原文內容。值得注意的是，該本《客有鶴上仙》篇改為與其互為異文的《五鶴西北來》。

　　清代的主要選本有 16 種，詳見表 17：

表 17：清代李詩選本和唐詩古詩選本選錄《古風》統計表

編　者	名　稱	卷　次	入選篇數	具體篇目
應　時丁谷雲	《李詩緯》	卷一（7）卷二（5）	12	大雅久不作、秦皇掃六合、莊周夢胡蝶、齊有倜儻生、黃河走東溟、松柏本孤直、天津三月時、太白何蒼蒼、胡關饒風沙、燕臣昔痛哭、鳳飢不啄粟、八荒馳驚飆

沈　寅 朱　崑	《李詩直 解》	卷一（五 言古風）	10	大雅久不作、秦皇掃六合、鳳飛九千仞、 客有鶴上仙、莊周夢胡蝶、黃河走東溟、 天津三月時、昔我遊齊都、秋露白如玉、 抱玉入楚關
近藤 元粹	《李太白 詩醇》	卷一	34	大雅久不作、秦皇掃六合、太白何蒼蒼、 代馬不思越、咸陽二三月、莊周夢胡蝶、 齊有倜儻生、黃河走東溟、松柏本孤直、 君平既棄世、胡關饒風沙、燕昭延郭隗、 天津三月時、郢客吟白雪、秋露白如玉、 大車揚飛塵、世道日交喪、碧荷生幽泉、 燕趙有秀色、玄風變大古、鄭客西入關、 羽檄如流星、抱玉入楚國、孤蘭生幽園、 登高望四海、鳳飢不啄粟、搖裔雙白鷗、 周穆八荒意、綠蘿紛葳蕤、桃花開東園、 美人出南國、宋國梧臺東、羽族稟萬化、 惻惻泣路歧
孫承澤	《天府廣 記》	卷四十二	1	燕昭延郭隗
王夫之	《唐詩評 選》	卷二	7	我到巫山渚、蟾蜍薄太清、鳳飢不啄粟、 莊周夢胡蝶、世道日交喪、燕臣昔慟哭、 鳳飛九千仞
徐　倬	《全唐詩 錄》	卷二十	40	大雅久不作、蟾蜍薄太清、秦皇掃六合、 鳳飛九千仞、太白何蒼蒼、代馬不思越、 客有鶴上仙、咸陽二三月、莊周夢胡蝶、 齊有倜儻生、黃河走東溟、松柏本孤直、 君平既棄世、邊關饒風沙、燕昭延郭隗、 寶劍雙蛟龍、天津三月時、泣與親友別、 在世復幾時、郢客吟白雪、秦水別隴首、 秋露白如玉、世道日澆喪、碧荷生幽泉、 燕趙有秀色、容顏若飛電、三季分戰國、 玄風變大古、羽檄如流星、燕臣昔慟哭、 孤蘭生幽園、登高望四海、鳳飢不啄粟、 朝弄紫泥海、桃花開東園、美人出南國、 青春流驚湍、倚劍登高臺、越客採明珠、 惻惻泣路歧
王士禎	《古詩選》	卷十六	27	大雅久不作、蟾蜍薄太清、秦皇掃六合、 太白何蒼蒼、咸陽二三月、莊周夢胡蝶、 齊有倜儻生、君平既棄世、胡關饒風沙、 金華牧羊兒、天津三月時、昔我遊齊都、 秋露白如玉、碧荷生幽泉、容顏若飛電、

				鄭客西入關、羽檄如流星、綠蘿紛葳蕤、 美人出南國、宋國梧臺東、殷后亂天紀、 青春流驚湍、戰國何紛紛、倚劍登高臺、 齊瑟彈東吟、我行巫山渚、惻惻泣路歧
沈德潛	《唐詩別裁》	卷二	15	大雅久不作、蟾蜍薄太清、秦皇掃六合、 莊周夢胡蝶、齊有倜儻生、松柏本孤直、 君平既棄世、天津三月時、鄭客西入關、 羽檄如流星、胡關饒風沙、登高望四海、 醜女來效顰、八荒馳驚飆、桃花開東園
邢　昉	《唐風定》	卷之一上	5	秦皇掃六合、齊有倜儻生、松柏本孤直、 君平既棄世、燕昭延郭隗
官　修	《唐宋詩醇》	卷一（隴西李白詩一）	27	大雅久不作、秦皇掃六合、太白何蒼蒼、 代馬不思越、五鶴西北來、咸陽二三月、 莊周夢胡蝶、齊有倜儻生、黃河走東溟、 松柏本孤直、君平既棄世、胡關饒風沙、 燕昭延郭隗、天津三月時、昔我遊齊都、 秋露白如玉、大車揚飛塵、碧荷生幽泉、 鄭客西入關、羽檄如流星、孤蘭生幽園、 鳳飢不啄粟、周穆八荒意、綠蘿紛葳蕤、 美人出南國、羽族稟萬化、惻惻泣路歧
宋宗元	《網師園唐詩箋》	卷二五言古詩之二	9	大雅久不作、莊周夢胡蝶、齊有倜儻生、 松柏本孤直、君平既棄世、天津三月時、 鄭客西入關、登高望四海、桃花開東園
陳　沆	《詩比興箋》	卷三	28	蟾蜍薄太清、周穆八荒意、秦王按寶劍、 殷后亂天紀、秦王掃六合、戰國何紛紛、 蓐收蕭金氣、一百四十年、代馬不思越、 胡關饒風沙、羽檄如流星、燕昭延郭隗、 大車揚飛塵、碧荷生幽泉、孤蘭生幽園、 羽族稟萬化、鳳飢不啄粟、綠蘿紛葳蕤、 青春流驚湍、桃李開東園、登高望四海、 倚劍登高臺、八荒馳驚飆、世道日交喪、 三季分戰國、玄風變大古、西嶽蓮花山、 鄭客西入關
曾國藩	《十八家詩鈔》	卷四（李太白五古上）	59	全部
李　鍈	《詩法易簡錄》	卷一（五言古詩）	2	大雅久不作、莊周夢胡蝶

餘慶元	《唐詩三百首續選》	五言古詩卷	1	桃花開東園
笈甫主人	《瑤臺風露》	不分卷	59	全部

四、近現代傳本

近現代有關《古風》的李白全集重要注本有 13 種（其中包括臺灣 1 種、日本 3 種），分列如下：

瞿蛻園，朱金城《李白集校注》。此本《古風》詩選 59 首，排在卷二，目錄以次序和各篇前兩字排列，如「其一　大雅」。正文自右至左分列為：「李白集校注卷二」「古詩五十九首」「古風五十九首」，正文後附「校」，參照兩宋本、咸淳本、胡本、繆本、王本等，對每一篇各本之異文進行校對；次為「注」，對某些字句作注釋；再次為「評箋」，列各本對該篇目的評析。

詹鍈《李白詩文繫年》，內含《李白古風五十九首集說》。此為詹氏早年研究，較簡略。該本從「長安元年」（701）李白出生始，至寶應元年（762）李白去世終，詩文繫於各年之中，相當於是融合李白年譜和詩歌繫年兩者所編次的一個版本。比如《蟾蜍薄太清》詩，繫於開元十二年甲子，與王皇后被廢之事相互照應，59 首各篇皆依此行事。該本 154 至 164 頁附《李白古風五十九首集說》，對每一首之大意及繫年進行解說，其中與前重出者略。該本是現當代李白研究中繫年方面最重要的一個早年版本，是之後各個繫年版本的一個參考。

詹鍈《李白全集校注彙釋集評》，此本第二卷標「歌詩五十九首古風五十九首」，以各篇次序加首句為題，如「其一　大雅久不作」，正文前有「題解」，綜述各篇主旨；然後對每一首按大意進行分段，每段後先列「校記」，對異文進行校勘，後列「注釋」，繼之以「朱諫云（或朱云）」；正文結束，後附之以「集評」，全面彙集各家觀點；對新近出現的可供參考但又不完全肯定的觀點，或者編者的意

見，或不同意古人對某詩篇的解釋，但是又想保存資料的，都列入「備考」。59 首全部結束後附「《古風五十九首》總評」。是較為詳盡的一個版本。

安旗、薛天緯、閻琦、房日晰《李白全集編年箋注》，此本主要致力於對李白詩文進行編年，實在無法確定或推測具體創作時間的則單列「未編年詩」卷。編年詩部分按年號時間順序排列，下列李白當時年齡，《古風》詩穿插各卷之中，上列首句，下小字書其次序，如《大雅久不作》篇，繫於「卷九　編年詩第九　天寶九載（七五○年）　李白五十歲」，正文自右至左：第一行空三字大字書「大雅久不作」，後小字書「古風其一」，第二行頂格書正文，其後包括「注釋」「集說」「按」三個部分。

郁賢皓《李太白全集校注》（全八冊）〔註 41〕《古風五十九首》列在第一冊卷第一。此本正文前有「題解」，對「古風」概念及李白《古風》的發展演變，各版本之不同都做了簡述；然後列各篇次序，比如「其一」，繼之以正文，正文後附「校記」「注釋」「評箋」，最後附「按」，對各篇主旨大意進行解析探究，同時闡明作者觀點。59 首全部結束後附「五十九首總評」，匯集各家對《古風》的總體評價。

管士光《李白詩集新注》，卷一為《古風》，59 首，只有正文和簡單注釋。

張式銘標點《李太白集　杜工部集》合刊本，此本卷第二標目為「歌詩五十九首（古風）」下列《古風》五十九首，但實際上只有58 首，少《燕昭延郭隗》《金華牧羊兒》兩篇，《昔我遊齊都》從「泣與親友別」為斷，前後分為兩篇，故只有 58 首。只有正文，別無其他注釋集評等，價值一般。

還有張純美等注釋的《詩仙李白詩聖杜甫全集》為李杜合刊本；以及葛景春的《〈李太白全集〉詮釋與解讀》。

臺灣陳宗賢《李太白詩述評》，卷一為《古詩五十九首》，下含

「古風五十九首。」該本先列原文，繼之以「評」，評說中包括楊、蕭、王、朱等各家集說，偶有作者按語，只有這兩個部分，內容較為簡單。

日本有關李白《古風》的全本有 3 種，分別為：平岡武夫編《李白的作品》，為影印靜嘉堂文庫藏的宋蜀本。久保天隨編《李太白詩集》，為日文最早全譯注本，排序依照楊蕭本《分類補注李太白詩》。這 2 種都是影印或依據古本次序所編，其《古風》詩悉照原本，故略。另有大野實之助《李太白詩歌全解》1 種，每一首詩原文後分設押韻、詩型、翻譯、字義說明、作品解說、推測繫年等項目，該本詩歌編年主要依照《李白詩文繫年》進行，同時參照黃錫珪《李太白年譜》。

以上，分別從全本和選本的角度，釐清了李白《古風》自唐至近現代的傳播編選情況。基於此，我們可以得出如下結論：

首先，《古風》詩很可能在唐代就已經形成，李陽冰所編的《草堂集》極有可能已經對此類詩歌作品做了歸類整理，並統一以「古風」冠之，但定名者是否為李陽冰則不可知，此時很可能並沒有「五十九」之數。

其次，《才調集》是目前最早的、惟一可確認的唐代李白集（包括全集和選集）中，明確收錄《古風》，且知道具體篇數和篇目的一個版本。

第三，宋代經宋敏求搜集，曾鞏考訂的「兩宋本」是迄今所知李白集版本系統中，最早明確著錄《古風》的全本，也是最早把「59」之數和「古風」繫於一處的版本。

第四，由宋蜀本到咸淳本，再到蕭本，「59」首之數經歷了一個分合變化，並重新定型的過程，然統觀唐宋兩代，各版本編輯刊刻者並沒有對《古風》詩以數字前後相繫，對其排序的意識。

第五，比較分析自宋至近現代 28 個現存的重要全本，排除 3 個編年本，1 個排在卷四（劉世教《李翰林全集》），1 個排在卷六胡震

亨（《李詩通》），其餘 23 個版本，《古風》各版本卷次分別排在「卷一」（10 種）或「卷二」（13 種），各篇目之間的前後排列次序亦大同小異，經歷了一個由鬆散波動到趨於穩定的過程。

第六，元明兩代最重要的是楊蕭本，乃目前所知第一個對《古風》進行排序並以數字前後相繫的版本，完成了對《古風》中每一首詩進行編號排序的工作，使《古風》中的每一篇均有了一個相對固定的編號和位置。其後除翻刻本和編年本外的各個版本次序及篇數、篇目，大多依據楊蕭本而來。清代最重要的是王琦本，依據楊蕭本而來並加以完善。這兩個本子是元明清三代最值得我們注意的版本，其注解多有發明，加深了我們對李白《古風》詩的理解，同時也因「過度闡釋」帶來了一些問題，需加以辯證。

第七，從數量上來說，自唐至近現代，選錄李白《古風》詩的重要全本約有 32 種，選本約有 36 種，詳見表 18：

表 18：唐以來選錄《古風》的李詩全本選本與唐詩古詩選本數量統計總表

朝　代	李詩全本	李詩、唐詩、古詩選本
唐五代	3（已佚，存疑）	2
宋	3（1 種已佚）	3
元	2 種	2
明	9（4 種合刊）	13
清	5（3 種翻刻）	16〔註 42〕
近現代	10 種	略

關於《古風》重要版本之間異文的考察分析，以及《古風》創作之初的最大可能情況等其他問題，將於下文探討。

〔註 42〕另有與清末同時的日本近藤元粹所編《李太白詩醇》一種。

第二節　《古風》五十九首異文考論──以兩宋本、 咸淳本〔註43〕、楊蕭本為中心

　　目前學界對李白詩歌異文的研究，主要從音韻、訓詁等文字學、校勘學角度入手，呈現在各個李白集版本的異文匯校中，少數論文也大多集中於某篇個別字句的考證和比對分析上，由基礎的校勘入手進行全面宏觀觀照者較少。李白詩歌中異文遠多於同時代其他詩人，這是一個不爭的事實，房本文《唐人選唐詩中李白詩歌異文芻議》〔註44〕從共時性角度出發，拿李白詩歌異文數量與同時代詩人比較，通過對比敦煌殘卷《唐寫本唐人選唐詩》《河嶽英靈集》《又玄集》《才調集》4 種皆選李白詩歌的唐詩選本，得出李白詩歌異文要遠多於常建、王維、高適、儲光羲、王昌齡等其他同時代詩人的結論。《古風》作為李白詩歌中地位獨特的存在，從歷時性角度出發，在早期不同版本異文匯校的基礎上，對其異文做一整體研究和宏觀觀照，是具有一定價值和意義的。

　　在現存的李白集版本中，出現於宋代的「兩宋本」「咸淳本」，以及宋元之際的「楊蕭本」，是早期李白全集最重要的三個版本，李白《古風》在這三個版本中位置統一，均編次於卷二。然早期的這三個版本也是最不穩定的，主要體現在三個方面：首先，具體篇目和篇數〔註45〕的分合上有出入；其次，兩宋本和咸淳本沒有給各篇目排定順序；第三，名稱也有差異，兩宋本和楊蕭本稱「歌詩五十九首」，咸

〔註43〕宋刻咸淳本《李翰林集》、當塗本《太白集》均已亡佚，現存咸淳本為明清影刻的仿本，因較好地保存了宋本原貌，故以此為例。「咸淳本」與「當塗本」當為同一個版本系統，二者關係，詳請參考郁賢皓《咸淳本〈李翰林集〉源流和名稱簡論》（見《李白與唐代文史考論》第二卷，南京師範大學出版社，2008 年，第 615～622 頁）。

〔註44〕房本文《唐人選唐詩中李白詩歌異文芻議》，《文學遺產》，2012 年，第 3 期。

〔註45〕關於篇數，兩宋本、楊蕭本中為 59 首，咸淳本中為 60 首，關於具體篇目的分合，及總數的演變，已於《〈古風〉得名與傳本演變考論》一節中作深細探究，茲不贅述。

淳本作「古風上」，但是遍查該本並無「古風下」。其中，因五代後蜀
韋縠編的《才調集》收錄《泣與親友別》《秋露如白玉》《燕趙有秀色》
三篇，是比兩宋本更早的涉及《古風》的本子，故而在數據統計上參
考了《才調集》所收錄的這三篇異文。

　　選取這三個版本為中心，分析《古風》的異文，主要原因有二：
首先，就時間而言，這三個版本是現存最接近李白《古風》創作時間
的最早重要版本，能最大程度地反映李白《古風》原貌，且能把在歷
史流傳過程中因各種客觀或主觀原因遭後人竄亂修改的可能性降到
最低；其次，就文本本身而言，這三個版本的不穩定性最直接地體現
在相互之間存在大量異文，楊蕭本以後的各個版本異文大部分均與這
三者相同，只有極少數例外。

　　本節以這三個李白集版本為中心，採用「三者均取，兩兩互校，
參考其餘」的方法〔註46〕，對這些異文進行細緻統計和深入辨析，
希冀從不同的角度和視野發現問題，並通過《古風》異文的校勘對李
白集的編輯流傳狀況作一新的考察。值得注意的是，由於歷史客觀
原因，異文的產生會涉及到諸多必然因素和偶然因素，必然因素我們
可以通過規律性總結得出，一些問題可以在現有材料的基礎上進行客
觀推理，得出若干個最可能的結論，然偶然因素由於時代久遠，大多
已不可考。筆者不揣淺陋，嘗試以《古風》的異文考察為切入點，對
李白集異文的產生原因，及其版本在宋元之際的演變過程，作一初步
探究。

一、異文的分類考察與特點

　　綜合考察《古風》的異文，具有如下特點：

〔註46〕參考元代以後李白集重要版本中與所選這三個版本均不同的異文，
　　　　和這三個版本中「一作」出注的異文，即各個版本的編者在編選過
　　　　程中作為參校本的其他同時代李白集版本異文。另，為行文方便起
　　　　見，各篇目以排序代首句時，依據清王琦本的排序為準。行文論述
　　　　中，異文用斜體標出。

　　首先，是異文數量多。在早期的這三個李白全集代表性版本中，《古風》的異文數量頗多。完整無誤，沒有異文及其他文字出入的只有 6 首，分別是：《齊有倜儻生》（其十），《松柏本孤直》（其十二），《大車揚飛塵》（其二十四），《周穆八荒意》（其四十三），《綠蘿紛葳蕤》（其四十四），《美人出南國》（其四十九），若按總篇數「59」算，無異文者只占約 10%。三個版本互校，句異和字異者共有 184 處。其中 113 處為異文，這裡面有 99 處為一字異文，是異文的主要呈現形式，約占總體異文比例的 88%。13 處為兩字異文。具體又可以大致分為如下幾類：

　　第一類是形音相似造成的互用或誤寫，即因某個字的字形、字音相同或相似，在傳抄的過程中因互用或誤寫而形成的異文，情況比較複雜，有些會影響句意，往往造成意義上的突兀和費解，有些則基本不影響。在這一類異文裏，需要根據具體情況具體分析。有些異文用文字學的基本校勘常識，結合上下句意即能解決，比如《大雅久不作》（其一）「*楊／揚*馬激頹波」，此處「揚」應為正字，而「楊」為訛字無疑，因為在文字學裏，「楊」「揚」二字字形相似，左半邊偏旁在行書字體的書寫裏往往連筆，故二字常通用；且據詩意，此處應為評價漢代「揚雄」和「司馬相如」賦在文學史上地位的文字，故「揚」字為是。「*重／垂*輝映千春」句，只有兩宋本作「重」，咸淳本和楊蕭本均作「垂」，從字意看，「重」為重新、再次之意，側重繼承恢復舊有的「大雅正聲」傳統，使之再次綻放光芒，此句當解釋為「（我的志向是像孔子刪《詩》一樣），重新讓孔子倡導的正義輝映千春」；「垂」有留傳之意，側重於繼往「開來」，「我志在刪述」是「繼往」，「垂輝映千春」是「開來」，當解釋為「（我願意象孔子刪《詩》一樣），讓我的志向留傳下去，輝映千春」。後世諸多李白集版本皆從「垂」字。至於這兩個字異文產生的原因，大約與兩宋本編選者宋敏求有關，其父宋綬，字公垂，很可能是為避家諱所致。因形似或音似產生的異文還有很多，形似者如：何由*覩／覿*蓬萊（其

三）；鳳皇／*鳥*鳴西海（其五十四）；意氣人所*仰*／*傾*（其八）；空簾
閉幽*情*／*清*（其十三）；借問誰凌虐／*虎*（其十四）；*電*／*雷*騰不可衝
（其十六）；秋花*冒*／*冒*綠水（其二十六）；綺*樓*／*樹*青雲端（其二十
七）；*涤*／*綠*酒哂丹液（其三十）；哀歌*逮*／*達*明發（其三十二）；*宜*
／*冥*與海人狎（其四十二）；豈知玉*無*／*與*珉（其五十）；一旦*弒*／*殺*
齊君（其五十三）；齊瑟*彈*／*揮*東吟（其五十五）等。音似者如：*舉*
首／*手*望仙真（其四）；燕*趙*／*昭*延郭隗（其十五）；崑山採瓊蕊／*蕊*
（其十七）；借*予*／*與*一白鹿（其二十）；*登*／*得*隴又望蜀（其二十三）；
共*乘*／*成*雙飛鸞（其二十七）；揮手折若／*弱*木（其四十一）；空山詠
場／*長*藿（其四十五）；赫怒振／*震*威神（其四十八）等。這類異文
需要具體辨析。

　　第二類是字異意同，即兩個異體字，雖字形、讀音有異，然字意
具有高度相似性，互相之間可以替換，基本不影響整句詩歌意思的表
達。如：探元／*玄*化群生（其十三）；風胡*殁*／*滅*已久（其十六）；散
髮*棹*／*弄*扁舟（其十八）；鬪雞金*宮*／*城*裏（其四十六），等等。這類
異文往往沒有定論，深入探討的價值不大。

　　第三類是無論從字形、字音到字意，均完全不同，異文的存在大
部分情況下影響到整句詩歌意思的解讀，如：*自從*／*蹉跎*建安來（其
一）；徒*霜*／*茲*鏡中髮（其四）；*披雲*／*千春*臥松雪（其五）；誰人／
*能測*沈冥（其十三）；*李牧*／*衛霍*今不在（其十四）；不知繁華／*朱顏*
子（其十七）；前水復／*非*後水（其十八）；西*上*／*嶽*蓮花山（其十九）；
乘雲／*馬駕*輕鴻（其二十八）；擾擾*季葉*／*市井*人（其三十）；炎方難
遠行／*徵*（其三十四）；一曲／*東西*斐然子（其三十五）；*生*／*矜*此艷
陽質（其四十七）；女嬃／*顏*空嬋娟（其五十一）；朱明／*火驪*回薄（其
五十二）；鸑斯得*所*／*四*居（其五十四）等。

　　其次，是整篇整句有異者多〔註47〕。整篇整句有異文的情況大

量出現，其中3首整篇有異，分別是：《客有鶴上仙》（其七），《登高望四海》（其三十九），《倚劍登高臺》（其五十四）；還有3首整篇重出者，《古風》其二十七《燕趙有秀色》篇與《感興》其六《西國有美女》篇，《古風》其三十六《抱玉入楚國》篇與《感興》其七《揭來荊山客》篇，《古風》其四十七《桃花開東園》與《感興》其四《芙蓉嬌綠波》篇；另有12首33句整句有異，包括脫句和衍句，約占總篇數的20%。

在兩宋本中，《客有鶴上仙》（其七）有兩個幾乎完全不同的版本（整句異文用斜體下劃線標出）：

「兩宋本」正文曰：　　　　　　　「兩宋本」「一作」曰：
客有鶴上仙，飛飛凌太清。　　　　五鶴西北來，飛飛凌太清。
楊言碧雲裏，自道安期名。———→ *仙人綠雲上，自道安期名。*
兩兩白玉童，雙吹紫鸞笙。　　　　兩兩白玉童，雙吹紫鸞笙。
去影忽不見，回風送天聲。———→ *飄然下倒景，倏忽無留行。*
舉首遺望之〔註48〕*，飄然若流星。*／
願飡金光草，壽與天齊傾。———→ *遺我金光草，服之四體輕。*
　　　　　　　　　　　　　　　　將隨赤松去，對博坐蓬瀛。

該篇共12句，除了「飛飛凌太清」「自道安期名」「兩兩白玉童，雙吹紫鸞笙」4句相同，其餘8句皆異。其中「楊言碧雲裏」之「楊」字應當作「揚言」解，故「揚」字更確當。詩意基本兩兩相對，有「正文」兩句對應「一作」兩句者，如「安期名」「金光草」四句；有「正文」四句對應「一作」兩句者，如「忽不見／倏忽」「飄然」句；有「正文」無，而「一作」添加，無對應關係者，如「赤松」句。通過對比可以發現，兩句為一個單位，所表述詩意大致相似，遵循「有鶴西來」——「自道仙名」——「玉童伴奏」——「倏忽不見」的敘事脈絡，最大的不同在結尾四句，亦即仙人去後之情狀，正文言詩人舉

〔註48〕整句異文超過整篇句數半數以上者，視作整篇異文。凡超過詩句字數半數，即一句詩中超過3個字不同者，或整句脫漏者，視作整句異文。

首遠望,惜仙人已去,末句表達美好的幻想,願飡金光仙草,使壽與天齊,實則「成仙」的願望未能實現,結句只是一個虛幻而美好的自我慰藉而已。而異文結尾四句,仙人去後,卻給詩人留下了「金光草」,且「服之」「四體輕」,顯然「服仙草而成仙」的事件已經發生,末尾以詩人「成仙」後追隨「赤松子」而去,和赤松子在蓬萊仙山悠然對弈作結,似乎已完全超脫塵世之外。一個以「願望」結尾,一個則以「幻想中的真實」結尾,異文的不同造成了後者「求仙」「成仙」的主觀願望更加強烈。

《登高望四海》(其三十九)亦是 12 句中 8 句有異。且在兩宋本和楊蕭本中均有夾注,兩宋本篇末曰「一本自第四句後云」,楊蕭本作「又一本云」:

「兩宋本」正文:　　　　　　　　　「兩宋本」「楊蕭本」「一作」曰:
　登高望四海,天地何漫漫。　　　　　　登高望四海,天地何漫漫。
　霜被群物秋,風飄大荒寒。　　　　　　霜被群物秋,風飄大荒寒。
　榮華東流水,萬事皆波瀾。
　白日掩徂暉,浮雲無定端。 ────→　*殺氣落喬木,浮雲蔽層巒。*
　梧桐巢燕雀,枳棘棲鴛鸞。　　→　　*孤鳳鳴天霓,遺聲何心酸。*
　　　　　　　　　　　　　　　　→　　*游人悲舊國,撫心亦盤桓。*
　且復歸去來,劍歌行[註49]*路難。* →　*倚劍歌所思,曲終涕泗瀾。*

不同於前一首竄亂式的異文,這一首異文顯得比較整飭,前四句相同,自第五句開始後八句有異。該篇異文的存在,整體上造成了詩歌結構和主旨的雙重差異。本篇對應關係與上篇相似而略有不同,有「正文」平添詩句,而「一作」無對應關係者,如「榮華」句;有「正文」兩句對應「一作」兩句者,如「浮雲」「劍歌」句;有「正文」兩句對應「一作」四句者,雖詞句無相似處,然詩意相似者,如「梧桐」「鴛鸞」與「孤鳳」「遊人」句。從結構上說,兩篇之間,「白日掩徂暉,浮雲無定端」和「殺氣落喬木,浮雲蔽層巒」當屬同一個意

[註49]「兩宋本」正文注「一作悲」。

義單元，有明顯的對應關係；正文「梧桐巢燕雀，枳棘棲鴛鸞」，兩句為一個意義單元，在一聯之內反覆申說鳩占鵲巢之辛酸處境；而異文「孤鳳鳴天霓，遺聲何心酸。游人悲舊國，撫心亦盤桓」四句當屬同一個意義單元，「孤鳳」和「遊人」的處境是一樣的，「心酸」和「悲傷」的情緒也是一致的，同一層意思卻置於兩聯循環表達，互相印證。結尾兩句的意義單元相同。而異文比正文少了「榮華東流水，萬事皆波瀾」這一個意義單元，從而就導致了主旨的差異。從主旨上說，「正文」乃通行本，一方面表達的是小人居高位，君子沉下僚的憤慨，另一方面充斥著人世虛幻，榮華富貴如浮雲的幻滅之感。「兩宋本」「楊蕭本」一作更明顯的則是志願難伸的「士不遇」主題，且比較「正文」，異文中「殺氣」「孤鳳」「心酸」「涕泗瀾」等詞語的運用則使整首詩作悲涼蕭殺之氣顯得更加濃鬱。

《倚劍登高臺》（其五十四）共 10 句，6 句有異。「兩宋本」正文曰：倚劍登高臺，悠悠送春目。蒼榛蔽層丘，瓊草隱深谷。*鳳皇鳴西海，欲集無珍木。鸑斯得匹（一作所）居（一作棲），蒿下盈萬族。晉風日已頹，窮途方慟哭。*（並注：一本首四句一下云：*翩翩眾鳥飛，翱翔在珍木。群花亦便娟，榮耀非一族。歸來愴途窮，日暮還慟哭。*）整體詩意差異不大。

另有 3 篇重出者，即《古風》其二十七《燕趙有秀色》與《感興》其六《西國有美女》，《古風》其三十六《抱玉入楚國》與《感興》其七《羈來荊山客》，《古風》其四十七《桃花開東園》與《感興》其四《芙蓉嬌綠波》之間整句異文較少，篇章內容主旨相似性明顯，亦互為孿生底本。

除整篇異文外，其餘整句異文大致可分為兩類：一類是每句五字幾乎完全不同，整句意思有同有異者：*明斷自天啟 / 雄圖發英斷*（其三）；*百鳥鳴花枝 / 宮柳黃金枝*（其八）；*吾當乘雲螭，吸景駐光彩 / 誰能學天飛，三秀與君採*（其十一）；*涑酒哂丹液，青娥潤素顏 / 姜姜千金骨，風塵潤素顏*（其三十）；*一揮成斧斤 / 承風一運斤*（其三

十五）；一百四十年，國容何赫然！隱隱五鳳樓，峨峨橫三川。王侯
象星月，賓客如雲烟。／帝京信佳麗，國容何赫然！劍戟擁九關，歌
鍾沸三川。蓬萊象天構，珠翠誇雲仙（其四十六）。這一部分異文差
異比較大，字句基本不同，有句意相類者，對整首詩的解讀影響比較
小，如「*一揮成斧斤／承風一運斤*（其三十五）」，明顯地是運用了郢
匠「運斤成風」的典故，理解上不會有偏差。但其餘大部分句意迥然
者，影響比較大。另一類是每句五字中有一二相同：*粲然忽自哂／粲
然啟玉齒*（其五）；*西秦豪俠兒／賣珠輕薄兒*（其八）；*朝弄紫泥海／
朝駕碧鸞車*（其四十一）；*蹴鞠瑤臺邊／走馬蘭臺邊*（其四十六）；*宋
國梧臺東，野人得燕石／宋人枉千金，去國買燕石*（其五十）。這類
異文大部分意義相近，可互相參考。

　　另有脫句和衍句兩類。脫句者如：

1、*不見征戍兒，豈知關山苦？*（其十四）（「兩宋本」注：一本
　　此下添*爭鋒徒死節，秉鉞皆庸豎。戰士塗蒿萊，將軍獲圭
　　組*）

2、*精誠有所感，造化為悲傷。*（其三十七）（「兩宋本」注：一
　　本此下添*而我竟何辜？遠身金殿旁。*）

3、*惻惻泣路歧，哀哀悲素絲。路歧有南北，素絲無（一作有）
　　變移。*（其五十九）（「兩宋本」注：一本下添*萬事固如此，
　　人生無定期。田竇相傾奪，賓客互盈虧。世途多翻覆，交道
　　方嶮巇。*斗酒以下同）

衍句者如：

1、*永隨長風去，天外恣飄揚。*（其四十一篇末二句）（「咸淳本」
　　注：一本無此二句）

　　除以上外，還有6處文字互乙的情況，分別是：*冶遊／遊冶*方及
時（其八）。月落*西上陽／上陽西*（其十八）；*虛步／步虛*躡太清（其
十九）；秋露*白如玉／如白玉*（其二十三）；不採芳*桂枝／枝桂*（其二

十五）；答言*楚徵兵／徵楚兵*（其三十四）。

　　有10處異體字，字音、字意完全相同，字形不同，有些只是繁簡字的區別，可互用，對詩句原意基本無影響，分別是：騁望*琅邪／琅邪*臺（其三）；晚獻長楊*詞／辭*（其八）；歎息空*悽／淒*然（其二十一）；*裊裊／嫋嫋*桑結葉（其二十二）；*烜赫／烜*因風起（其三十三）；*綠／菉*葹盈高門（其五十一）；飄揚竟何*託／託*（其五十二）；提*攜／携*出南隅（其五十六）；*啁啁／啁啁*周周亦何辜（其五十七）；*鬪／斗*酒強然諾（其五十九）。

二、異文成因探析

　　《古風》異文的形成，原因無非兩種，一種是李白自己修改，這裡又分兩種情況：一是底稿即有兩種，皆為李白所作；二是底稿只有一種，後面出現的異文是李白在底稿成文很短的時間內又自我反覆修改的，這種情況以整篇整句異文為主。第二種是李白之外的其他人，或同時代人，或後人，出於某種原因，在傳抄或傳唱的過程中有意或無意竄亂修改所致，以單字或雙字異文為主。

　　李白自己創作時即存在「孿生底本」或「孿生句子」，亦或是創作完成後不久對其進行了修改。即使天才如李白，其詩歌也是需要反覆修改的，學界目前已經注意到了這個問題，陳尚君在《李白詩歌文本多歧狀態之分析》一文中，就倡導：「希望學者理解李白詩集中有定稿、有初稿，許多詩歌都經過他本人反覆修改才完成，這是大詩人文學創作不為人知的另一面。」〔註50〕並通過分析《古風五十九首》進一步認為：「可以相信宋蜀本、咸淳本及《分門纂類李太白詩》皆以此組詩列為李白詩集卷首，確是李白一生的精心之作，大多當經過反覆推敲與修改，絕非率爾之作。」〔註51〕我們有理由認為，李白對

〔註50〕陳尚君《李白詩歌文本多歧狀態之分析》，《學術月刊》，2016年，第48卷，第110頁。

〔註51〕同上，第114頁。

自己如此重視的《古風》，態度應該是相當審慎的，通過對以上整篇有異的《客有鶴上仙》（其七）、《登高望四海》（其三十九）和《倚劍登高臺》（其五十四）的分析，也使我們不得不承認，李白創作的時候底稿即有兩種的可能性是最大的。詩歌創作是一種有靈心的詩人對瞬間出現的詩思的捕捉過程，是極具創造性的、也是極其短暫的，甚至一些西方學者如柏拉圖認為，當詩人詩思翻湧的時候，會進入一種創作的迷狂狀態，有過創作經驗的人應該會理解，這個時候一首詩所呈現出來的面貌是有多種可能性的，很可能會出現兩個或多個不同的版本，所表達的主旨和詩人情感是極相似的，句子之間的順序可能會有竄亂，但是卻會有一些句子是相同的，一些是相似的，如同孿生一樣，這樣的底本我們可以稱之為「孿生底本」。高明的詩人往往會對其進行琢磨修改，選擇一個自認為最「合適」也最「完美」的底本流傳世間。「僧敲月下門」和「僧推月下門」的典故正是對這一詩人創作狀態中的煎熬和「二難選擇」的經典詮釋。

　　需要說明的是，這個過程應該是很短暫的，如果說詩思的醞釀和閃現屬於前期準備的話，那麼這個過程則屬於創作的中期和後續階段。我們很難想像，一個人的作品完成以後，經過半年一年甚至更長時間，再衍生出一個與原稿高度類似的「底稿」，因為隨著時間的流逝，詩思已經迅速「消逝」甚至「死亡」了；另一方面的原因則在於，除非是作者秘不示人，否則作品一旦開始流傳，就已經脫離了作者的掌控，更不可能再創作出一個相似的「孿生底本」共同流傳世間。

　　以上三篇整篇有異的情況，完全符合「孿生底本」的特點，兩個底本之間所表達的主旨和作者情感高度相似，有約半數的整句異文存在，句子之間順序有竄亂，同中有異，異中有同。在後來流傳的過程中，編輯者很早就注意到了這一現象，以《登高望四海》為例，有對相關原因做出推測的，元刻蕭本在《登高望四海》後注：「一本如此。臆見觀之，恐是當時初本、改本，編集者兩存之。今揭出，別作一首，

以為又本三十九首云。」〔註52〕亦有對兩個底本到底哪個是原本，哪個是改寫本提出質疑的，明代朱諫《李詩選注》云：「舊集所載，前後凡二章，章首四句皆同。自第五句以下有小異。此章詞意，上下接續，明白易曉。舊本置之於次。今觀前章自第五句以下，意與上文不相蒙。豈初本與改本之不同歟？故以此章注釋其義，而以前章附見於後，以俟知者。」〔註53〕雖然目前所知整篇有異者只有這3篇，然在總共59首的《古風》中已經是極具代表性的，不可能完全是偶然因素造成。況且《古風》「59」之數歷來存在質疑，《感遇》《詠懷》等作品是否應該歸於《古風》，各家說法不一。所以我們有理由認為，李白《古風》創作之初，就有一部分存在「孿生底本」。

另外的12首33句整句有異，包括脫句和衍句的情況。原因比較複雜，這其中有一部分像「孿生底本」一樣，是屬於「孿生句子」，也就是說作者在創作的時候即存在兩個句子的異文，其實二者之間只是數量上的區別，作者創作的時候，一首詩「孿生句子」多了，超過半數，自然便成了「孿生底本」，反過來說，如果一首詩中只有一兩句有異文，很可能是作者詩思在這某一句上出現了兩難選擇而已。這12首，占總篇數高達20%的比例，且有一多半是五個字幾乎完全不同，表達意思也有同有異，需要具體分析。另外一部分也有可能是李白之外的其他人或後人修改的。

在整篇整句異文中，創作者李白自己對文本的掌控是可能性較大的，後人對整篇進行再加工的可能性則微乎其微，整句修改成異文的可能性也比較小；然對於單字異文來說，後人修改的可能性就比較大了，這涉及到詩歌產生以後，脫離了作者的掌控，在傳播接受等流傳過程中的方式問題。

由於時代原因和技術條件的限制，唐宋時期詩歌的流傳只能是

〔註52〕〔宋〕楊齊賢，〔元〕蕭士贇《分類補注李太白詩》，元建安余氏勤有堂刻明修本。
〔註53〕〔明〕朱諫《李詩選注》，嘉靖二十四年（1545）朱茂時刻本。

通過傳唱或者傳抄（或刻印）兩種形式，前者是借助記憶和聲音為媒介，後者是借助鈔本（或刻本）和文字為媒介。所以，由於所借助的媒介不同，異文呈現的特點也不同。

　　首先，是傳唱，這一部分包括詩人好友之間作品的互相流傳，或者後人對李白作品的口耳相傳，以樹狀結構呈現，影響範圍越大，不穩定因素也越多，諸如個人口音，方言差異，個人記憶有誤等，有一些是必然因素，有一些是偶然因素，不一而足。其異文呈現特點是音同字異或音似字異，音同者大約是傳遞者讀音無誤，然接受者在用文字記錄的時候，選擇了另外一個同音的字代替了原字造成的；音似者則大多是傳遞者或者接受者的記憶出了問題，或出於有意避諱等因素，選擇了一個不影響整句詩意的字代替了記憶模糊或要避開的字。這一類異文在《古風》中有很多，如：舉*首／手*望仙真（其四），崑山採瓊*蕊／蕤*（其十七），借*予／與*一白鹿（其二十），*登／得*隴又望蜀（其二十三），共*乘／成*雙飛鸞（其二十七），揮手折*若／弱*木（其四十一）等，大致皆屬此類。這類異文，雖然文字有異，但基本上不影響整句詩意的理解和判斷。

　　其次，是傳抄（或刻印）過程中拿錯字，或者抄寫者的筆誤。由於技術條件的限制，傳抄應是初期最常見的方式，因此產生的異文應占大部分比例。宋元之際，活字印刷術發明，刻印的版本逐漸增多，所以我們不排除刻印的時候拿錯底字或者抄寫過程中寫錯字的因素。相比傳唱，傳抄主要是以鏈條式結構呈現，上一個鈔寫者偶然出現的錯誤，接受者如果不是對文字校勘方法訓練有素，且有不同版本作比對的話，很可能會繼承上一個的錯誤並且影響下一個接受者。且由於抄寫的方式影響，其異文呈現特點是字形高度相似。有一些會明顯影響詩句意思的表達，如「借問誰凌虐*／虎*（其十四）」，大部分影響比較小，只是哪個更貼切的問題，如：何由*覩／覿*蓬萊（其三），意氣人所*仰／傾*（其八），空簾閉幽*情／清*（其十三），秋花*冒／胃*綠水（其二十六），哀歌*逮／達*明發（其三十二）等，這類異文，通過

上下文的細緻對比分析，有一些能理性地有所判斷，作出一個最好的選擇，如「秋花冒／冒綠水（其二十六）」，「冒／冒」這兩個字的字形高度相似，我們有理由認為極有可能是傳抄失誤所致，曹植有《公讌詩》：「秋蘭被長阪，朱華冒綠池」，李善注：「毛萇《詩傳》曰：『冒，猶覆也。』」〔註54〕蓋由「被」字所誤也。陳子昂又有《感遇》其二：「幽獨空林色，朱蕤冒紫莖」，亦用「冒」字。過去人們認為「冒」當解釋為「覆蓋」〔註55〕，現在人們多解釋為挺立，探出頭，通其大意，二字皆可。然「秋花冒綠水，密葉羅青烟」聯繫上句「碧荷生幽泉」似用「挺立」意更佳，此句當言：荷之花苞尖尖，由水中冒出，冒尖而踴躍，亭亭而玉立；「冒」字昭示著向外透，或向上升的生命力，顯得更加鮮活生動。這類情況需要我們逐一加以判斷。

當然，異文的產生，自然不僅限於以上兩種方式。歷史流傳過程中的諸多偶然因素，已經湮沒在時間當中，不是我們現代研究者所能洞悉的了。我們只能以客觀的態度，合理推測出某一種或某幾種最符合「歷史真實」的原因，僅此而已。

三、從異文看李白集在宋元之際的流動過程

李白集經歷了一個由流動到穩定的過程，這個過程尤其重要的呈現階段是在宋元之際。在這三個版本中，因編選者所參考底本之不同，導致異文數量差異較大。由兩宋本和咸淳本隨文「一作」較多可知，編選者均參考了當時不同的李白集版本，很可能不止一個本子，在無從選擇哪一個底本異文更佳的時候，努力想要保留當時若干版本的原貌，故以「一作」形式呈現。其中兩宋本和咸淳本，對與參考版本不同的異文以「一作」或「一本下添」「一本無」的形式呈現，最大限度地保存了《古風》編選者當時目及的各個本子之原貌，數量上以兩

〔註54〕〔唐〕陳子昂著，彭慶生校注《陳子昂集校注》，黃山書社，2015年，第29～30頁。

〔註55〕參見歐陽叔雯《淺論「朱華冒綠池」》，《安徽文學（下半月）》，2009年，第3期。

宋本最多，有 64 處，咸淳本有 39 處，楊蕭本無。由兩宋本到咸淳本，「一作」出注的數量銳減，到了楊蕭本就沒有了。通常來說，一方面是隨著戰火散亂焚燒，人為散逸丟失等諸多因素，離李白所生活的時代愈遠，李白集的不同版本就越少，隨著版本的減少，異文數量相對也會減少；另一方面是受後人傳唱或者傳抄的影響，抄錯、記錯、寫錯的情況常見，異文數量會相對增多，這兩種必然情況相互融合，異文數量應該會處於一個相對平衡的狀態，不太可能出現由兩宋本到咸淳本隨文「一作」數量銳減，至楊蕭本則無的情況。那麼，對「楊蕭本為何不再標註異文」這一問題，就只有一種解釋了，楊蕭本的編選者對「異文」的態度已經非常明確，為了滿足人們心理上對李白詩歌版本由流動到穩定的訴求，人為地對異文進行比較揀擇，選擇了一個自認為是「最合理」的「最佳異文」，作為唯一的「可信底本」流傳於世，而對同時存在的其他異文選擇了全部刪棄。

　　宋本「一作」出注的異文頗多，且這些異文在後兩個本子中只有一小部分能互相驗證，所以「宋本所據為何」對我們來說是一個關鍵問題，或者是與宋甲本同時，當有別的數量不等的重要本子同時流傳於世，由於歷史客觀原因，惜今已不得而知。然由兩宋本到咸淳本，大約 200 年時間，由咸淳本再到楊齊賢生活的元代，大約又經歷了100 年時間，在這期間，李集版本經歷了一個由鬆散流動到趨於穩定的加速過程，通過異文的整體對比分析，則是顯而易見的事實。

　　這其中的原因是多方面的，首先，離李白生活創作的時代愈遙遠，可供參考的最接近原本面貌的本子就愈少，人們對流傳過程中的本子的可信度就越低，在自己不能完全確定地判斷某一處異文合理性的時候，自然會傾向性地選擇那個最流行的主流版本。其次，人們追求「穩定文本」的心理傾向使然。版本的穩定讓讀者目標明確，而明確的目標則會帶來心理上的依賴性和安全感。不穩定的版本讓人無所適從，在解讀上充滿了「多種可能」，屬於「危險文本」。其次，宋代印刷術的發展導致文本的流動性變小，趨於穩定。雖然雕版印刷術發

明在唐代，但由於成本費用問題，其應用範圍是有限的。到了宋仁宗時期，畢昇發明了活字印刷術，才真正使其大範圍流行起來。這從南宋末年刻書商陳起的刻書活動和「江湖詩派」的形成就能看得出來。所以宋元之際楊齊賢、蕭士贇的楊蕭本更加穩定，也與此有關。

　　總之，李白《古風》呈現出「異文數量多」「整篇整句異文多」「完整無誤沒有異文的篇數極少」等特徵。至於異文產生的原因，既有李白自己的原因，如「孿生底本」「孿生句子」的存在，自我斟酌修改字句等，也有同時代人或後人有意無意竄亂修改的因素。而後代人的修改，與傳播接受方式中的傳唱、傳抄或刻印有極大關係，並因傳播方式的不同，各自呈現出不同特點。自唐至宋元，《古風》的異文變動反映出李白集也同時經歷了一個由流動到穩定的過程，這既與最接近原本面貌的版本數量減少有關，又涉及到人們對名家詩歌作品穩定性的心理訴求，同時也受宋末活字印刷技術進步的影響。

第三節　李白中晚年集中創作《古風》的可能性

　　《古風》作為李白詩中極為特殊的一組詩歌，關於其繫地編年和整體性向來說法不一，雖然目前學界大多都認為李白在創作它的時候沒有完整的主題，統一的寫作標準與寫作目的，內容上更是遊仙、言志、寫實、抒懷等各個類型相互交雜在一起，非一時一地而作，但後來《古風》在傳播接受過程中卻歷來被視為一個完整的整體，不與李集中其他篇章相混淆。因此，對李白《古風》的創作時間斷限和整體性該如何理解，是一個很重要的問題。

　　李白《古風》最初的基本創作情況只有兩種，在這兩種主要情況中，又有些細節上的可能性分支：其一，《古風》所有篇目均為李白在中晚年某個時間段內集中精力所作，其中反映少年心性的篇目，是屬於晚年追憶之作；亦或是早年入仕前創作了極少部分篇章，表達積極入世的願望，但是此類篇目不成體系，較為零散，中晚年在經歷了仕途的大起大落和家國的重大變故之後，人生感悟更加深刻，開始

在《古風》其一《大雅久不作》篇提出的「我志在刪述」的詩學理念和人生志向的指導下，以審慎的態度集中精力大力創作此類篇目，所以《古風》才會呈現出具有少年特徵的篇目明顯少於中晚年之作的特性。其二，《古風》諸篇確「非一時一地之作」，其創作貫穿於李白青壯年到中晚年整個過程。因為整個創作過程時間較長，幾乎貫穿於李白一生，所以不可能是甫一開始就以《古風》為題名的，「《古風》」之名，或是後人編選審定，或是李白自身到了晚年對同類詩歌進行了審慎的修改、整理、編選工作，並定名為《古風》的。在這一節中，我們主要探討第一種情況存在的最大可能性有多少。

一、對「非一時一地之作」的質疑

唐以後至明末的詩評家少有從整體性角度論及《古風》作年者，至清人則多認為《古風》非「一時」之作〔註56〕，目前學界《古風》研究者也多傾向這一觀點。支持李白中晚年集中創作《古風》觀點的研究者較少，只有錢志熙《論李白〈古風〉五十九首的整體性》〔註57〕認為是李白在較為集中的時期內專力創作的組詩，而非不同時期作品的集合。

對「非一時一地之作」觀點提出質疑，認為《古風》集中創作於李白中晚年的最大依據就是青少年和中晚年前後兩個創作時間段上，《古風》篇數分布不均衡的問題。從文本內容本身看，除《北溟有巨魚》等極小部分明確創作於早年，描寫了其入仕前對理想抱負的熱切希望外，其餘大部分當創作於中晚年，這一時段創作的篇目整體氛圍和書寫內容極為相似，尤其是從其二十九《三季分戰國》篇之後的約三十篇，占目前所知《古風》半數，除了其三十三《北溟有巨魚》混入其中，顯得突兀之外，其他篇章從整體上看，內容境界和感情氛圍都比較和諧一致。其創作契機當以首篇《大雅久不作》為

〔註56〕關於《古風》「非一時一地之作」觀點的由來和依據，詳見下節第一部分。
〔註57〕《文學遺產》，2010年，第1期。

生發點鋪展開來，內容上以書寫流光易逝、容顏易老、功業無望、君恩不再、世道喪亂為主。早年和中晚年創作《古風》篇數的極大不均衡性，以及多篇中晚年之作的和諧統一性，是第一個要提出疑問的地方。

其次，以李白生前詩名之盛，《古風》之創作若貫穿於其一生，李白自身如此重視該組詩歌，卻緣何在當時沒有引起注意？又為何沒有當世人的任何評點資料流傳至今？此為第二個疑問之處。

第三，某些篇章「孿生底本」〔註58〕的存在明確了李白自身對《古風》某些篇目文本本身是反覆審度修改過的，同時也證明了李白對《古風》組詩的態度極為重視而嚴謹，這種審慎的態度，增加了在《大雅久不作》復古思想指導下，以《大雅》正聲、清真詩風為準則，創作一系列同類詩歌，以達到「我志在刪述，垂輝映千春」目的的可能性。

另外，現代李白詩歌三大全集注本（詹鍈、安旗、郁賢皓三家）對《古風》編年的一致性和相似性，《古風》某些篇目追敘性質的敘說方式，以及笈甫主人《瑤臺風露》中提出的「整體觀」等等，都能給我們以同一方向上的啟迪和思考。

二、李白中晚年集中所作的可能性

我們甚至可藉此嘗試是否能推翻《古風》「非一時一地之作」的主流說法，會不會有這樣的一種可能性，即《古風》諸篇的確是李白晚年在某個時間段內，有目的地集中精力所創作的一組大型詩歌，以體近「風騷」，回歸「大雅」正聲為宗旨，目的是回顧並記錄自己的一生，同時以隱喻求仙的表象和委婉含蓄的方式來諷刺政治，以期傚仿孔子，使這一組詩能達到「我志在刪述，垂輝映千春」的目的，完成「希聖如有立，絕筆於獲麟」的心願，其中具有青少年氣質的少數篇章，是追憶往昔之作。如此一來，《古風》研究者提出的一些

〔註58〕詳見《〈古風〉五十九首異文考論》一節。

觀點似乎就能得到合理的解釋，比如說第二首「蟾蜍薄太清」的創作
時地問題，蕭士贇、朱諫、唐汝詢、胡震亨、王琦均根據「月蝕」事
件，王皇后被廢事件，繫於開元十二年（724 年），時李白 24 歲。但
質疑者安旗則認為此非諷刺王皇后之廢除，因為當時李白只有 24 歲
〔註 59〕，遠在蜀地，不可能知道宮闈秘事，此篇題旨乃是憂天寶時
局。但是我們也不能排除李白歷經坎坷，到了晚年集中筆力和精力
回顧一生時候所作的可能。眾所周知，李白曾入宮廷，作為玄宗近
臣，得知早年（約十數年前）宮廷隱秘，暮年追憶，隱含諷諫，當有
極大可能。而《古風》中一些純粹遊仙或者感歎時光之速，美人遲暮
的篇章，亦可認為是李白到了晚年，創作之餘對於時光之逝，自己行
將暮年的反覆沉歎，即第二篇的「沉歎終永夕」之「沉歎」內容的一
部分。

　　認為《古風》或許是李白晚年在某個時間段內（可能是一至數年
間）集中精力有目的創作的大型完整詩歌，還可以從以下三個方面加
以推演：一是現代研究者對這五十九首進行編年時大部分篇章的巧合
性。我們選取目前比較有權威性的李白研究學者對《古風》的編年，
以三大家為例：詹鍈《李白詩文繫年》《李白全集校注彙釋集評》，安
旗《李白全集編年箋注》，郁賢皓《李太白全集校注》，可以通過列表
的形式對其編年分別做一對比〔註 60〕。在這三家中，詹鍈和郁賢皓只
對一部分篇章進行了繫年，其餘某些篇章明確指出不應該編年，另有
部分直接略過編年，未作說明。安旗注本因為是編年體的緣故，對所
有篇章都進行了編年，綜合來看，三家的大部分編年都繫於李白晚年
40 歲以後，我們先以安旗為例，在五十九篇中，以十年為時段作一
統計：

〔註 59〕楊齊賢、蕭士贇、王琦、詹鍈繫於開元十二年（724 年），時李白 24
　　　　歲。但是安旗繫於天寶十二年（753 年），時李白 53 歲。
〔註 60〕見附錄三《古風》五十九首詹鍈、安旗、郁賢皓三家編年情況一覽
　　　　表。

表 19：安旗《李白全集編年箋注》《古風》五十九首編年十
　　　年段限統計表

年　齡	20～30	30～40	40～50	50～60
篇　數	4	4	27	24

可見，在安旗的《古風》編年中，作於李白 40 歲以後的，有 51 篇，
占全部的 87%。這個比例，遠遠大於「可能」作於李白二三十歲的《古
風》篇數的總和。雖然詹鍈和郁賢皓沒有對所有《古風》進行全部編
年，但是編年的部分同樣也大多繫於李白四十歲以，詹鍈排除不編年
的《古風》22 篇，其餘編年的 37 篇中，40 歲以後的有 26 首；郁賢
皓《古風》不編年者有 24 篇，編年者 35 篇中，大約繫於 40 歲以後
的就有 27 篇。

　　以上數據顯示，在不考慮未編年篇章和編年的絕對準確性的前
提下，我們可以得出一個大致的結論：現當代李白研究著名學者多
認為李白《古風》大部分做於其中晚年（約四十歲）以後，只是由於
部分少數篇章所具有的「少年氣質」，使人只能籠統地說《古風》非
一時一地之作，從李白二十多歲到人生暮年均有所涵概，貫穿李白創
作的一生。

　　我們可以由以上編年現象提出一系列疑問：前後各個年齡段，尤
其以 40 歲為界限，篇數的懸殊不啻雲泥，該作何解釋？此為其一。
為何大部分編年者把多數篇章都繫於李白中晚年，這僅僅是編年者
共同的巧合麼，還是李白確實在中晚年集中力量創作了這一數量較
大且較為系統的同類詩篇？此為其二。第一篇統攝全部的主導地位
該如何解釋，是李白先有此篇作為總綱，後來陸續創作其餘篇章？還
是創作了多篇之後，結尾創作此篇作為總綱？亦或者此篇僅為其中
之一，乃李白暮年或後人選取它作為第一首，以統攝後來諸篇？此
為三問。這些問題，由於歷史真相的掩埋及資料的缺失，我們可能永
遠得不到一個確切的正確答案，但是卻能對最可能最合理的情況作一

推測。

　　如果說《古風》是李白一生中非一時一地所作，而是貫穿了二十歲以後的整個人生階段的話，既不能解釋第一篇的統領主旨的地位，也不能解釋為什麼大部分編年者「巧合」地把大部分篇章都編於晚年，前後數量差異巨大的現象。目前所見最早的兩宋本，宋敏求在搜求的時候，是最大程度保存其原貌的，後李白集雖然經過曾鞏編次先後順序，但《古風》大部分篇章很難確定作年和作地，在選編標準不明的情況下，曾鞏再重新對其進行編次的可能性也比較小。所以我們目前所見《古風》的篇數可能有所差異〔註61〕，偶有幾篇的位次不太合理，但前後順序大致應當是李白晚年有意整理過的。

　　甚至可以反向思考，我們拿目前所見《古風》中與當時歷史事件聯繫最為緊密的，編年似乎最可確定的篇章作一考察，如《蟾蜍薄太清》（其二）、《代馬不思越》（其六）、《羽檄如流星》（其三十四）等，對它們的編年也往往是由描寫的事件與歷史背景進行聯繫的結果，而這種聯繫往往是人為的和不確定的，並非有確切的史料記載作於某年，有時一首詩可能同時符合兩個甚至三個有著相似歷史背景的事件，比如《胡關饒風沙》（其十四）篇，此詩題旨歷來說法有三：楊齊賢認為乃鮮于仲通討閣羅鳳事；蕭士贇認為指哥舒翰征石堡城事，兼傷王忠嗣，二者皆坐實之論；胡震亨、奚祿詒則認為概言開元、天寶數十年對吐蕃用兵之狀，不必定指一事。如此這樣得出來的編年是不能進行最後確認的，只能說是有可能作於這一事件發生時，當然，也有可能是事後的追憶，尤其是對社會、歷史和個人具有極大創傷性和影響力的事件，事後追憶所帶來的理性思考和遠距離旁觀的清醒，可能比當時事件發生時所產生的痛楚和震驚要深刻得多。這就涉及到追敘的寫作方式存在的可能性。

　　二是追敘的寫作方式，理智清醒的寫作態度，以及某些篇章籠罩

〔註61〕關於李白《古風》五十九首的篇數問題，向來說法不一，詳見第五章第一節所論。

的追憶往事的氛圍。《古風》中的李白一直是清醒而理智的，與「花間一壺酒，獨酌無相親」中月、影、人凌亂交織，模糊難辨的李白形象迥然有別。關於醉酒狀態下的李白，已有不少學者論及〔註62〕，天資縱橫的才情在美酒的刺激作用下，飄逸如仙一直被認為是李白的常態，微醺的酒是最能成就李白之所以為「李白」的重要意象特徵。然在《古風》中，醉酒狀態下的李白卻是絕無僅有的。《古風》中言及「酒」者極少，只有三處：其八《咸陽二三月》言「日暮醉酒歸」，其對象是賣珠的輕薄兒；其三十《玄風變大古》中「綠酒哂丹液」的「綠酒」乃是李白嘲諷的對象，是指終日沉溺酒色而不知太古之風的奢侈享樂之人；其五十九《惻惻泣路歧》中「斗酒強然諾，寸心終自疑」乃是用典，表達對歷史上以利交者不能始終的感歎。以上三處所言之「酒」和李白自身毫無關係，且在《古風》中，除了這三處之外，再不見李白對嗜如性命的「酒」的任何描述，這在李白詩中是極為特殊而罕見的現象，也是歷來研究《古風》者所不曾關注到的點。究其原因，如果說《古風》只包含目前所見的五十九篇，那麼最直接的只能是李白在創作《古風》諸篇的時候，始終努力保持自身處於一個能夠清醒理智地對現實人生進行思考的精神狀態，即使是在一些遊仙意味很明顯的作品中，也保持著對現實的冷靜關注和理性判斷。如果擴大範圍，以九十首「《古風》型詩」考量，也只能是李白在最終篩選刪訂入選《古風》篇章的時候，刻意去掉了寫到自己醉酒的篇目，如《效古》其一《朝入天苑中》的「清歌弦古曲，美酒沽新豐」，《擬古》其三《長繩難繫日》篇的「提壺莫辭貧，取酒會四鄰……仙人殊恍惚，未若醉中真」，《擬古》其五《今日好風日》篇的「千金買一醉，取樂不求餘」等篇。

〔註62〕關於李白與酒，可參見：李錦《琥珀光中看李白——論論李白酒詩中的缺失性心理体験》（《陝西師範大學學報》，2001 年，S1 期）；海濱《漫說唐詩「酒中趣」——以李白詩為核心》（《古典文學知識》，2018 年，第 1 期）等。

　　由此帶來的結果之一便是目前所見《古風》諸篇中對自身困境的
沉重感歎和對社會現實的冷峻思考；而結果之二，便是《古風》中的
許多篇章，既可以理解為對現實眼見之景的描寫，又可以理解為對往
事的冷靜追憶，且就其所描寫的宏大背景及詩人冷眼旁觀的態度和思
考的深度而言，似乎理解為後者更為合理，我們來看一些明顯具有追
敘和回憶意味的篇章，如：

　　　　天津三月時，千門桃與李。朝為斷腸花，暮逐東流水。
　　前水復後水，古今相續流。新人非舊人，年年橋上遊。雞
　　鳴海色動，謁帝羅公侯。月落西上陽，餘輝半城樓。衣冠
　　照雲日，朝下散皇州。鞍馬如飛龍，黃金絡馬頭。行人皆
　　辟易，志氣橫嵩邱。入門上高堂，列鼎錯珍羞。香風引趙
　　舞，清管隨齊謳。七十紫鴛鴦，雙雙戲庭幽。行樂爭晝夜，
　　自言度千秋。<u>功成身不退，自古多愆尤。黃犬空歎息，綠
　　珠成釁讎。何如鴟夷子，散髮棹扁舟。</u>（其十八）

　　　　大車揚飛塵，亭午暗阡陌。中貴多黃金，連雲開甲宅。
　　路逢鬥雞者，冠蓋何輝赫。鼻息干虹蜺，行人皆怵惕。<u>世
　　無洗耳翁，誰知堯與跖。</u>（其二十四）

　　　　一百四十年。國容何赫然。隱隱五鳳樓，峨峨橫三川。
　　王侯象星月，賓客如雲烟。鬥雞金宮裏，蹴鞠瑤臺邊。舉
　　動搖白日，指揮回青天。<u>當塗何翕忽，失路長棄捐。獨有
　　揚執戟，閉關草太玄。</u>（其四十六）

這三篇的共同點便是橫線之前的句子皆是對某一場景的描述，詩人
以生花妙筆取得了使人如在目前的效果，但卻又不沉浸其中，而是在
結尾聊聊幾句以清醒理智的態度對之前所描述繁華熱鬧的場景進行
理性分析，並以沉重歎息作為收束。前半部分都洋溢著濃厚的追憶往
事的氛圍，那種喧嘩熱鬧的場景，像被朝陽的燦爛和月光的餘暉暈染
上了一層薄霧，既有對往昔國力強盛，繁華熱鬧無限的自豪，又充滿
了對舊日美好時光深深地眷戀，有著事後追憶的朦朧氛圍，結尾的理
性分析更顯現出經歷過沸騰喧囂，熱鬧繁華的狂歡和高潮，思維沉靜

下來之後對當時狂熱場景的冷靜判斷。這種做法如果出現在某一篇之中，還可以理解為詩人也許在眼見之景發生的當下就有了理性的判斷和認知，但同時出現在相似的多篇中，共同表達「繁華不可久恃」這同一個主旨的時候，這種可能性反而大大降低了，只有在某一創傷性的事件發生之後，人到暮年，對前塵往事有更深刻的體驗和認知並進行整體回味，理性判斷，究其原因的時候，才會呈現多篇如此的相似結構。另有其二十「昔我遊齊都，登華不注峰」，開篇一個「昔」字，更是直接以回憶的口吻來追憶往事，直接說明並非作於事件發生的當下，而是詩人過了很久之後的追憶。

三是《瑤臺風露》評論中所體現的整體觀。《瑤臺風露》中的具體評論觀點已見前論，這裡我們主要摒棄對其不合理因素的批駁〔註63〕，探討《瑤臺風露》中所體現整體觀的某些正面價值和意義。

在《瑤臺風露》之前，由於《古風》諸篇隱喻的寫作方式所帶來的編年上的困難，幾無編選者曾做出類似對《古風》各篇釐定前後次序的努力，大多只是以歸類的方式，從內容上進行分類。笈甫主人的做法，最有價值的地方就在於認識到了《古風》乃李白一生行藏的寫照。我們先不論精準編年的難度，僅從內容的整體性上看，《古風》似乎有一條主線，除了第一首統攝全部，定為總綱以外，其餘部分按照敘述內容和情感基調大致可分為兩類：一類是對社會歷史事件的直接描寫或間接隱喻，一類是對流年物候和自我心理情感的感歎。前者往往有模糊的敘事脈絡和故事背景，可以從歷史或當時事件中找到蛛絲馬蹟進行推測和編年，雖然由於敘述的隱晦性，這種努力很多時候會誤入歧途，模棱兩可，甚至同時呈現出多個不同的結果；後者則常常是對時光速逝的感歎和對環境季節變換的描摹，或對超脫求仙的渴望，大部分沒有可供挖掘的故事性背景，也很難編年。

〔註63〕《古風》現存版本的前後次序定非李白所定原貌，這是毋庸置疑的，笈甫主人在錯誤的版本中，試圖用小說中以線串珠的形式，強作合理性解釋，無疑是緣木求魚，此為其明顯的弊病。

　　總觀《古風》，似乎從前到後，李白描寫的基調便是自己的整個人生軌跡及心理變化的全部過程，調整極個別篇章的順序，尤其是少數具有李白早年青春氣質的篇章放在前面的話，我們會發現，從前到後，《古風》幾乎涵蓋了李白一生的心理走向和重要經歷，《古風》的整體基調和情感氛圍是由盛轉衰，由高昂轉向低沉的。從少年進取，到中年入宮，從安祿山之變，到入永王璘幕被捕下獄，盛世王朝由盛轉衰的過程，詩人志向由熾熱到幻滅的經歷，情緒由高昂到低落，人生追求由汲汲進取到縱樂尋仙，種種對現實社會、人生意義的拷問，前期的情緒昂揚熱烈，到最後幾篇所描寫的蕭瑟淒涼的氛圍，前後隱隱是李白一生的走向。雖有個別篇章次序錯亂，但大體而言，《古風》隱藏了李白一生經歷所有事件帶來的情緒變化，這也是笈甫主人以前後篇章相互勾連的方式從整體性角度評點《古風》的出發點和基礎。

三、一種相似可能性補充

　　在此種假設的前提下，還有另外一種相似的可能性補充，即《古風》大部分是李白中晚年集中精力所作，但早年時候就有少數幾篇，用來表達奮進高昂的志向和偶而的士不遇主題，只是不成系統，較為零散，且篇數極少；到了晚年，李白擁有了豐富的人生體驗，經過成熟的思考，開始以《大雅久不作》為宗旨，集中精力創作此類篇章。其實這種可能性和前一種是不矛盾的，只不過更加合理地解釋了《古風》五十九首中極少數幾乎可以忽略不計的，擁有李白早年精神氣質的少數篇章存在的合理性。

　　以上，由對《古風》的編年、追敘的分析，可以得出「非一時一地之作」以外的另外一個極大的可能性，即：《古風》是李白在晚年經歷了某個重大的創傷和變故（極有可能是安史之亂）之後，有目的有計劃地在一個相對集中的時間段內進行的詩歌創作，全部作品圍繞「體近風騷」「復歸大雅」的主旨，回顧並記錄自己的一生，同時以隱喻求仙為表象，以委婉含蓄的方式來諷刺政治，以期仿傚孔子，使

這一組詩能達到「希聖如有立，絕筆於獲麟」的效果。這也解釋了為什麼歷代李白集大部分全本中《古風》均位於前兩卷的重要地位，這與李白自身對這一組詩歌的重視程度是分不開的。

但是我們也不得不承認，相對於「非一時一地之作」的觀點而言，李白中晚年集中精力創作了《古風》所有篇章的可能性是比較小的，也沒有太多的充分理由和確鑿證據，但是其作為一種可能性假設，在不能完全確定地證明《古風》確「非一時一地之作」的時候，是不能被武斷地完全排除在外的，下兩節我們將討論「非一時一地之作」的可能性。

第四節　「非一時一地」之作與《古風》重新排序的可行性 [註64]

李白《古風》創作的最大可能情況只能有兩種，在上一節中，我們已經探討了第一種可能性，這一節主要探討第二種可能性，即《古風》確非一時一地之作，散見於李白人生中的各個時段。中晚年時體會到人生種種，心態和境界發生變化，由早年熱心政治，渴望建功立業的幻想破滅之後，轉移到以詩歌的方式留名，即「垂輝映千春」，重新認識到這類詩歌對於自我價值實現的意義，集中某一時段審慎修改，結集整理而成。在此過程中，李白自身或對此類作品有所增刪，或已自我排定次序，或只是進行大致歸類而未排序，但在後世傳播接受的過程中歷經散佚、重搜、整理，由經後人重新排序而成，因此導致其中某些篇章前後次序有所錯亂，才形成了目前所見的兩宋本，這種推測與目前學界對《古風》五十九首創作的主流認識是一致的。

〔註64〕 本節以兩宋本《古風》五十九首為底本，即《泣與親友別》篇一分為三，加入一貫被視作《古風》詩歌的《感遇》二首，即《咸陽二三月》《寶劍雙蛟龍》，實際上共61首，此處「五十九首」乃取慣有說法。

一、「非一時一地之作」觀點由來及主要依據

　　「非一時一地」之作觀點由來已久，然唐宋至明，少有人論及《古風》整體作年與繫地，但到了清代，大多詩論家都更傾向於認為《古風》非一時之作，趙翼云：「《古詩》五十九首非一時之作，年代先後，亦無倫次，蓋後人取其無題者彙為一卷耳」〔註65〕，認為《古風》非一時之作，不能編年，且直接排除了李白在世時就已經對《古風》諸篇進行整理的可能性，認為乃後人取相近者彙編而成，但是卻無確鑿證據證明，只能認為是個人猜測的一種可能性而已。陳沆打亂《古風》的通行排序，選取了一定篇章自我排序之後，又提出了另外一種說法：「蓋《古風》諸篇，半作於天寶之前，半作於天寶以後，說者多混，故以類從而分箋之。」〔註66〕認為有約半數篇章的主旨是「感時思遇」之意，剩餘半數則為「避亂遠舉」之思〔註67〕，陳沆的說法不無道理，從「感時思遇」到「避亂遠舉」，似乎確實體現了李白兩個關鍵人生階段。但這種做法同樣也是根據內容大致歸類後，通過各篇整體氛圍的相似度進行的猜測，實無確據，同時也存在一些問題，比如總分前後兩段，一刀切做法的某些不合理性；作為一個選本，這28篇總數也大約只占《古風》的一半，其餘諸篇該如何理解？打亂順序後再選擇部分篇章分前後兩段的做法是否合理？等等。

　　目前學界主流觀點也大多贊同《古風》非一時一地之作。基於表達方式和內容題旨的隱晦性，對《古風》很難確切地進行具體詳細而準確的繫地編年，只能從詩歌內容上作大致推斷。研究者主要從個別篇章內容洋溢的青春氣息，推測這少數篇章當屬於李白早年之作，如其二十六《碧荷生幽泉》，其二十七《燕趙有秀色》，其五十二《青春流驚湍》分別以嬌花易萎和美貌女子青春易逝喻盛年易老之懼，以及

〔註65〕〔清〕趙翼著，江守義、李成玉校注《甌北詩話校注》卷一，人民文學出版社，2013年，第18頁。
〔註66〕〔清〕陳沆《詩比興箋》卷三，上海古籍出版社，1981年，第138頁。
〔註67〕其具體篇目見第四章註。

思遇明主之渴望和懷才不遇的苦悶，顯然作於入仕之前；其三十三《北溟有巨魚》無論從整篇高昂的感情基調，還是從與李白早年所作《大鵬遇稀有鳥賦》的契合程度看，都當作於李白年少時期。雖然《古風》中昂揚著這樣少年激情的篇章很少，但正是這少數篇章的存在，成為李白早年即創作《古風》的一個繞不開的有力證據，使研究者普遍傾向於認為《古風》非一時一地之作，而是貫穿了李白青少年到中晚年一整個人生歷程。其餘歷代評論家論及太白《古風》者雖多，然大都從淵源、分類、地位、影響諸端肇始，涉及編年及整體性該如何理解者實在寥寥。

《古風》乃李白在短時間內集中精力於一時一地創作完成的可能性極小，「非一時一地之作」的觀點，不僅是目前學界對《古風》創作情況的共性認識〔註 68〕，更是我們給《古風》諸篇重新排序的前提。「非一時一地之作」主要從三個方面可以論證：一是《古風》諸篇所寫內容的複雜多樣性。李白《古風》內容複雜，試圖從所寫內容上給《古風》進行分類的努力從來沒有停止過，或如葛立方執於一端，關注點全放在「遊仙詩」上，認為：「李太白《古風》兩卷，近七十篇，身欲為神仙者，殆十三四……」〔註 69〕；或如胡震亨分為兩類，曰：「太白六十篇中，非指言時事，即感傷己遭」〔註 70〕，偏重於時

〔註 68〕目前學界李白研究專家學者如詹鍈、安旗、郁賢皓等，大多都認為李白《古風》非一時一地之作，唯有錢志熙《論李白〈古風〉五十九首的整體性》認為是李白在較為集中的時期內專力創作的組詩，而非不同時期作品的集合（《文學遺產》，2010 年，第 1 期）；康懷遠《李白〈古風〉五十九首論》則認為是李白寫於天寶三年（742）被讒離開長安至乾元元年（758）流放夜郎大約十四年間，後經過他人編輯的五言古詩。然錢氏沒有給出具體而集中的創作時間段和創作時間點，只是主要從首篇《大雅久不作》的詩歌理論體系和詩學思想做出的推測；至於康氏的說法，十四年的時間內，李白足跡遍布各地，更是「非一時一地」了。

〔註 69〕〔宋〕葛立方《韻語陽秋》卷十一，上海古籍出版社，影上海圖書館藏宋本，1979 年，第 133～134 頁。

〔註 70〕〔明〕胡震亨《李詩通》卷六，清順治七年（1650）朱茂時刻本，南京圖書館藏。

事和抒懷，然忽略了遊仙等其他篇目；明人朱諫《李詩選注》全選《古風》，以「賦」「比」「興」「賦而比」「比而興」「興而比」者6類標目各篇；更有甚者，清人陳沆認為太白《古風》並非所有篇目都有價值，屬於「必選之而始善者」〔註71〕，只有他選出來的若干篇目才有價值，在這樣的思想指導下，陳沆選取了《古風》28篇，約占目前所見59首的半數，其中20篇歸入「感時思遇之意」類，8篇歸入「避亂遠舉之思」類，其餘篇目拋擲不錄。今人也不乏給《古風》內容進行分類者，韓崢嶸在《略論李白的〈古風〉五十九首》中分為三類：一，諷喻現實的；二，感遇詠懷的；三，遊仙訪道的；喬象鍾《李白〈古風〉考析》分為政治諷刺詩、感懷詩、詠史詩、遊仙詩四類；郁賢皓在胡震亨「指言時事」「感傷己遭」兩類的基礎上加上了「抒寫抱負」，亦分三類；劉勉《李白〈古風〉的分期與風格》則按照時間以開元年間、天寶年間、天寶後期三個時間段劃分；朱偰在《李白〈古風〉之研究》中分為五類：一論詩、二言志、三感遇、四詠史、五寓言；張明非《試論李白〈古風〉》分為詠懷、諷喻、詠史、遊仙四類，如此等等。

　　給《古風》諸篇分類的做法，若說是為研究方便，自然無可厚非；但就李白實際創作時的情況而言，《古風》各篇從內容上看原本大體應該是沒有分類的，李白創作之時，並沒有明顯的「以類相從」的意識。但《古風》內容的複雜多樣性，直接證明了不可能僅僅是某一個較短時期情緒的集中表達，而更可能是長期情感的積累。

　　二是時間上的長期持續性和地點上的廣泛親歷性。李白《古風》諸篇內容紛繁複雜，包羅甚廣，時事、遊仙、詠史、抒懷等各類都有所涉及，且每一類都並非偶一兩篇，而是十數篇之多。這些《古風》篇章，從時間來看，確非一時之作，有明顯作於早年，反映李白積極求仕的種種努力者，如其三十三《北溟有巨魚》充滿了昂揚向上的豪

〔註71〕〔清〕陳沆《詩比興箋》卷三，上海古籍出版社，1981年，第131頁。

氣，亦照應李白早年所作《大鵬遇稀有鳥賦》，其二十六《碧荷生幽泉》篇末曰「結根未得所，願託華池邊」，其二十七《燕趙有秀色》篇末曰「焉得偶君子，共乘雙飛鸞？」表達的都是未入仕前的心情，希望有朝一日能來到君側，參與廟堂，一展宏願；有作於玄宗下詔徵召，意氣風發時期的，如其十六《寶劍雙蛟龍》篇寫明君賢臣就像雌雄雙寶劍一樣，雖然暫時分離，終當風雲際會，其十《齊有倜儻生》篇歌頌魯仲連事，全篇充溢著自我勉勵之意；有作於在朝期間的，如其八《咸陽二三月》篇寫咸陽三月清麗之景，以賣珠輕薄兒的驕奢之狀和揚雄草《玄》獻賦的舉動作對比，其十八《天津三月時》篇更是以天津橋水悠悠，見證人情世態繁華紛紛，代謝代變的更替，其二十四《大車揚飛塵》篇寫道路所見富貴者、鬥雞者的囂張氣焰，如在目前；有作於賜金放還之後的，如其三十七《燕臣昔慟哭》篇言「而我竟何辜，遠身金殿旁？」與其四十四《綠蘿紛葳蕤》篇言「君子恩已畢，賤妾將何為？」明顯作於一時；更有作於晚年時期的諸多篇章，如其四十五《八荒馳驚飆》篇曰「龍鳳脫罔罟，飄搖將安託？」其五十九《惻惻泣路歧》曰「惻惻泣路歧，哀哀悲素絲」，明顯是晚年罹難時期的寫照，所以《古風》諸篇，結合李白各個時段的人生經歷，從大的時間斷限來說，是貫穿於李白早年至中晚年基本上大半個人生階段的。

從地點上來看，《古風》諸篇所涉及地點甚廣，其中明確寫到的現實中存在的，且有具體指向性〔註72〕的地點就有：其四十六《一百四十年》篇「隱隱五鳳樓，峨峨橫三川」中的「五鳳樓」和「三川」，「鬥雞金宮裏，蹴鞠瑤臺邊」二句中的「金宮」和「瑤臺」雖然是虛寫，但明顯所指乃是唐朝的國都「長安」；其八《咸陽二三月》中的「咸陽」亦指「長安」；其十八《天津三月時》和其二十四《大車揚

〔註72〕一些地點雖然現實中也存在，但是明顯取其隱喻性質，此類不算在內，如其五十七《羽族稟萬化》篇中的「願銜眾禽翼，一向黃河飛」中的「黃河」明顯隱喻唐朝的政治中心長安。

飛塵》亦明顯寫洛陽和長安所見之景；其五十八《我行巫山渚》篇首句說「我行巫山渚，尋古登陽臺」提到的巫山，「我行」和「尋古」的主語和行動明顯顯示的是親身所到之地；其四《鳳飛九千仞》篇中「採鉛青溪濱」「時登大樓山」中的「青溪」和「大樓山」，以及在這兩個地方「採鉛」和「登山」的行為動作，表明是所到之處；其五《太白何蒼蒼》篇中的「太白山」，以及太白在此山中尋找仙人的舉動，亦當是真的到過這個地方；其二十《泣與親友別》篇曰「分手各千里，去去何時還？」此後又有數篇寫到「我行」「所見」之地點和景物的變遷，如其二十二《秦水別隴首》之友朋相別之地，其二十三《秋露白如玉》篇「我行忽見之」，地點的變化中都有詩人的身影參與其中；其六《代馬不思越》和其十四《胡關繞風沙》寫邊塞之景，當作於幽州、胡地；其十九《西上蓮花山》篇既寫太白「西上」的行程，又寫所到地點是華山，同時篇末四句「俯視洛陽川，茫茫走胡兵。流血塗野草，豺狼盡冠纓」又寫到華山附近時所見「安史之亂」中的慘象；其五十四《倚劍登高臺》，其三十九《登高望四海》，其五十九《惻惻泣路歧》開篇首句都是詩人「動作」加所到「地點」的組合方式，頗有身臨其境的真實感，表達的都是李白到了「某地」之後的即時性感受。以上這些地方，並不侷限於某一個小的地域範圍，而是幾乎沿著太白的人生行跡遍布其所到之處，所以很難說《古風》諸篇是在同一個地點完成的。

三是《古風》諸篇由積極進取到消極避世的整體情感走向。《古風》諸篇是李白即情即景而為，隨著人生階段和心境的不同而變化，且這種心境隨著世事變遷和人生經歷，呈現出明顯的由積極進取到失望求退，由昂揚到蒼涼，由年輕到衰老的心態情感走勢。目前所見《古風》的順序，除了第一首《大雅久不作》篇因起到提綱挈領的作用，各本幾乎無一例外皆被放置在首篇，此為毋庸置疑之處外，還有其餘少數篇目順序有前後錯亂之嫌，如其三十五《北溟有巨魚》篇明顯作於早年，卻被放置在後半部分。此為特殊情況，暫且不論。

　　整體來看，《古風》的整體情感變化走向較為明晰，約前半部分大體是積極向上的，雖然其中也會有進仕無門的失落，有對權貴豪奢的抨擊，有心念仙遊的嚮往，但大體上對家國前途，人生未來仍然是充滿了希冀和期盼；但從其二十九《三季分戰國》，其三十《玄風變大古》開始往後的半數篇章，情感走勢一落千丈，其三十二《蓐收肅金氣》，其三十四《羽檄如流星》，其三十九《登高望四海》，其四十五《八荒馳驚飆》，其五十四《倚劍登高臺》等篇中，瀰漫起了肅殺悲涼的氣氛，且程度逐漸加深。

　　時間上有明顯的節序物候變化，時光流轉之感貫穿始終。而這種物候的變化最能感動人心，帶來情感的搖曳跌宕，起伏漲落。從《古風》諸篇中所反映的春秋節序的變化中，不僅能證明其非作於一時，且其感情走勢也是有所差別的，《古風》中有多篇描寫時節如流，變換驚飛的篇目，尤其是春秋更迭之際，年歲季節飛馳如電，在詩人敏感的內心掀起一層又一層的波瀾。早年創作的篇目中寫到時間，大多表達的是對韶華易逝的傷感落寞，美好光景不能久恃，故不可久滯不進，希望能早早建功立業，如其二十七《燕趙有秀色》篇「常恐碧草晚，坐泣秋風寒」，其五十二《青春流驚湍》整篇寫春夏更迭，秋風又至，蘭蕙和葵藿雖有嬌艷之姿，向陽之心，無奈在光風和白露中日日凋零，就像不遇君子的美人一樣，終將迅速衰老，其二十六《碧荷生幽泉》篇寫「坐看飛霜滿，凋此紅芳年」，其三十八《孤蘭生幽園》篇寫「飛霜早淅瀝，綠艷恐休歇」，這些篇中對時光流逝的感慨表達都是一致的；而大致作於中晚年的《古風》篇目中寫到時節如流，表達的卻大體都是對年歲將衰的恐懼，如其二十八《容顏若飛電》篇曰「草綠霜已白，日西月復東。華鬢不耐秋，颯然成衰蓬」，其十一《黃河走東溟》篇曰「黃河走東溟，白日落西海。逝川與流光，飄忽不相待。春容捨我去，秋髮已衰改。人生非寒松，年貌豈長在」，整篇所寫基本上都是對老之將至的喟歎，甚至由此產生了人世幻滅之感，如其二十直接發出了「在世復幾時？倏如飄風度」的傷感之情，其二十

三《秋露白如玉》篇曰「人生鳥過目，胡乃自結束？」以及其中時常伴隨著的羈旅思歸之情，如其二十二《秦水別隴首》篇的「感物動我心，緬然含歸情」，其三十二《蓐收肅金氣》篇「秋蟬號階軒，感物憂不歇」等，這些時間段的變化配合所到地點與所見之景，明顯非一時之作。

從《古風》諸篇內容的複雜性，結合時間上的長期性、持續性和地點上的廣泛性、親歷性兩方面的描寫，以及詩人在時間和地點的描寫中行動主體「我」的參與其中，和即情即景的描寫方式所顯露出的真實性和客觀性，以及整個人生經歷所帶來的情感走勢的變化，我們都能得出共同的結論：《古風》確非一時一地之作。

二、兩種創作情況的推論性結果：《古風》重新排序的可能性

結合上節，不論是哪一種情況，我們都可以對《古風》的「排序問題」得出如下幾點較為準確的推論性觀點：

（1）直接證據缺乏，即無任何明確的直接材料記載能夠證明李白《古風》整體或某篇創作於何時何地，所以目前所見最早的兩宋本中《古風》次序不一定是原本面目。

（2）目前所見《古風》諸篇經宋敏求廣泛搜求，曾鞏考訂次序而成。曾鞏考訂各篇先後次序的標準不明，但從總體上可以看出三點：一是首尾兩篇所代表的「始終」之意〔註73〕；二是整體上前半部分風格消極中不乏殷殷期許，後半部分則流於蕭瑟悲涼，隱隱對應李白一生的遭際；三是個別篇目的順序偶有突兀，可見我們目前所見的排序並非按照某一個標準嚴格審定而為，有一定的隨機性和隨意

〔註73〕《大雅久不作》篇雖然歷代李集全本《古風》部分皆被放置於首篇，有著提綱挈領的作用，其創作之時當是《古風》的重要節點，但在很大程度上，以創作時間的先後而論卻定並非《古風》之「始篇」，其「始」篇之意更多地體現在所倡內容的總綱性質以及其中所顯示的李白於《古風》中有意識追求的《大雅》正聲，清真詩風的觀念。

性，而曾鞏考訂次序與李白唐時所編原本之間的差異和相似之處均不得而知。

（3）兩宋本是現存可見最早的版本，但兩宋本中各篇之間是沒有數字序號排序的，可見，在唐宋兩代，各版本編輯刊刻者並沒有對《古風》詩以數字前後相繫，對其排序的意識，最早以數字的形式標誌各篇出現在楊齊賢、蕭士贇注釋的楊蕭本中〔註74〕。這裡又存在兩種情況，一是蕭士贇以數字給各篇排序，只是為了閱讀查找方便，並不認為各篇前後之間有一定創作上的關聯；二是大體上認同曾鞏排列的次序，並進一步以數字前後標明之。

（4）以數字串連各篇的做法，雖然可能是為了閱讀研究方便起見，但是由於對一些篇目如《咸陽二三月》《寶劍雙蛟龍》篇入選《古風》合理性的質疑，以及《泣與親友別》篇該分為三篇或合為一篇的文本錯亂問題沒有定論，有些依據最早的兩宋本為底本，有些依據楊蕭本為底本，所以各家對《古風》各篇的數字排序並不完全相同，客觀上造成了數字相同而所對應篇目不同的差異。

（5）這樣的數字排序不僅造成了篇目與數字不對應的差異，且會給人一定的誤導性心理暗示，比如《古風》其一《大雅久不作》放在首篇，李白是否是在該篇思想的指引下創作的後序篇章？還是創作了《古風》各篇之後把《大雅久不作》放在首位，以表明自己的《古風》創作理念？該篇提綱挈領的地位是否被過度誇大了？數字排序是否意味著有一定的創作時間先後的因素在內？但目前的數字排序並無任何一種合理的理由和統一的準則可以對前後各篇均做出完全融通的解釋。

（6）目前所見《古風》排序混亂，毫無章法可尋，少數篇章的次序位置明顯不合理，有屬於早年之作卻放於後半部分者，如其三十五《北溟有巨魚》篇，其五十二《青春流驚湍》篇；更有屬於中晚年之作卻被放於前半部分者，如其二《蟾蜍薄太清》，其十九《西上蓮

〔註74〕由於楊齊賢原本已佚，所以楊注原本情況不得而知。

花山》；《古風》其一《大雅久不作》篇位置更是尷尬，若言其有提綱挈領的總括作用，所以放置在首篇，那麼與其三十五《醜女來效顰》篇中「大雅思文王，頌聲久崩淪」的明顯先後邏輯關係該如何解釋？且從內容情感上來看，該篇又明顯作於中年時期。

（7）《古風》的創作貫穿於李白人生的大部分時段，反映了李白整個人生階段和心態變化，只是前後時段創作量的比重可能有所偏差，早年較少而中晚年較多。

（8）《古風》非一時一地之作，創作時間必然有先有後，那麼按照歷時性的時間順序對其進行大致排序是有其合理性，也是具有一定可操作性的。

由此，就有了對《古風》以創作時間先後為邏輯準則進行重新排序的可能性。

三、《古風》諸篇重新排序的邏輯依據與篇章分析

給《古風》重新排序，主要的邏輯依據有以下幾點：

首先，目前所見兩宋本《古風》次序在很大程度上可能並非唐時李集原貌。

其次，目前學界對《古風》創作的共識性認識「非一時一地之作」是有很大合理性的。

第三，目前所見「兩宋本」排序沒有統一的原則和標準，有很大的混亂性。

第四，在以上三點的基礎上，因《古風》篇數歷來存在爭議，此節暫以目前可見最早的「兩宋本」《古風》為底本，從《古風》各篇所寫李白一生中所經歷的重大事件的先後順序出發，結合李白本人的生平經歷行跡和心路歷程的轉變，勾連明顯作於一時的篇章之間的邏輯關係，如相似情感的表達，相似詞語、相同典故的運用，大致以縱向的時間脈絡為線索，從情感的邏輯展演角度出發，給《古風》五十九首重新排列次序，暫定名為「《古風》六十一首重新排序」，並於各

篇之下作注進行解析，勾連其前後邏輯關係，疏通其大致寫作順序，從《古風》文本本身出發，呈現出李白人生若干階段的人生經歷和心態變化，此為目前為止可採用的較為合理的一種做法。

第五，採用按照創作時間線重新排序，而不是以傳統方式對各篇進行繫年的方法。原因之一是繫年對創作年限的精準度要求較高，而《古風》各篇在溫柔敦厚創作原則的指導下，涉及現實具體事件，可以明確編年的篇目太少，且即使寫到現實，也大多採用隱喻的形式，精確編年比較困難，基本上只能根據內容和情感推測出大致創作於李白一生中的哪個時段，進行準確繫年的難度較大，而按時間線進行排序，對精準度的要求相對來說較為寬鬆。如此做法有如下之優勢：一，使《古風》各篇之間有了一個統一而合理的排序原則；二，大致從前到後進行排序，即能從《古風》這一類詩歌中，展演出李白一生的行藏；三，個別篇目重新排序後，能見出一些新的體悟，比如《古風》其一《大雅久不作》篇，結合前後篇章，從其位置上我們可以對其有一個新的認識。如此，不僅解決了精確編年困難的問題，且從某種程度上說，已經可以達到我們想要還原《古風》創作之初本來面目的效果。

第六，需要說明的是，關於李白的「生卒年問題」和「幾入長安」問題，雖非《古風》研究所重點關注者，但涉及到《古風》排序，也是避不開的。這兩個問題，目前學界未有定論，在沒有新材料確鑿可證的情況下。「生卒年問題」，我們在排序的過程中採用「避而不論」的解決辦法，即結合相關史料，主要關注李白某個時間點或時間段確實曾遊歷過某地，在某地出現過，而不論此時李白年歲幾何。「幾入長安」的問題，因前兩次入長安的問題目前在學界基本上獲得了共識性認同，主要分歧在「三入長安」的問題上，李從軍、安旗、康懷遠、鄭文都是此觀點的大力支持者〔註75〕，而安旗之文的主要依據也與

〔註75〕參見李從軍《李白三入長安考》(《中華文史論叢》，1983 年，第 2 輯)，安旗《李白三入長安別考》(《人文雜誌》，1984 年，第 4 期)，康懷

《古風》中的數篇密不可分，在沒有確鑿證據能證明此觀點錯誤的情況下，依據其舉例論證的合理性，我們是採納此觀點的。

《古風》六十一首〔註76〕重新排序

第一階段：早年未遇時

其三十三

北溟有巨魚，身長數千里。仰噴三山雪，橫吞百川水。

憑陵隨海運，煇赫因風起。吾觀摩天飛，九萬方未已。

從創作時間先後看，此當為現存《古風》第一首，乃早年之作。全篇洋溢著昂揚向上的少年氣質，情感噴薄而出，絲毫不見約束克制，同時照應李白全集首篇《大鵬遇稀有鳥賦》。

其二十七

燕趙有秀色，綺樓青雲端。眉目艷皎月，一笑傾城歡。

常恐碧草晚，坐泣秋風寒。纖手怨玉琴，清晨起長歎。

<u>焉得偶君子，共乘雙飛鸞？</u>

此篇當作於早年，以女子求偶比擬賢士求進，與《感興》其六為孿生底本，且與《擬古》其二《高樓入青天》篇頗多相似暗合之處。

其五十二

青春流驚湍，朱明驟回薄。不忍看秋蓬，飄揚竟何託？

光風滅蘭蕙，白露灑葵藿。<u>美人不我期，草木日零落。</u>

上篇寫青春美人，此篇過渡到「秋蓬」「蘭蕙」，並自然而然地藉以喻人，皆寫求進之願。以下兩篇又皆以碧荷、孤蘭申說相似之情；

遠《李白三入長安補證》(《成都大學學報》，1988年，第c1期)，鄭文《李白三入長安的我見》，(《天府新論》，1991年，第6期)。當然，此觀點也有反對者，如郁賢皓《李白三入長安的質疑》(《中華文史論叢》，1984年，第1期)，王輝斌《李白〈苦雨〉詩的再考訂——兼論三入長安說者的依據問題》(見《李白求是錄》，2000年；《李白研究新探》，2013年)因反對者的論述不涉及《古風》詩，我們暫從「三入長安」之說。

〔註76〕排序視《昔我遊齊都》為三篇，實際上有六十一首。理由詳參第六章第一節。

且「秋蓬」「蘭蕙」，似又分別照應《感興》其八《嘉穀隱豐草》與《感遇》其二《可歎東籬菊》篇。

其二十六

碧荷生幽泉，朝日艷且鮮。秋花冒綠水，密葉羅青烟。

秀色空絕世，馨香誰為傳？坐看飛霜滿，凋此紅芳年。

<u>結根未得所，願託華池邊。</u>

此篇承上首，以碧荷為喻，以「香草美人」傳統寫求仕之願，與下篇同意，《擬古》其十一《涉江弄秋水》亦寫荷花，且情意相近，宜與此篇相銜。

其三十八

孤蘭生幽園，眾草共蕪沒。雖照陽春暉，復悲高秋月。

飛霜早淅瀝，綠艷恐休歇。若無清風吹，香氣為誰發？

此篇承上首而來，以孤蘭喻人，寫荷花、孤蘭為「飛霜」所欺而凋，俱為秋景，「誰為傳」「為誰發」又皆是問句，無論是願託於華池之畔，還是願有清風照拂，都是希冀求進之語，大抵為一時之作；「雖照陽春暉」乃雖然曾經受到掌權者的恩遇，奈何仍困於「幽園」之中，不能長久地照耀於春暉之下，而只能悲歎於秋月之夜，與「眾草」一同荒蕪，「飛霜」一至，終將凋零。但篇末仍寄希望於能得清風照拂，使馨香得傳。蓋太白此時雖遭遇挫折，仍不灰心也。此篇蓋太白初入長安，雖得賀知章賞識，但仍一無所獲時作。

以上兩篇同意，「誰為」言無人提攜，「為誰」歎無有棲託，反覆發問，皆是求進之意；「恐」字於此篇中又再一次出現。

以上4篇，劃線句子為各篇詩眼，乃旨意所在，皆是求進之意。從精神氣質上講，雖然懷才不遇但積極求仕之意飽滿，雖有怨悶之情卻無灰心失望之語，雖歎息青春時光易逝而無暮年衰老之歎，乃同一人生階段的情緒抒寫，當為早年之作。

其二十四

大車飛揚塵，亭午暗阡陌。中貴多黃金，連雲開甲宅。

路逢鬥雞者，冠蓋何輝赫！鼻息干虹霓，行人皆怵惕。

世無洗耳翁，誰知堯與跖？

　　此篇寫長安道路所見之景，末句生憤懣不平之心，乃未遇之前情事。

其十八

天津三月時，千門桃與李。朝為斷腸花，暮逐東流水。

前水復後水，古今相續流。新人非舊人，年年橋上遊。

雞鳴海色動，謁帝羅公侯。月落西上陽，餘輝半城樓。

衣冠照雲日，朝下散皇州。鞍馬如飛龍，黃金絡馬頭。

行人皆辟易，志氣橫嵩丘。入門上高堂，列鼎錯珍羞。

香風引趙舞，清管隨齊謳。七十紫鴛鴦，雙雙戲庭幽。

行樂爭晝夜，自言度千秋。功成身不退，自古多愆尤。

黃犬空歎息，綠珠成釁讎。何如鴟夷子，散髮棹扁舟？

　　此篇抒發感慨，當是開元二十二年春作於洛陽。白此時親見上朝之盛，以白描手法，從大處宏觀著眼，寫權貴奢侈享樂之狀。天津橋水互古如斯，而橋上遊玩的公侯貴族新舊更迭，以世事變幻警醒沉湎淫樂的在位者。末句寫「功成身不退」的憂慮，為在位者諫言，亦含功成理當身退的自我警策之意。

其五十七

羽族稟萬化，小大各有依。周周亦何辜！六翮掩不揮。

願銜眾禽翼，一向黃河飛。飛者莫我顧，歎息將安歸？

　　此篇以鳥為喻，寫眾人皆有依託，惟自己形單影隻，無人引薦，乃希冀在位者提攜之意，似作於一入長安之時。此篇雖然不同於以上4首之「香草美人」，然旨意相當，似亦作於未遇之前。其中末句「將安歸」三字亦出現在《感興》其八《嘉穀隱豐草》篇「農夫既不異，孤穗將安歸」句中；且此篇寫願銜在位者之羽翼，以期求進，彼篇則曰「鳥得薦宗廟，為君生光輝」，似為同時之作。

　　小結：此一時段，多以「香草美人」寫青春易逝，未遇之歎，求進之情。

第二階段：待詔翰林前後

其十六

寶劍雙蛟龍，雪花照芙蓉。精光射天地，雷騰不可衝。
一去別金匣，飛沉失相從。風胡歿已久，所以潛其鋒。
吳水深萬丈，楚山邈千重。雌雄終不隔，神物會當逢。

　　此首以寶劍為比，雖有知音難求之意，但仍自信己之才華如雷騰之勢，衝射天地，雖一時不得志，君臣終有相會之時。此篇末句不似前數篇之傷感哀怨，大抵已有出世之望，篇末「終」字，亦有終於等到之意，「會」，乃風雲際會之時。

其十

齊有倜儻生，魯連特高妙。明月出海底，一朝開光曜。
卻秦振英聲，後世仰末照。意輕千金贈，顧向平原笑。
吾亦澹蕩人，拂衣可同調。

　　目前所見李白《古風》詩中未有明確詳細描寫玄宗徵召事和二入長安過程者，惟此篇借魯仲連自比，一朝青雲直上，希冀如魯仲連一樣建功立業，名垂史冊，似有此意。故疑此首蓋白得知為玄宗下詔徵召時，意氣風發所作，「亦」乃自我激勵之意；此處之「笑」，與「仰天大笑出門去」之笑，一得意，一澹蕩，大抵太白得意之時，亦不忘澹蕩之心。此篇之後似有缺失，少玄宗徵召入宮的過程；而《效古》其一《朝入天苑中》剛好能補此處之缺，似應放於此篇之後。

其二

蟾蜍薄太清，蝕此瑤臺月。圓光虧中天，金魄遂淪沒。
螮蝀入紫微，大明夷朝暉。浮雲隔兩耀，萬象昏陰霏。
蕭蕭長門宮，昔是今已非。桂蠹花不實，天霜下嚴威。
沉歎終永夕，感我涕沾衣。

　　此篇當作於天寶三載，因月蝕事件產生同類聯想，悲王皇后而發，託宮怨藉以喻士之被疏。此首末句「沉歎」「涕淚」，既是為王皇后的遭遇悲傷，亦是自身被疏之切實感受。大抵此時太白已身陷小人譖害之苦，有所感而發。

其五十五

齊瑟彈東吟，秦弦弄西音。慷慨動顏魄，使人成荒淫。
彼美佞邪子，婉孌來相尋。一笑雙白璧，再歌千黃金。
珍色不貴道，詎惜飛光沉。安識紫霞客，瑤臺鳴素琴。

寫統治者荒淫之狀，「珍色」而「不貴道」之態，乃下首「我」被「棄」之因。此篇末句萌生遠遊之意。

其十五

燕昭延郭隗，遂築黃金臺。劇辛方趙至，鄒衍復齊來。
奈何青雲士，<u>棄我如塵埃</u>！珠玉買歌笑，糟糠養賢才。
方知黃鶴舉，千里獨徘徊。

接上首來，以燕昭王築黃金臺延郭隗之典故作對比，反諷在位者「珍色」而「不貴道」之狀，「珠玉買歌笑」者即上篇「一笑雙白璧，再歌千黃金」之意；「糟糠養賢才」者即「珍色不貴道」之意；「棄我如塵埃」，故生乘黃鶴遠去之情。

其四十四

綠蘿紛葳蕤，繚繞松柏枝。草木有所託，歲寒尚不移。
奈何夭桃色，坐歎葑菲詩？<u>玉顏艷紅彩，雲髮非素絲</u>。
君子恩已畢，賤妾將何為？

承上而來，由草木皆有所託，而我卻無辜被疏，反寫君恩已畢，無所棲託，「將何為」乃問句，是茫然無依之語。「玉顏」「雲髮」二句，可見非暮年衰老之作，而是青壯年時期。

小結：這一時段的心緒變化是非常明顯的，從昂揚奮進，到不滿長安所見，再到譖言被疏，萌生放浪江湖之思，燭破富貴之障的自我安慰，是李白自身經歷、情感變化最為明顯的一個階段。

第三階段：賜金還山，向東漫遊

其十二

松柏本孤直，難為桃李顏。昭昭嚴子陵，垂釣滄波間。
身將客星隱，心與浮雲閒。<u>長揖萬乘君，還歸富春山</u>。
清風灑六合，邈然不可攀。使我長歎息，冥棲巖石間。

　　此首開篇寫己之心性孤直如同松柏，難為桃李之誇耀於世人，繼以嚴子陵垂釣事引入遊仙。「長揖萬乘君」者，與君王相別也。乃作於第二次離開長安之時，天寶三載三月，李白上疏請還山，四月，經由上洛郡（即商州）東去，大抵作於離開長安之時。

其四十

　　鳳飢不啄粟，所食唯琅玕。焉能與群雞，刺蹙爭一餐？
　　朝鳴崑丘樹，夕飲砥柱湍。歸飛海路遠，獨宿天霜寒。
　　<u>幸遇王子晉</u>，結交青雲端。<u>懷恩未得報</u>，感別空長歎。

　　此篇開篇以鳳凰與群雞作比，與上篇開篇松柏對比桃李同意。上篇別君主，此篇別友人，王子晉者，指一人如賀知章，李璡，或長安中知己皆可，不必糾結，側重將別之際，懷恩未報，又以「感別」引入下篇。

其二十

　　<u>泣與親友別</u>，欲語再三咽。勗君青松心，努力保霜雪。
　　世路多險艱，白日欺紅顏。分手各千里，去去何時還？

　　此篇承上首末句「感別」二字而來，「親友」者，偏指友人，「君」者，即上篇幸遇懷恩而不捨離別的「王子晉」，寫與之將別之時依依不捨、念念眷戀之狀。

　　以上3首，寫賜金放還，離別長安之時的情狀。

其四十九

　　美人出南國，灼灼芙蓉姿。皓齒終不發，芳心空自持。
　　由來紫宮女，共妒青蛾眉。歸去瀟湘沚，沉吟何足悲？

　　此篇以美人自比，言因妒被疏之由，乃自我安慰之語。

其四十七

　　桃花開東園，含笑誇白日。偶蒙春風榮，生此艷陽質。
　　豈無佳人色？但恐花不實。宛轉龍火飛，零落早相失。
　　詎知南山松，獨立自蕭飋？

　　此篇與《感興》其四重出，為孿生底本。回寫自身，以桃花之艷麗而易凋零，對比松柏隆冬之時仍獨立不遷的傲骨，以自比守一不屈

之志。

　　以上兩首，以「香草美人」繼承屈原《騷》體，寫見嫉被疏之由，同時自明心志。

其五

太白何蒼蒼！星辰上森列。去天三百里，邈爾與世絕。
中有綠髮翁，披雲臥松雪。不笑亦不語，冥棲在巖穴。
我來逢真人，長跪問寶訣。粲然啟玉齒，授以煉藥說。
銘骨傳其語，竦身已電滅。仰望不可及，蒼然五情熱。
吾將營丹砂，永與世人別。

　　東行至太白山時所作。寫求仙之意萌生，有想像之處，並非全為實寫。此篇以下至《搖裔雙白鷗》，俱以求仙出之。

其二十

在世復幾時？倏如飄風度。空聞紫金經，白首愁相誤。
撫己忽自笑，沉吟為誰故？名利徒煎熬，安得閒餘步？
終留赤玉舃，東上蓬萊路。秦帝如我求，蒼蒼但煙霧。

　　此篇首句承接上篇末句，末句東上「蓬萊」，「秦帝」求我者，又緊接以下數首寫齊地遊歷之篇。太白之行蹤了然。末句亦是與君王作別之意。此首寫生世無幾，疏忽而過，名利煎熬，白首相誤，一旦醒悟，不若遊仙，追求長生。以下數首至《搖裔雙白鷗》，俱寫遊仙。

其九

莊周夢胡蝶，胡蝶為莊周。一體更變易，萬事良悠悠。
乃知蓬萊水，復作清淺流。青門種瓜人，舊日東陵侯。
富貴故如此，營營何所求。

　　「蓬萊水」照應上篇「蓬萊路」，寫人物變幻，須臾之間，物化為一，燭破富貴浮雲之障，亦是自解自慰之語。

其二十

昔我遊齊都，登華不注峰。茲山何峻秀？綠翠如芙蓉。
蕭颯古仙人，了知是赤松。借予一白鹿，自挾兩青龍。
含笑凌倒景，欣然願相從。

此篇大抵作於天寶五載前後，漫遊東魯之時，故地重遊，以「回憶」的方式寫昔日遊仙之景。雖與上下篇不類，似有所突兀，若接入《感興》其五《十五遊神仙》篇，明點少年時即到過此地，有遊仙之意，上下相互銜接，頓覺圓融無礙，暢順自然。

其三

秦皇掃六合，虎視何雄哉！揮劍決浮雲，諸侯盡西來。
明斷自天啟，大略駕群才。收兵鑄金人，函谷正東開。
銘功會稽嶺，騁望琅邪臺。刑徒七十萬，起土驪山隈。
尚採不死藥，茫然使心哀。連弩射海魚，長鯨正崔嵬。
額鼻象五嶽，揚波噴雲雷。鬐鬣蔽青天，何由覩蓬萊？
徐市載秦女，樓船幾時回？但見三泉下，金棺葬寒灰。

其四十八

秦皇按寶劍，赫怒震威神。逐日巡海右，驅石駕滄津。
微卒空九寓，作橋傷萬人。但求蓬島藥，豈思農扈春？
力盡功不贍，千載為悲辛。

以上 2 首，見魯地蓬島、瀛洲，聯想秦皇求仙，徐市入海之典故，以史見警策諷諫之意。似作於天寶五載前後東魯漫遊之時。以下 6 首，從「金華」，以及描寫所見草木景物，似作於天寶六載後南遊吳越之時。

其二十八

容顏若飛電，時景如飄風。草綠霜已白，日西月復東。
華鬢不耐秋，颯然成衰蓬。古來賢聖人，一一誰成功？
君子變猿鶴，小人為沙蟲。不及廣成子，乘雲駕輕鴻。

此首寫容顏易老，不管是君子小人，猿鶴沙蟲，在時間的流逝中盡皆物化，古之賢聖人亦逃不過天命大道，不如求仙。

其十一

黃河走東溟，白日落西海。逝川與流光，飄忽不相待。
春容捨我去，秋髮已衰改。人生非寒松，年貌豈長在？
吾當乘雲螭，吸景駐光彩。

此承上首來，寫容顏易老，又承以上三篇寫松柏者，言心性雖如松柏，無奈人生非松柏，不能常葆青春，只能轉向求仙。

其十七

金華牧羊兒，乃是紫烟客。我願從之遊，未去髮已白。
不知繁華子，擾擾何所迫？崑山採瓊蕊，可以鍊精魄。

其七

客有鶴上仙，飛飛凌太清。揚言碧雲裏，自道安期名。
兩兩白玉童，雙吹紫鸞笙。去影忽不見，回風送天聲。
舉首遠望之（一作我欲一問之），飄然若流星。願飡金
光草，壽與天齊傾。

其四十一

朝弄紫泥海，夕披丹霞裳。揮手折若木，拂此西日光。
雲臥遊八極，玉顏已千霜。飄飄入無倪，稽首祈上皇。
呼我遊太素，玉杯賜瓊漿。一餐歷萬歲，何用還故鄉？
永隨長風去，天外恣飄揚。

其四十二

搖裔雙白鷗，鳴飛滄江流。宜與海人狎，豈伊雲鶴儔？
寄影宿沙月，沿芳戲春洲。吾亦洗心者，忘機從爾遊。

至此篇，而求仙之意已轉淡，只願與白鷗遊戲滄江之上，作一個逍遙的忘機者而已。以上數首皆寫遊仙。李白二次離開長安，向東與高適、杜甫等人漫遊梁宋期間，是求仙之願和實際行動最盛之時，蓋一則為自我開解安慰，二則好友知己之間興趣相似之故。李白求仙夢醒有一個過程，《擬古》其三曰「石火無留光，還如世中人」「仙人殊恍惚，未若醉中真」，即是醒悟之語；而《感遇》其一有「二仙去已遠，夢想空殷勤」句，亦是對求仙失望醒悟之語，這兩篇應插入此處為宜。

小結：此一時段，前期以感別賦詩和自明心志為主，後期以漫遊求仙自我寬解。

第四階段：五十歲前後

其五十六

越客採明珠，提攜出南隅。清輝照海月，美價傾皇都。

獻君君按劍，懷寶空長吁。魚目復相哂，寸心增煩紆。

此篇寫在位者如同世人一樣，不辨明珠魚目。懷寶遭疑，復被卑劣者哂笑，更增煩心，《答王十二寒夜獨酌有懷》曰「魚目亦笑我，請與明月同」，大概作於同時。

其二十一

郢客吟白雪，遺響飛青天。徒勞歌此曲，舉世誰為傳？

試為巴人唱，和者乃數千。吞聲何足道？歎息空悽然。

陽春白雪、下里巴人之別，亦明珠、魚目之差也。此篇寫世無知己，空餘歎息。

其五十

宋國梧臺東，野人得燕石。誇作天下珍，卻哂趙王璧。

趙璧無緇磷，燕石非貞真。流俗多錯誤，豈知玉與珉？

此首寫世人不辨玉珉之狀，流俗多錯誤，不辨妍媸美惡，燕石「非貞真」卻反被「誇作天下珍」，《效古》其二有「寄語無鹽子，如君何足珍」，無鹽子與燕石同類，兩篇似有先後銜接之處，且《效古》其二開篇寫「自古有秀色，西施與東鄰」，與下篇開篇同用一個典故，似應放在其五十與其三十五之間。

其三十五

醜女來效顰，還家驚四鄰。壽陵失本步，笑殺邯鄲人。

一曲斐然子，雕蟲喪天真。棘刺造沐猴，三年費精神。

功成無所用，楚楚且華身。大雅思文王，頌聲久崩淪。

安得郢中質，一揮成風斤？

此開篇以「醜女效顰」接入「邯鄲學步」「棘刺沐猴」，抨擊雕蟲之功喪天真之質；「喪天真」又接其五十「非貞真」而來，且意思更進一步；末則感歎《大雅》不作而思文王，頌聲崩淪，而無運斤成風，技藝精湛之人，「大雅思文王，頌聲久崩淪」二句，又緊銜下首。

其一

大雅久不作，吾衰竟誰陳？王風委蔓草，戰國多荊榛。
龍虎相啖食，兵戈逮狂秦。正聲何微茫！哀怨起騷人。
楊馬激頹波，開流蕩無垠。廢興雖萬變，憲章亦已淪。
自從建安來，綺麗不足珍。聖代復元古，垂衣貴清真。
群才屬休明，乘運共躍鱗。文質相炳煥，眾星羅秋旻。
我志在刪述，垂輝映千春。希聖如有立，絕筆於獲麟。

若按李白創作時間排序，此篇必非首篇，亦必非末篇，而只能是在李白政治理想幻滅之後，產生以詩垂名想法之時所作，大抵作於「知天命」之年，即五十歲前後，此時安史之亂尚未爆發，大唐王朝表面上還是一派崢嶸之象，所以李白於此篇中還存在對王道盛世的詩人特質的幻想。

小結：以上數首乃世無知己之歎，大約作於李白五十歲前後，「知天命」之年，此時年歲漸老，深感功業無望，又鑒於世風文風澆薄，轉而以立言為務。《雪讒詩贈友人》：「五十知非，古人常有。立言補過，庶存不朽……天未喪文，其如予何？」同意。

第五階段：安史之亂爆發前後

其五十一

殷后亂天紀，楚懷亦已昏。夷羊滿中野，菉葹盈高門。
比干諫而死，屈平竄湘源。虎口何婉孌？女嬃空嬋娟。
彭咸久淪沒，此意與誰論？

此篇殷后、比干、楚懷、屈原，皆末世亡國之君臣，「夷羊滿中野，菉葹盈高門」，此篇乃「王風委蔓草」「哀怨起騷人」之意。此時前後數篇寫朝代更迭，此篇寫殷商，下篇寫戰國、秦、漢、中間似缺少周朝，而《寓言》其一《周公負斧扆》寫周武王、成王時事，剛好可插入此處，且全篇詩意圍繞「賢聖遇讒慝，不免人君疑」而發，接此首而來，詩意順承無礙。

其二十九

三季分戰國，七雄成亂麻。王風何怨怒？世道終紛拏。

至人洞玄象，高舉凌紫霞。仲尼欲浮海，吾祖之流沙。

其五十三

戰國何紛紛！兵戈亂浮雲。趙倚兩虎鬪，晉為六卿分。
姦臣欲竊位，樹黨自相群。果然田成子，一旦殺齊君。

以上兩首，乃「戰國多荊榛」「龍虎相啗食」之意。

其四十三

周穆八荒意，漢皇萬乘尊。淫樂心不極，雄豪安足論？
西海宴王母，北宮邀上元。瑤水聞遺歌，玉杯竟空言。
靈跡成蔓草，徒悲千載魂。

此篇乃「憲章已淪」之意。

其二十五

世道日交喪，澆風散淳源。不採芳桂枝，反棲惡木根。
所以桃李樹，吐花竟不言。大運有興沒，群動爭飛奔。
歸來廣成子，去入無窮門。

此篇具言「世道交喪」之理。世人不僅不辨美惡，反以惡為美，世道日喪，賢者緘默，天道大運，有興有沒，而庸碌世人不察，如鳥獸之狀爭奔名利，太白見世道如此，決意如廣成子一樣歸於大道之門。

其三十

玄風變大古，道喪無時還。擾擾季葉人，雞鳴趨四關。
但識金馬門，誰知蓬萊山？白首死羅綺，笑歌無休閒。
淥酒哂丹液，青娥凋素顏。大儒揮金槌，琢之詩禮間。
蒼蒼三珠樹，冥目焉能攀？

此首前二句言「世道淪喪」，無時可還。繼而接入現實，批判季葉之人紛紛擾擾，只知歌舞無休。大儒揮動金槌，貌似想要救世，實際則為盜賊，即《莊子‧外物篇》所言「儒以詩禮發冢」之意。大道正如仙家之三珠樹，是不可攀登的。

其十三

君平既棄世，世亦棄君平。<u>觀變窮太易，探元化群生</u>。

寂寞綴道論，空簾閉幽情。騶虞不虛來，鸑鷟有時鳴。

安知天漢上，白日懸高名？海客去已久，誰人測沉冥？

接上首來，君平棄世，實因世道交喪，而世先棄君平也。此篇以嚴君平「卻簾」著書之事，寫白思想之轉變。「觀變」「探元」者，乃以上數首對歷史的反思。「綴道論」者，轉而著書立說也。「海客去已久」者，蓋此時已離開長安許久了。

小結：以上前四首，歷數殷商至漢，「道喪」崩壞之狀，帝王荒淫求仙之舉；後二首映像現實，以警示在位者；末一篇則轉寫自身，世道將亂，身世兩棄，無限感傷。

第六階段：幽州之行，胡地漫遊前後

其二十三

秋露白如玉，團團下庭綠。我行忽見之，寒早悲歲促。

人生鳥過目，胡乃自結束。景公一何愚？牛山淚相續。

物苦不知足，得隴又望蜀。人心若波瀾，世路有屈曲。

三萬六千日，夜夜當秉燭。

此時秋行之思漸濃，生出憂生感世之歎；同時諷刺不知足者；「我行」二字，可知人在途中。此篇與《擬古》其九極為相似，尤其是「人生鳥過目，胡乃自結束」與「生者為過客，死者為歸人。天地一逆旅，同悲萬古塵」，幻滅之情，何其相似！宜放於此篇之後，此篇之後缺《擬古》其九、其八、其六三首。

其三十四

羽檄如流星，虎符合專城。喧呼救邊急，群鳥皆夜鳴。

白日曜紫微，三公運權衡。天地皆得一，澹然四海清。

借問此何為？答言楚徵兵。渡瀘及五月，將赴雲南征。

怯卒非戰士，炎方難遠行。長號別嚴親，日月慘光晶。

泣盡繼以血，心摧兩無聲。困獸當猛虎，窮魚餌奔鯨。

千去不一回，投軀豈全生？如何舞干戚，一使有苗平。

此篇當作於天寶十載，《資治通鑒》：「天寶十載，劍南節度使鮮于仲通討雲南蠻……制大募兩京及河南、北兵以擊南詔。」李白此詩

或作於此時，此年秋末，有幽州之行。以下兩篇，寫胡地所見。

其六

代馬不思越，越禽不戀燕。情性有所習，土風固其然。
昔別雁門關，今戍龍庭前。驚沙亂海日，飛雪迷胡天。
蟻蝨生虎鶡，心魄逐旌旃。苦戰功不賞，忠誠難可宣。
誰憐李飛將，白首沒三邊。

此首寫胡地之思，攬入古戰場將軍戰士慘烈之狀；亦是冬月之景，上篇言「越鳥」，此首言「越禽」，蓋為一時之作。

其十四

胡關饒風沙，蕭索竟終古。木落秋草黃，登高望戎虜。
荒城空大漠，邊邑無遺堵。白骨橫千霜，嵯峨蔽榛莽。
借問誰凌虐？天驕毒威武。赫怒我聖皇，勞師事鼙鼓。
陽和變殺氣，發卒騷中土。三十六萬人，哀哀淚如雨。
且悲就行役，安得營農圃？不見征戍兒，豈知關山苦？
李牧今不在，邊人飼豺虎。

此首開篇亦寫胡地之所見，後接入現實所見，引入開邊戰爭的殘酷一面，乃邊關所見之景。大抵作於天寶十一載秋冬之際。

其二十二

秦水別隴首，幽咽多悲聲。胡馬顧朔雪，踟躕長嘶鳴。
感物動我心，緬然含歸情。昔視秋蛾飛，今見春蠶生。
裊裊桑結葉，萋萋柳垂榮。急節謝流水，羈心搖懸旌。
揮涕且復去，惻愴何時平？

已過冬月，又逢春來，感時節變化，油然而生歸思；「胡馬顧朔雪」言冬月將過，自己也將離開胡地。《寓言》其三開篇寫「長安春色歸，先入青門道」，回憶長安春色，宜放此篇之後。此篇大抵作於天寶十二載初春離開胡地時。太白此時已打定主意重回長安，提醒君主，盡到一個臣子的本分，《感興》其三寫想要寄書以作提醒奈何沒有信使，且害怕信箋為他人所得，徒生是非，即是此時心緒。《擬古》其七開篇言「世路今太行，回車竟何託」蓋已付諸行動，向西

而行。

　　小結：此一時段，主要是幽州漫遊前後事，及胡地所見之景。此時預見安祿山將反之狀，生西遊「獻賦」，驚醒在位者之意。

第七階段：欲三入長安，草玄獻賦前後

其三十一

鄭客西入關，行行未能已。白馬華山君，相逢平原里。

璧遺鎬池君，明年祖龍死。秦人相謂曰：吾屬可去矣。

一往桃花源，千春隔流水。

　　此篇乃「西行」途中所見，所用典故如「祖龍死」「白馬華山君」「秦人桃源」，皆是欲提醒在位者之意。

其四十六

一百四十年，國容何赫然！隱隱五鳳樓，峨峨橫三川。

王侯象星月，賓客如雲烟。鬭雞金宮裏，蹴鞠瑤臺邊。

舉動搖白日，指揮回青天。當塗何翕忽！失路長棄捐。

獨有揚執戟，閉關草太玄。

　　此篇有濃鬱的回憶懷舊氛圍，回憶舊日國家興盛之狀，見出對今時將亂之象的隱憂。據「當塗」「失路」二句，此篇或感而作於天寶十二載，李林甫死，其家人悉索官爵，發為庶人。若依「三入長安」之說，此年李白當在長安，若見此事，必然深為觸動。或作於天寶十五載或稍後，有感於楊國忠事。（具體分析詳見下編該篇按語。）

其八

咸陽二三月，宮柳黃金枝。綠幘誰家子？賣珠輕薄兒。

日暮醉酒歸，白馬驕且馳。意氣人所仰，冶遊方及時。

子雲不曉事，晚獻長楊辭。賦達身已老，草玄鬢若絲。

投閣良可歎，但為此輩嗤。

　　上篇開篇即見出乃長安之景。後四句承其四十六篇末「閉關草太玄」而來，借揚雄「草玄」「投閣」二典喻自身上書獻賦受挫，不得採用，有歎息之情。白詩中多次寫到「草玄」「獻賦」，然細索詩句，情感分明不同。我們關注「獻賦」「大雅」「吾衰」這些關鍵詞的不同

書寫，會自然發現其間的細膩情感變化。尤其是「獻賦」這一明顯帶有政治意圖，個人主動性的關鍵詞出現於多篇，從作於早年的「子雲叨侍從，獻賦有光輝」(《溫泉侍從歸逢故人》)，到「此時行樂難再遇，西遊因獻長楊賦。」(《憶舊遊寄譙郡元參軍》) 到上篇的「獨有揚執戟，閉關草太玄」，再到此篇的「子雲不曉事，晚獻長楊辭。賦達身已老，草玄鬢若絲。」其前後情緒變化是很明顯的。尤其是晚年身已經衰老的時候，仍有「獻賦」之舉，這怎麼說也不可能是前兩次入長安時候所發生的事情和當時會有的情緒。李白對玄宗感激之情甚深，一生以「降輦相迎」「御手調羹」為榮。幽州之行，目睹國家將亂之狀，西行去獻賦提醒，乃情理中事；若無有此念，似乎才不合常理，也不符合李白心性。《感興》其三「裂素持作書，將寄萬里懷。眷眷待遠信，竟歲無人來。征鴻務隨陽，又不為我棲。委之在深篋，蠹魚壞其題。何如投水中，流落他人開。不惜他人開，但恐生是非。」也表明李白是有西上長安「提醒」君王之念的。

其三十六

　　抱玉入楚國，見疑古所聞。<u>良寶終見棄，徒勞三獻君。</u>
　　直木忌先伐，芳蘭哀自焚。盈滿天所損，沉冥道為群。
　　東海汎碧水，西關乘紫雲。魯連及柱史，可以躡清芬。

　　此篇與《感興》其七重出，為學生底本。此篇乃「三入長安」獻賦的結果，徒勞無功。言「直木先伐」「蘭芳遭焚」，世人不僅不辨美惡，反而助紂為虐，美好者反遭禍患；末四句生全身遠禍之感。

其四

　　鳳飛九千仞，五章備綵珍。<u>銜書且虛歸，空入周與秦。</u>
　　橫絕歷四海，所居未得鄰。吾營紫河車，千載落風塵。
　　藥物秘海嶽，採鉛青溪濱。時登大樓山，舉首望仙真。
　　羽駕滅去影，颺車絕回輪。尚恐丹液遲，志願不及申。
　　徒霜鏡中髮，羞彼鶴上人。桃李何處開？此花非我春。
　　唯應清都境，長與韓眾親。

　　此首承上首，「銜書且虛歸」，也是「獻賦無果」之意。繼寫行蹤

至大樓山、清溪濱等地,蓋白此時已離長安南遊,安旗、詹鍈、郁賢皓等均繫此篇於天寶十三年,李白 54 歲左右,認為乃本年或次年在秋浦所作。此篇末句提到地點「清都」,《擬古》其四開篇即言「清都綠玉樹」;此篇言「舉首望仙真」,彼篇曰「遠贈天仙人」;有先後承接之處。

其三十七

> 燕臣昔慟哭,五月飛秋霜。庶女號蒼天,震風擊齊堂。
> 精誠有所感,造化為悲傷。而我竟何辜?遠身金殿旁。
> 浮雲蔽紫闥,白日難回光。群沙穢明珠,眾草凌孤芳。
> 古來共歎息,流淚空沾裳。

此篇乃對「獻賦無果」的抒憤之語。承上首來,又聯想到自己無辜被疏,天生異象,五月飛霜,我亦無辜者,無奈浮雲厚重,遮蔽紫闥,白日再難回光,而明珠為群沙所穢,孤芳為眾草所欺,古來如此,令人淚下。

其十九

> 西上蓮花山,迢迢見明星。素手把芙蓉,虛步躡太清。
> 霓裳曳廣帶,飄拂升天行。邀我登雲臺,高揖魏叔卿。
> 恍恍與之去,駕鴻凌紫冥。俯視洛陽川,茫茫走胡兵。
> 流血塗野草,豺狼盡冠纓。

此時太白已離開長安,行至華山。蓋當時安史之亂已經爆發,末四句滿目瘡痍之感。此篇似未完。

小結:此一時段的行蹤,見出「三入長安」獻賦的始末和結果。

第八階段:晚年垂暮之時

其五十四

> 倚劍登高臺,悠悠送春目。蒼榛蔽層丘,瓊草隱深谷。
> 鳳鳥鳴西海,欲集無珍木。鸒斯得所居,蒿下盈萬族。
> 晉風日已頹,窮途方慟哭。

此篇之後,一派肅殺悲涼、蕭瑟荒蕪之氣象。「欲集無珍木」者,賢者無有依託也;「鸒斯得所居,蒿下盈萬族」者,小人滿目之狀也;

「慟哭」者，為國、為君、為己也。

其三十九

登高望四海，天地何漫漫！霜被群物秋，風飄大荒寒。
榮華東流水，萬事皆波瀾。白日掩徂輝，浮雲無定端。
梧桐巢燕雀，枳棘棲鴛鸞。且復歸去來，劍歌行路難。

以上兩首寫登高所見之景，詞句皆有相似之處，時已入秋，然此時肅殺之氣更多的是烘托世亂之象。安史之亂爆發後，多有「浮雲蔽日」之歎。

其三十二

蓐收肅金氣，西陸弦海月。秋蟬號階軒，感物憂不歇。
良辰竟何許？大運有淪忽。天寒悲風生，夜久眾星沒。
惻惻不忍言，哀歌達明發。

圓月已虧，弦月升起，繼之以秋景之悲，有肅殺之氣；「大運」者，國運也；佇立之久，憂思之深，有不忍言之處。

其四十五

八荒馳驚飆，萬物盡凋落。浮雲蔽頹陽，洪波振大壑。
龍鳳脫罔罟，飄搖將安託？去去乘白駒，空山詠場藿。

詹鍈曰：至德二載，白坐從璘罪繫尋陽獄，宣慰大使崔渙及御史中丞宋若思為之推覆清雪，若思赴河南，釋其囚，是詩蓋作於此時。此篇白自比龍鳳掙脫牢籠，然飄搖不知該向何方。

其五十九

惻惻泣路歧，哀哀悲素絲。路歧有南北，素絲易變移。
萬事固如此，人生無定期。田竇相傾奪，賓客互盈虧。
世途多翻覆，交道方嶮巇。斗酒強然諾，存心終自疑。
張陳竟火滅，蕭朱亦星離。眾鳥集榮柯，窮魚守枯池。
嗟嗟失懽客，勤問何所規。

接其三十二篇末「惻惻」而來，同時承接上首「飄搖將安託」句，不知該向何去，臨歧路而淚如雨下。蓋此時太白剛經歷人生大難，因永王璘案被株連，於此過程中嘗盡世間冷暖，人心險惡，故有此歎。

其五十八

我行巫山渚，尋古登陽臺。天空綵雲滅，地遠清風來。

神女去已久，襄王安在哉？荒淫竟淪沒，樵牧徒悲哀。

「尋古」之行為動作表明李白必至巫山而作是篇。《感興》其一、其二、其四，皆寫洛水宓妃、陳王、神女、楚王、宋玉、巫山之事，與此篇極類，大抵作於一時。

小結：以上數篇，肅殺悲涼之氣，似作於安史之亂爆發之後；遲暮之感，似作於晚年。

四、重新排序存在的問題

從以上對《古風》六十一首的重新排序中我們可以見出一些問題，比如整體上前後邏輯的圓融統一性有所欠缺，部分篇章前後之間存在斷裂不能銜接處，由此引出《古風》六十一首與《感遇》類詩歌二十九首之間的關係。在《古風》六十一首重新排序的基礎上，加入《感遇》類詩歌二十九首，再重新排序，看這九十首（包括三首重出者）的前後次序從邏輯上講是否能圓通無礙，是接下來要做的工作。《古風》九十首重新排序，又能見出一些新的問題。比如《古風》創作之初的情狀還原，「古風型詩」的合理性，整篇「重出」的原因解析，《古風》最有可能的定名者和揀選者，以及入選標準等。

第五節　「古風型詩」的整體性與混合排序的合理性

本節主要以「古風型詩」概念的提出為依託，以李白《古風》結合《感遇》《效古》《擬古》《感興》《寓言》類詩歌，探討《古風》的第三種創作可能性，即：非一時一地之作，且與《感遇》類詩歌創作於同時，這類從內容到形式皆具有一定相似性的詩歌散見於李白人生中的各個時段，中晚年時產生「以詩垂名」的想法後，認識到這類詩歌的價值和意義，以《大雅久不作》篇倡導的「復歸雅正」的文學觀念為宗旨，集中某一時段審慎修改、揀選、整理、編集而成《古風》，

《古風》詩與《感遇》類詩歌本同源而生，只是《古風》乃李白精選之後的篇章，以「古風」為名，是為了彰顯其特殊性以表達李白自身對其重視的態度。

本節以「兩宋本」《古風》59 篇為基礎〔註77〕，加入卷二十二《感遇》2 首，即《咸陽二三月》《寶劍雙蛟龍》〔註78〕，為 61 首，再加入《感遇》4 首，《效古》2 首，《擬古》12 首，《感興》8 首，《寓言》3 首，共 90 首，其中 3 首重出〔註79〕，排序中兩存之，探討這 90 首相類作品的整體性與混合排序的可能性和合理性。

一、《感遇》類詩歌插入《古風》排序的合理性分析

《感遇》類詩歌可插入《古風》諸篇中重新排序，並非憑空臆造，而是有其一定合理性的，主要可從以下幾個方面加以分析：

其一，《感遇》類詩歌和《古風》類詩歌從詩意到形式上的極大相似性，直接導致「古風型詩」概念的提出。賈晉華 1991 年在中國首屆李白研究國際學術討論會上提出「古風型詩」這一概念〔註80〕，便主要是基於《古風》詩歌和《感遇》類詩歌在詩體、題材和風格上的極大相似性為前提的，把這類詩歌統歸入一類，並以「古風型詩」命名。這一提法可謂頗有新見，以更宏闊的眼光見出了此類詩歌的整體性和統一性，惜後續研究不足，並未從整體上對其進行深入挖掘。

〔註77〕「兩宋本」中《昔我遊齊都》為 3 篇，無《感遇》二首中的《咸陽二三月》《寶劍雙蛟龍》篇。

〔註78〕由於李白集另一影響較大的版本「楊蕭本」把《昔我遊齊都》三篇合為一篇，加入《咸陽二三月》《寶劍雙蛟龍》篇，也成「59」首之數，所以此二篇歷來也被視為《古風》，故也算入《古風》詩類。

〔註79〕這 3 首重出者分別為：《感興》八首其四《芙蓉嬌綠波》篇與《古風》其四十七《桃花開東園》篇；《感興》八首其六《西國有美女》篇與《古風》其二十七《燕趙有秀色》篇；《感興》八首其七《揭來荊山客》篇與《古風》其三十六《抱玉入楚國》篇。

〔註80〕詳見第一章第二節論述。

其二，由上節可知，《古風》五十九首重新排序後，其間有斷續不能緊密相銜接處，這些斷續處可插入《感遇》類詩歌再次排序，且插入後前後篇章之間的勾連圓融無礙，其前後邏輯關係更加通順合理，並能解決一些歷來讓人困惑不解的問題，如《古風》其二十《昔我遊齊都》篇的文本錯亂問題，其中間「泣與親友別」以下八句可與《擬古》十二首其十二《去去復去去》篇前後銜接，邏輯恰切，意思融通，明顯為前後同時之作，由此更能證明，「兩宋本」把《昔我遊齊都》一分為三篇的做法是正確的，而後世合而為一的做法顯然是錯誤的；又如《古風》其二十開篇寫「昔我遊齊都，登華不注峰」，「昔」字似無著落，不知從何而來，若接續在《感興》其五之後，此篇首二句寫「十五遊神仙，仙遊未曾歇」，回憶昔日少年時期遊仙之舉，則此「昔」字便順承無礙了。

其三，《古風》與《感遇》重出篇目有極大的相似性，且《古風》版本修改之處往往更加符合李白於其中所倡導的儒家詩教溫柔敦厚之旨。《古風》和《感遇》類詩歌中有3篇重出者，分列如下：

　　　　　（1）《古風》其四十七

桃花開東園，含笑誇白日。偶蒙東風榮，生此艷陽質。
豈無佳人色，但恐花不實。宛轉龍火飛，零落早相失。
詎知南山松，獨立自蕭瑟。

　　　　　　《感興》八首其四

芙蓉嬌綠波，桃李誇白日。偶蒙春風榮，生此艷陽質。
豈無佳人色，但恐花不實。宛轉龍火飛，零落互相失。
詎知凌寒松，千載長守一。

蕭士贇曰：按此篇已見二卷古詩四十七首。必是當時傳寫之殊，編詩者不能別，姑存於此卷。觀者試以首句比併而論，美惡顯然，識者自見之矣。注已見前，不復重出。

　　　　　（2）《古風》其二十七

燕趙有秀色，綺樓青雲端。眉目艷皎月，一笑傾城歡。
常恐碧草晚，坐泣秋風寒。纖手怨玉琴，清晨起長歎。

<u>焉得偶君子</u>，共乘雙飛鸞？

《感興》八首其六

西國有美女，結樓青雲端。蛾眉艷曉月，一笑傾城歡。
高節不可奪，炯心如凝丹。常恐彩色晚，不為人所觀。
<u>安得配</u>君子，共乘雙飛鸞。

（3）《古風》其三十六

<u>抱玉入楚國</u>，<u>見疑古所聞</u>。良寶<u>終</u>見棄，<u>徒勞</u>三獻君。
直木忌先伐，<u>芳</u>蘭哀自焚。盈滿天所損，沉冥道為群。
東海<u>汎</u>碧水，<u>西關乘紫雲</u>。魯連及<u>柱史</u>，可以躡清芬。

《感興》八首其七

<u>揭來荊山客</u>，<u>誰為珉玉分</u>。良寶<u>絕</u>見棄，<u>虛持</u>三獻君。
直木忌先伐，<u>芬</u>蘭哀自焚。盈滿天所損，沈冥道所群。
東海<u>有</u>碧水，<u>西山多白雲</u>。魯連及<u>夷齊</u>，可以躡清芬。

蕭士贇曰：按此篇已見二卷《古風》之三十六首。但
有數語之異，是亦當時初本傳寫之殊，編詩者不忍棄，兩
存之耳。注已見前者，不復重出。

以上，我們對不同字句以下劃線標出，由兩兩對比可得出如下
結論：

1、這三篇重出者相似度極高，尤其是（1）和（3）。

2、首句差異最大，三篇首句都不同，而其餘部分大多相似。

3、《古風》詩的版本明顯比《感興》詩中的版本更加溫柔敦厚，
措辭用句也更有含蓄溫婉之處，更為精妙，從某種意義上明顯可以看
出是經過審慎修改後的版本，比如說（1）中首句刪去「芙蓉嬌綠波」，
用前二句集中焦點寫誇耀於枝頭的桃花，「桃花開東園，含笑誇白日」
對比「桃李夸白日」，捨棄李花的陪襯，關注點完全轉移聚焦到灼灼
桃花上，不僅更加生動鮮活，使整篇詩意更加圓融諧和，焦點的集中
也增強了詩歌的表達效果，使末句桃花與松柏的對比更加鮮明；且從
《古風》其二十六「碧荷生幽泉，朝日艷且鮮」中可見，太白並無批
判芙蓉之意；《古風》其二十五「不採芳桂枝，反栖惡木根。所以桃

李樹，吐花竟不言」，太白亦無批判桃李樹之意，只是借誇耀於枝頭
的桃花批判顯貴一時，驕而不自知者，其中的矛盾之處，自然得以避
免；（2）中首句「西國有美女」改為「燕趙有秀色」，也顯得更加有
溫婉含蓄之美，「常恐」二句，雖然換了位置，句式卻是一樣，此首
共十句，五六句轉，明顯比七八句轉要來的自然暢順，且轉後寫低落
哀怨的情緒，比轉前高調直白地表明心跡，更加引人動容，「常恐碧
草晚，坐泣秋風寒」對比「常恐彩色晚，不為人所觀」，前者更加含
蓄溫婉，而後者則流於直白淺露了；（3）中對首句的修改，不僅更加
切合原典，且避開與下首其五十《宋國梧臺東》篇「流俗多錯誤，豈
知玉與珉」的詩意重複，而「東海汎碧水，西關乘紫雲」明顯比「東
海有碧水，西山多白雲」精妙得多，不僅上下句相關，用典切對，且
意涵豐富而措辭文雅。

　　我們不禁會產生疑問：《感興》中的詩歌，何以會稍加改換字句，
以更加精妙的面目出現在《古風》類詩歌中？這是一個很值得思考問
題。蕭士贇給出的理由是因為當時傳寫錯誤，編詩者不能分辨哪個才
是原本，又不認有所捨棄，所以兩存之。傳寫錯誤雖然不可避免，但
傳寫錯誤或許多發生在單個字詞上，甚至整句也有可能，但整篇有異
文的情況似乎就不太合適了。對整篇整句異文來說，兩相對比，人工
「主動」修改，試圖使其更加精妙，向首篇所倡《雅》詩的雍容和緩，
清真自然詩風靠攏的痕跡和努力太過明顯，而對字詞傳寫錯誤的情況
而言，「無意識性」和客觀性應是更加凸顯的。二者的區別，是主動
的和被動的，主觀的和客觀的，有意識的和無意識的，其間的差距是
很明顯的。蕭氏的解釋全歸咎於傳抄過程中的失誤，實在是籠統武斷
的成分居多，而沒有實際證據的，更不能解釋為何《古風》中的版本
幾乎都要比《感興》中的更加精妙高超。

　　由以上對比，我們或可大膽推測，其最大可能的真相應該是李白
晚年在對《古風》詩歌作整理的時候，對其中一些篇章做了個別字句
的改動，以更加契合其理想中的《大雅》詩歌的標準，修改後的更加

精良的版本編入了《古風》詩中，而修改前的版本亦不忍捨棄，與其他不宜放入《古風》中的相似篇目放在了一起，仍以《感遇》《感興》類等原題為標目，因此，亦可見出「古風」之名為李白晚年自己所定的可能性是最大的，而《古風》《感遇》《感興》等詩歌最初有幾篇？其選入的確切標準如何？哪些應當捨棄？恐怕不僅對後人是一個問題，對李白自己來說，也是一個難題了。

其四，《古風》詩歌從《感遇》類詩歌中來，是李白主動「選編」《感遇》類詩歌的一個結果。《古風》某些篇目「孿生底本」和「孿生句子」的存在，表明李白對這一類「古風型詩」曾做過認真的斟酌修改，除以上3首重出外，還有3首整篇有異文，《客有鶴上仙》（其七），《登高望四海》（其三十九），《倚劍登高臺》（其五十四），另有12首33句整句有異，包括脫句和衍句，約占總篇數的20%〔註81〕，其中異文產生的最直接而可信的原因就是李白對《古風》詩歌極為重視，且在暮年做過認真慎重的修改整理工作。這類詩歌創作之初，本就依照傳統隨機題作《感遇》《感興》《效古》《擬古》等名，李白中晚年的時候產生了「以詩垂名」的願望，在《大雅久不作》篇的思想指導下，從其中選擇了若干符合其心目中《大雅》正聲，溫柔敦厚標準的篇目，編作一類，自我定名曰《古風》，以示其復古之道，並期待以之垂名後世。對其中一些篇章如以上重出者，李白做了修改選入了《古風》，而把原本保留在了《感遇》《感興》類詩歌中，還有一些可能是入選《古風》的過程中因不符合李白心目中的《大雅》正聲標準，或感情太過激切外露，或因詩意重複等因素而剔除掉的篇章，都保留在了《感遇》《感興》類詩歌原題中。這也是為何《感遇》類詩歌和《古風》類詩歌極為相似的重要原因，因為其創作之初並無《古風》之名，《古風》只是在李白有了復歸《大雅》，以詩垂名的想法之後，修改並選編此類詩歌的一個結果而已；而這個編選定名的工作極

〔註81〕詳見《〈古風〉五十九首異文考論》一節，在這一節裏，我們詳細分析了李白《古風》中存在的異文，以及這些異文產生的可能原因。

為複雜，標準嚴格而細則並不明確，且需要對其中一些原本不太符合
標準的底本需要精心修改，不大可能是後人所為。

二、排序的整體依據、邏輯原則與局部細節

　　《感遇》類詩歌插入《古風》排序，從整體到局部，從情理到
邏輯，都必須遵循一定合理性的原則，只有這樣，排序的過程才具
有可操作性，而排序的結果也才會有可信度。下面我們分別從整體
依據、邏輯原則、局部細節三個方面，對排序過程所遵循的原則作
一規定。

　　整體依據是原初創作時間的先後，即依據詩歌內容大致判斷其
創作時間，按照從前到後的順序進行歷時性排列。由於《古風》較少
涉及時事，且大多篇章都沒有明確線索可探尋其具體的創作時間，故
這裡對作品創作時間的判斷只是粗略的，能判斷其大致產生於李白早
年，中年，還是晚年即可，相對於編年對精準度的高要求來說，由於
詩歌作品即事抒懷的性質，總歸有一定的蛛絲馬蹟可尋，所以推斷大
致的產生時間段還是比較容易的。

　　另外一點需要說明的是，整體上依照歷時性原則對《古風》《感
遇》類詩歌混合排序，並不一定說這就是李白編選《古風》時的原貌，
我們做這樣的努力，並不是為了追尋所謂的「李白《古風》定本原貌
如何」這樣的問題。或許李白恰巧也是以各篇產生的前後時間順序為
次，也或許李白確實把《大雅久不作》篇放在首位，以彰顯對《大雅》
正聲的重視及自我內心「以詩垂名」的願望，但《古風》《感遇》類
詩歌在歷史上產生之時，既非一時一地之作，則必定有先有後，定非
創作了《大雅久不作》之後，有了統一的指導思想，才開始陸續創作
後來篇章，這是顯而易見的事實。我們以創作時間先後為軸，以歷時
性為原則排序，只是為了盡量還原《古風》《感遇》類詩歌在歷史時
空中最初的動態產生過程，及在這一過程中李白通過此類詩歌反映的
自我一生的人生經歷和情感走向。

　　邏輯原則一：結合李白一生的重要經歷，以及影響李白人生走向的唐王朝該時段發生的重大事件。李白一生的重要經歷，最重要的就是玄宗徵召、賜金放還以及暮年入永王璘幕失敗，後被捕下獄。奇怪的是，這些事件在《古風》中都沒有明顯提及，反而出現在《感遇》類詩歌中，如《古風》其十《齊有倜儻生》篇、其十六《寶劍雙蛟龍》篇，通篇明媚自信，熱情洋溢，明顯作於得知徵召入宮之時，其八《咸陽二三月》、其十八《天津三月時》、其二十四《大車揚飛塵》，則作於徵召入宮之後，但對初入宮闈過程的詳細具體描寫卻出現在《效古》其一中，曰：「朝入天苑中，謁帝蓬萊宮。青山映輦道，碧樹搖煙空。謬題金閨籍，得與銀臺通。待詔奉明主，抽毫頌清風。歸時落日晚，躞蹀浮雲驄。人馬本無意，飛馳自豪雄。入門紫鴛鴦，金井雙梧桐。清歌弦古曲，美酒沽新豐。快意且為樂，列筵坐群公。光景不可留，生世如轉蓬。早達勝晚遇，羞比垂釣翁。」明顯是寫玄宗降旨徵召，自己初入宮闈之狀，情景歷歷在目，青山碧樹，意氣風發，寫出了入宮過程中的整個完整的過程和心理變化；再比如李白遊歷幽燕時期洞見「安史之亂」即將發生出現在《擬古》其六中，言「惟昔鷹將犬，今為侯與王。得水成蛟龍，爭池奪鳳凰」，決意西回長安則出現在《感興》其三和《擬古》其七中，詳細描寫了自己欲作書相寄君王，又無信任的人可託付，恐生是非嫌隙的心理，以及在旅途中決意回車西上，路途中多見白骨的憂歎，此後才有了《古風》其三十四《羽檄如流星》篇，前後銜接圓融暢順，敘事發展脈絡極為清晰。

　　邏輯原則二：結合李白一生的人生經歷，心態變化和情感走勢。對於一些絲毫不涉及時事，純以風景節序、香草美人、歷史典故來表情達意的篇章，我們更應該做的是判斷其情緒最合理的產生時段。比如李白前期積極進取，後期頗有出世之念，其三十三《北溟有巨魚》、其五十七《羽族稟萬化》、其二十七《燕趙有秀色》、《擬古》其二《高樓入青天》、《感興》其八《嘉穀隱豐草》等篇，這些篇章的遣詞用句中所流露出的出世前的落寞、期待等複雜交織的情緒，俱應作於早年

積極求仕而又無所收穫的階段；《古風》其十《齊有倜儻生》、其十六
《寶劍雙蛟龍》篇洋溢著的明朗自信又自我砥礪的情懷，當作於得知
徵召入宮之時；而其八《咸陽二三月》、其十八《天津三月時》、其二
十四《大車揚飛塵》等篇，則明顯是入長安後所見所聞而生發的由期
望到失望，進而轉向憤懣不平的情緒。其後諸篇中，賜金放還後的痛
楚，對自己無辜被疏的痛苦，對世人不辨美惡的批駁，以及轉向求仙
的情感轉移，求仙夢醒之後的痛苦無助，遠遊時的孤獨寂寞等，都有
所表現；到了人生的暮年，尤其是面對「安史之亂」爆發之後君王逃
難、生民塗炭、血流成河、白骨遍野的慘狀，又經歷了入永王璘幕府
而被下獄的折磨，太白日日憂心煎熬，此時的詩歌中多慟哭沉痛之語，
如《古風》其五十四「窮途方慟哭」，其三十二「惻惻不忍言，哀歌
達明發」，其五十九「惻惻泣路歧，哀哀悲素絲」，已是迥然不同於早
年了。

　　局部具體篇章細節間的前後勾連。篇章之間的細節勾連，表現在
許多方面，主要有以下幾端：

　　第一，人所處的生命階段不同，心緒也自不同，某些相似詞語、
句式所表達的相似情感，大多產生於同一時期，如明顯作於早年的數
篇，從遣詞用語，到情緒流露，有極相似處，《古風》其五十七《羽
族稟萬化》篇寫「飛者莫我顧，歎息將安歸？」《感興》其八曰「農
夫既不異，孤穗將安歸？」同為問句，用字相同，皆表達無所歸依之
感，自當作於同時；《古風》其二十七「焉得偶君子，共乘雙飛鸞？」
《擬古》其二「願逢同心者，飛作紫鴛鴦」，皆借有情之鳥共翺於飛
之願，寫願得君主賞識之意；《古風》其五十二曰「不忍看秋蓬，飄
揚竟何託」，《感興》其八曰「常恐委疇隴，忽與秋蓬飛」，「不忍」「常
恐」，寫憂愁之情，「秋蓬」反覆出現，用其飄落無依之狀，亦應作於
此時；《古風》其二十六曰「馨香為誰發」，其三十八又說「香氣為誰
發」皆為問句，都是希望求進之語，這些均作於早年玄宗徵召之前；
同樣是類似以節序變遷、香草美人為喻的篇目，《古風》其四十四篇

末曰「君子恩已畢，賤妾將何為」，則明顯作於離開朝堂之後，蓋因身處境遇不同，措詞用語雖然相似但表情達意卻已迥別。太白在朝任職期間，所見皆宮室金碧輝煌之狀，富麗堂皇之景，王公大臣縱情歡愉，宴飲遊樂之態，所以用詞亦多有相似處，如在《效古》其一、《古風》其八、十八、二十四、四十六中，所用顏色詞出現最頻繁的是金色，有金井、金宮、黃金（重複出現 3 次），其餘銀臺、雙梧桐、紫鴛鴦、瑤臺、蓬萊宮、高堂、珍饈等，皆是富貴豪奢之語，金碧輝煌之象，這些詞在太白離開朝堂後便很少再出現在此類詩歌中，由此可見，均為在朝時所作。《古風》其三十五「大雅思文王，頌聲久崩淪」與其一「大雅久不作，吾衰竟誰陳」，明顯亦有前後接續之處。

第二，相似典故的運用。如《古風》其十八篇末用黃犬、綠珠之典表達功成身不退，終會招致殺身之禍，又用范蠡泛舟之典故表達功成身退，散髮自樂之意，《擬古》其五用東門二疏的典故，表達的亦是同樣的意思；《古風》其十五所用燕昭王黃金臺事，其二十一陽春白雪與下里巴人之典，其五十六明珠魚目之典，其三十六卞和獻玉之事，其五十野人燕石之歎，皆表達世無知音，時人美惡不辨，珉玉不分之意；《效古》其二「自古有秀色，西施與東鄰」，《古風》其三十五「醜女來效顰，還家驚四鄰」，開篇首二句同用西施效顰的典故，且詩意相接近，自當作於一時。

第三，篇章前後之間的邏輯關係。如《古風》其三十言「玄風變大古，道喪無時還」，其二十五曰「世道日交喪，澆風散淳源」，俱寫世道交喪之意，定作於同時；《感興》其五開篇寫「十五遊神仙，仙遊未曾歇」，回憶昔日少年時期遊仙之舉，《古風》其二十開篇寫「昔我遊齊都，登華不注峰」，若無上篇，則此篇「昔」字則無著落，不知從何而來；《感遇》其一寫「吾愛王子晉，得道伊洛濱」，《古風》其四十篇末寫「幸遇王子晉，結交青雲端。懷恩未得報，感別空長歎」，其二十曰「泣與親友別，欲語再三咽。勗君青松心，努力保霜

雪」，《擬古》其十二寫「去去復去去，辭君還憶君」，這四篇前後次序井然，脈絡絲絲入扣，圓融相接，幾無縫隙可入。

第四，時間上的連貫性。如《古風》其二十三寫「秋露白如玉，團團下庭綠」，乃秋景，由此生發「人生鳥過目，胡乃自結束」語，《擬古》其九接入「生者為過客，死者為歸人。天地一逆旅，同悲萬古塵」，《擬古》其八又續寫秋景，「玉露生秋衣，流螢飛百草」，其六寫「胡風結飛霜」「百草死冬月」，繼而《古風》其六《代馬不思越》，其十四《胡關饒風沙》寫胡地所見，其二十二「昔視秋蛾飛，今見春蠶生。裊裊桑結業，齊齊柳垂榮」，繼而《寓言》其三「長安春色歸，先入青門道」，此數篇一路沿著季節轉換的軌跡順承而下，由秋至冬，經冬入春，如珠滾盤，歷歷在目，不論是從時間的連貫性，還是邏輯的嚴謹性上，都可順承相通，毫無滯澀之感。

第五，地點上的統一性。如《古風》其四篇末有「唯應清都境，長與韓眾親」，《擬古》其四開篇曰「清都綠玉樹，灼爍瑤臺春」，宜置於前後；《古風》其五十八寫「我到巫山渚」，《感興》其一、其二、其四皆寫巫山雲雨，宋玉楚王之事，當為一時感悟。

以上種種，由大到小，由整體到局部，乃我們對這九十首「古風型詩」進行歷時性排序的整體依據和若干原則，其微末處，以及具體順序和各篇注解，詳見以下排序部分。

「古風型詩」九十首重新排序〔註82〕

第一階段：早年未遇時

其三十三

北溟有巨魚，身長數千里。仰噴三山雪，橫吞百川水。
憑陵隨海運，煇赫因風起。吾觀摩天飛，九萬方未已。

〔註82〕注：1、為免重複，上節「六十一首排序」注解從略，只列新增 29首《感遇》《詠懷》類詩歌文本的注解，以及某些新增注解。2、原《古風》「六十一首」只列原詩文本，以見出「古風型詩」29 首穿插其中排序的圓融無礙。3、為有所區別，新增詩歌以斜體出之。

《感興》其六

西國有美女，結樓青雲端。蛾眉艷曉月，一笑傾城歡。
高節不可奪，炯心如凝丹。常恐彩色晚，不為人所觀。
安得配君子，共乘雙飛鸞。

此篇與下篇乃孿生底本。

其二十七

燕趙有秀色，綺樓青雲端。眉目艷皎月，一笑傾城歡。
常恐碧草晚，坐泣秋風寒。纖手怨玉琴，清晨起長歎。
<u>焉得偶君子，共乘雙飛鸞？</u>

以上兩首重出，為同一篇之孿生底本；且兩相比照，後者雖淒怨清冷，卻更加含蓄雋永，似由《感興》其六修改而成，前者「不為人所觀」「配君子」等語，有傷直露之嫌。

《擬古》其二

高樓入青天，下有白玉堂。明月看欲墜，當窗懸清光。
遙夜一美人，羅衣沾秋霜。含情弄柔瑟，彈作《陌上桑》。
弦聲何激烈，風卷繞飛梁。行人皆躑躅，棲鳥去迴翔。
但寫妾意苦，莫辭此曲傷。願逢同心者，飛作紫鴛鴦。

此篇與上篇遣詞用句多有相似之處，如上篇寫「燕趙有秀色」，此則曰「遙夜一美人」；上篇寫「綺樓青雲端」，此則曰「高樓入青天」；上篇寫「眉目艷皎月」，此則曰「明月看欲墜，當窗懸清光」；上篇寫「坐泣秋風寒」，此則曰「羅衣沾秋霜」；上篇結句寫「焉得偶君子，共乘雙飛鸞」，此則曰「願逢同心者，非作紫鴛鴦」，句句相似；亦有暗合之處，如上篇只言美人「纖手怨玉琴」，不言能勾起所「怨」情緒者為何曲？此篇卻說「含情弄柔瑟，彈作《陌上桑》」，放在一處，兩相互讀，圓融無礙，似應作於一時。又「常恐」二字，飽含任時光流逝而無奈無助之恐懼憂懼之情，只有在特殊的時段，面對同樣的人生境遇，才會出現的感情，亦出現在《感興》其八「常恐委疇隴，忽與秋蓬飛」中，亦似為同時之感。

其五十二

青春流驚湍，朱明驟回薄。不忍看秋蓬，飄揚竟何託？
光風滅蘭蕙，白露灑葵藿。<u>美人不我期，草木日零落</u>。

《感興》其八

嘉穀隱豐草，草深苗且稀。農夫既不異，孤穗將安歸？
常恐委疇隴，忽與秋蓬飛。烏得荐宗廟，為君生光輝。

　　此篇寫「嘉穀隱豐草」，乃下下篇「碧荷生幽泉」
意，同時以「秋蓬」二字映像上篇，「將安歸」三字又出現在此篇中，承其五十七而來。

《感遇》其二

可歎東籬菊，莖疏葉且微。雖言異蘭蕙，亦自有芳菲。
未泛盈樽酒，徒沾清露輝。當榮君不採，飄落欲何依。

　　此篇借「東籬菊」隱射「蘭蕙」，「飄落」與其五十二「零落」意同。以上兩首，承接其五十二秋蓬、蘭蕙而來，鋪衍開來。

其二十六

碧荷生幽泉，朝日艷且鮮。秋花冒綠水，密葉羅青烟。
秀色空絕世，馨香誰為傳？坐看飛霜滿，凋此紅芳年。
<u>結根未得所，願託華池邊</u>。

《擬古》其十一

涉江弄秋水，愛此荷花鮮。攀荷弄其珠，蕩漾不成圓。
佳期彩雲重，欲贈隔遠天。相思無由見，悵望涼風前。

　　以上兩首，皆以荷自比，亦寫願進仕之意。然對比會發現，前者明顯比後者情感表達要更加細膩，而旨意更加明晰。後者前半有傷直露，後半又過於隱約含蓄。不若上篇情真意摯，清真自然。

其三十八

孤蘭生幽園，眾草共蕪沒。雖照陽春暉，復悲高秋月。
飛霜早淅瀝，綠艷恐休歇。<u>若無清風吹，香氣為誰發</u>？

其二十四

大車飛揚塵，亭午暗阡陌。中貴多黃金，連雲開甲宅。

路逢鬥雞者，冠蓋何輝赫！鼻息干虹霓，行人皆怵惕。
世無洗耳翁，誰知堯與跖？

其十八

天津三月時，千門桃與李。朝為斷腸花，暮逐東流水。
前水復後水，古今相續流。新人非舊人，年年橋上遊。
雞鳴海色動，謁帝羅公侯。月落西上陽，餘輝半城樓。
衣冠照雲日，朝下散皇州。鞍馬如飛龍，黃金絡馬頭。
行人皆辟易，志氣橫嵩丘。入門上高堂，列鼎錯珍羞。
香風引趙舞，清管隨齊謳。七十紫鴛鴦，雙雙戲庭幽。
行樂爭晝夜，自言度千秋。功成身不退，自古多愆尤。
黃犬空歎息，綠珠成釁讎。何如鴟夷子，散髮棹扁舟？

其五十七

羽族稟萬化，小大各有依。周周亦何辜！六翮掩不揮。
願銜眾禽翼，一向黃河飛。<u>飛者莫我顧，歎息將安歸？</u>

小結：此一時段，多以「香草美人」寫青春易逝，未遇之歎，求
進之情。

第二階段：待詔翰林前後

其十六

寶劍雙蛟龍，雪花照芙蓉。精光射天地，雷騰不可衝。
一去別金匣，飛沉失相從。風胡歿已久，所以潛其鋒。
吳水深萬丈，楚山邈千重。雌雄終不隔，神物會當逢。

其十

齊有倜儻生，魯連特高妙。明月出海底，一朝開光曜。
卻秦振英聲，後世仰末照。意輕千金贈，顧向平原笑。
吾亦澹蕩人，拂衣可同調。

《效古》其一

朝入天苑中，謁帝蓬萊宮。青山映輦道，碧樹搖煙空。
謬題金閨籍，得與銀臺通。待詔奉明主，抽毫頌清風。
歸時落日晚，躞蹀浮雲驄。人馬本無意，飛馳自豪雄。

入門紫鴛鴦，金井雙梧桐。清歌弦古曲，美酒沽新豐。
快意且為樂，列筵坐群公。光景不可留，生世如轉蓬。
早達勝晚遇，羞比垂釣翁。

此篇接上首來，蓋白初入宮時所見所聞，所思所想，頗有昂揚
得意之氣。「紫鴛鴦」「金井」與下三首「黃金」「金宮」者，同見前
後數篇之中，此時多描寫宮中所見之景物，用詞亦頗有相同或相似
之處。

其二

蟾蜍薄太清，蝕此瑤臺月。圓光虧中天，金魄遂淪沒。
蝃蝀入紫微，大明夷朝暉。浮雲隔兩耀，萬象昏陰霏。
蕭蕭長門宮，昔是今已非。桂蠹花不實，天霜下嚴威。
沉歎終永夕，感我涕沾衣。

《擬古》其五

今日風日好，明日恐不知。春風笑於人，何乃愁自居。
吹簫舞彩鳳，酌醴鱠神魚。千金買一醉，取樂不求餘。
達士遺天地，東門有二疏。愚夫同瓦石，有才知卷施。

接上首來，謂不必自尋煩惱。開篇「今日好風日」者，當為在朝
任職時所作，寫珍惜當下，春風當樂，不必自愁，千金買醉，暫得一
樂。「明日恐不知」者，蓋白此時已被疏遠，預見將離之狀。

其五十五

齊瑟彈東吟，秦弦弄西音。慷慨動顏魄，使人成荒淫。
彼美佞邪子，婉孌來相尋。一笑雙白璧，再歌千黃金。
珍色不貴道，詎惜飛光沉。安識紫霞客，瑤臺鳴素琴。

其十五

燕昭延郭隗，遂築黃金臺。劇辛方趙至，鄒衍復齊來。
奈何青雲士，棄我如塵埃！珠玉買歌笑，糟糠養賢才。
方知黃鶴舉，千里獨徘徊。

其四十四

綠蘿紛葳蕤，繚繞松柏枝。草木有所託，歲寒尚不移。

奈何夭桃色，坐歎葑菲詩？玉顏艷紅彩，雲髮非素絲。
君子恩已畢，賤妾將何為？

　小結：這一時段的心緒變化是非常明顯的，從昂揚奮進，到不滿長安所見，再到讒言被疏，萌生放浪江湖之思，燭破富貴之障的自我安慰。是李白自身經歷、情感變化最為明顯的一個階段。

第三階段：賜金還山，向東漫遊

其十二

松柏本孤直，難為桃李顏。昭昭嚴子陵，垂釣滄波間。
身將客星隱，心與浮雲閑。長揖萬乘君，還歸富春山。
清風灑六合，邈然不可攀。使我長歎息，冥棲巖石間。

其四十

鳳飢不啄粟，所食唯琅玕。焉能與群雞，刺蹙爭一餐？
朝鳴崑丘樹，夕飲砥柱湍。歸飛海路遠，獨宿天霜寒。
幸遇王子晉，結交青雲端。懷恩未得報，感別空長歎。

其二十

泣與親友別，欲語再三咽。勖君青松心，努力保霜雪。
世路多險艱，白日欺紅顏。分手各千里，去去何時還？

　此篇承上首末句「感別」二字而來，「親友」者，偏指友人，「君」者，即上篇幸遇懷恩而不捨離別的「王子晉」，寫與之將別之時依依不捨、念念眷戀之狀。以上 3 首，寫賜金放還，離別長安之時的情狀。

《擬古》其十二

去去復去去，辭君還憶君。漢水既殊流，楚山亦此分。
人生難稱意，豈得長為群。越燕喜海日，燕鴻思朔雲。
別久榮華晚，琅玕不能飯。日落知天昏，夢長覺道遠。
望夫登高山，化石竟不返。

　承上而來，此首寫於初別之時，首句言初別之狀，「去去復去去」者，「行行重行行」意也；「君」字照應上篇；漢水、楚山，「人生難稱意，豈得長為群」，更能表明是賜金放還，離開長安之時所作；「瑯

玕」又照應《鳳飛九千仞》篇。

《擬古》其一

青天何歷歷，明星如白石。黃姑與織女，相去不盈尺。
銀河無鵲橋，非時將安適。閨人理紈素，遊子悲行役。
瓶冰知冬寒，霜露欺遠客。客似秋葉飛，飄颻不言歸。
別後羅帶長，愁寬去時衣。乘月託宵夢，因之寄金微。

此首見秋葉、霜露而生遊子行役之悲，「別後」「去時」，以及乘月託夢相寄，均可見出離別未久，時至秋冬，悲情頓生矣。

其四十九

美人出南國，灼灼芙蓉姿。皓齒終不發，芳心空自持。
由來紫宮女，共妒青蛾眉。歸去瀟湘沚，沉吟何足悲？

其四十七

桃花開東園，含笑誇白日。偶蒙春風榮，生此艷陽質。
豈無佳人色？但恐花不實。宛轉龍火飛，零落早相失。
詎知南山松，獨立自蕭飅？

《感興》其四

芙蓉嬌綠波，桃李誇白日。偶蒙春風榮，生此艷陽質。
豈無佳人色，但恐花不實。宛轉龍火飛，零落互相失。
詎知凌寒松，千載長守一。

蕭士贇曰：「按此篇已見二卷古詩四十七首。必是當時傳寫之殊，編詩者不能別，姑存於此卷。觀者試以首句比併而論，美惡顯然，識者自見之矣。注已見前，不復重出。」此篇回寫自身，以桃花之艷麗而易凋零，對比松柏隆冬之時仍獨立不遷的傲骨，以自比守一不屈之志。兩篇對比，見出「孿生底本」的存在，以及李白對《古風》文本的修改（詳見下編單篇按語）。

其五

太白何蒼蒼！星辰上森列。去天三百里，邈爾與世絕。
中有綠髮翁，披雲臥松雪。不笑亦不語，冥棲在巖穴。
我來逢真人，長跪問寶訣。粲然忽自哂，授以煉藥說。

銘骨傳其語，竦身已電滅。仰望不可及，蒼然五情熱。
吾將營丹砂，永與世人別。

其二十

在世復幾時？倏如飄風度。空聞紫金經，白首愁相誤。
撫己忽自笑，沉吟為誰故？名利徒煎熬，安得閒餘步？
終留赤玉舄，東上蓬萊路。<u>秦帝如我求，蒼蒼但煙霧。</u>

其九

莊周夢胡蝶，胡蝶為莊周。一體更變易，萬事良悠悠。
乃知蓬萊水，復作清淺流。青門種瓜人，舊日東陵侯。
富貴故如此，營營何所求。

《感興》其五

十五遊神仙，仙遊未曾歇。吹笙吟松風，泛瑟窺海月。
西山玉童子，使我煉金骨。欲逐黃鶴飛，相呼向蓬闕。

此首回憶少年之時，即有遊仙之意，開篇兩次明點「遊仙」，此
篇之後，正式轉入遊仙。

其二十

昔我遊齊都，登華不注峰。茲山何峻秀？綠翠如芙蓉。
蕭颯古仙人，了知是赤松。借予一白鹿，自挾兩青龍。
含笑凌倒景，欣然願相從。

其三

秦皇掃六合，虎視何雄哉！揮劍決浮雲，諸侯盡西來。
明斷自天啟，大略駕群才。收兵鑄金人，函谷正東開。
銘功會稽嶺，騁望琅邪臺。刑徒七十萬，起土驪山隈。
尚採不死藥，茫然使心哀。連弩射海魚，長鯨正崔嵬。
額鼻象五嶽，揚波噴雲雷。鬐鬣蔽青天，何由覩蓬萊？
徐市載秦女，樓船幾時回？但見三泉下，金棺葬寒灰。

其四十八

秦皇按寶劍，赫怒震威神。逐日巡海右，驅石駕滄津。
微卒空九寓，作橋傷萬人。但求蓬島藥，豈思農扈春？

力盡功不贍，千載為悲辛。

其二十八

容顏若飛電，時景如飄風。草綠霜已白，日西月復東。
華鬢不耐秋，颯然成衰蓬。古來賢聖人，一一誰成功？
君子變猿鶴，小人為沙蟲。不及廣成子，乘雲駕輕鴻。

其十一

黃河走東溟，白日落西海。逝川與流光，飄忽不相待。
春容捨我去，秋髮已衰改。人生非寒松，年貌豈長在？
吾當乘雲螭，吸景駐光彩。

《感遇》其三

昔余聞姮娥，竊藥駐雲髮。不自嬌玉顏，方希煉金骨。
飛去身莫返，含笑坐明月。紫宮誇蛾眉，隨手會凋歇。

此篇由長生聯想嫦娥奔月竊藥，不是為了玉顏，而是為了練金
骨，成仙之後，不再返回世間，而善於嫉妒的紫宮女，只能短暫地誇
耀美貌，轉瞬之間就凋謝了。蓋白以嫦娥奔月比擬自己求仙之心，反
譏進讒言者。

其十七

金華牧羊兒，乃是紫煙客。我願從之遊，未去髮已白。
不知繁華子，擾擾何所迫？崑山採瓊蕊，可以煉精魄。

其七

客有鶴上仙，飛飛凌太清。揚言碧雲裏，自道安期名。
兩兩白玉童，雙吹紫鸞笙。去影忽不見，回風送天聲。
舉首遠望之，飄然若流星。願餐金光草，壽與天齊傾。

《擬古》其十

仙人騎彩鳳，昨下閬風岑。海水三清淺，桃源一見尋。
遺我綠玉杯，兼之紫瓊琴。杯以傾美酒，琴以閒素心。
二物非世有，何論珠與金？琴彈松裏風，杯勸天上月。
風月長相知，世人何倏忽。

其四十一

朝弄紫泥海，夕披丹霞裳。揮手折若木，拂此西日光。
雲臥遊八極，玉顏已千霜。飄飄入無倪，稽首祈上皇。
呼我遊太素，玉杯賜瓊漿。一飡歷萬歲，何用還故鄉？
永隨長風去，天外恣飄揚。

《寓言》其二

遙裔雙彩鳳，婉孌三青禽。往還瑤臺裏，鳴舞玉山岑。
以歡秦娥意，復得王母心。區區精衛鳥，銜木空哀吟。

其四十二

搖裔雙白鷗，鳴飛滄江流。宜與海人狎，豈伊雲鶴儔？
寄影宿沙月，沿芳戲春洲。吾亦洗心者，忘機從爾遊。

《擬古》其三

長繩難繫日，自古共悲辛。黃金高北斗，不惜買陽春。
石火無留光，還如世中人。即事已如夢，後來我誰身？
提壺莫辭貧，取酒會四鄰。仙人殊恍惚，未若醉中真。
無事坐悲苦，塊然涸轍鮒。

此首開始，逐漸醒悟求仙之恍惚，人世悲苦頓生，借酒澆愁。

《感遇》其一

吾愛王子晉，得道伊洛濱。金骨既不毀，玉顏長自春。
可憐浮丘公，猗靡與情親。舉手白日間，分明謝時人。
二仙去已遠，夢想空殷勤。

此首開篇寫王子晉，表明仙人已遠去，「夢想空殷勤」，亦是求仙
夢醒之意。

　　小結：此一時段，前期以感別賦詩和自明心志為主，後期以漫遊
求仙自我寬解。

第四階段：五十歲前後

其五十六

越客採明珠，提攜出南隅。清輝照海月，美價傾皇都。
獻君君按劍，懷寶空長吁。魚目復相哂，寸心增煩紆。

其二十一

郢客吟白雪，遺響飛青天。徒勞歌此曲，舉世誰為傳？
試為巴人唱，和者乃數千。吞聲何足道？歎息空悽然。

其五十

宋國梧臺東，野人得燕石。誇作天下珍，卻咍趙王璧。
趙璧無緇磷，燕石非貞真。流俗多錯誤，豈知玉與珉？

《效古》其二

自古有秀色，西施與東鄰。蛾眉不可妒，況乃效其顰。
所以尹婕妤，羞見邢夫人，低頭不出氣，塞默少精神。
寄語無鹽子，如君何足珍。

　　此篇先以反面「東施效顰」之典譏諷假偽為真者，終非真貞之
質，又以「尹邢避面」之典讚許有自知之明者，一正一反，見出玉珉
之淵別，承接上首。上首言燕石「非貞真」卻反被「誇作天下珍」，
此篇反駁無鹽子之「何足珍」。下首開篇又用「醜女效顰」之典。行
文互相銜接處，如行雲流水，自然而然。

其三十五

醜女來效顰，還家驚四鄰。壽陵失本步，笑殺邯鄲人。
一曲斐然子，雕蟲喪天真。棘刺造沐猴，三年費精神。
功成無所用，楚楚且華身。大雅思文王，頌聲久崩淪。
安得郢中質，一揮成風斤？

其一

大雅久不作，吾衰竟誰陳？王風委蔓草，戰國多荊榛。
龍虎相啖食，兵戈逮狂秦。正聲何微茫！哀怨起騷人。
楊馬激頹波，開流蕩無垠。廢興雖萬變，憲章亦已淪。
自從建安來，綺麗不足珍。聖代復元古，垂衣貴清真。
群才屬休明，乘運共躍鱗。文質相炳煥，眾星羅秋旻。
我志在刪述，垂輝映千春。希聖如有立，絕筆於獲麟。

　　小結：以上數首乃世無知己之歎，大約作於李白五十歲前後，
「知天命」之年，此時深感功業無望，又鑒於世風文風澆薄，轉而以

立言為務。《雪讒詩贈友人》：「五十知非，古人常有。立言補過，庶
存不朽……天未喪文，其如予何？」同意。

第五階段：安史之亂爆發前後

其五十一

殷后亂天紀，楚懷亦已昏。夷羊滿中野，菉葹盈高門。
比干諫而死，屈平竄湘源。虎口何婉孌？女嬃空嬋娟。
彭咸久淪沒，此意與誰論？

《寓言》其一

周公負斧扆，成王何憂憂？武王昔不豫，剪爪投河湄。
賢聖遇讒慝，不免人君疑。天風拔大木，禾黍咸傷萎。
管蔡扇蒼蠅，公賦《鴟鴞》詩。金滕若不啟，忠信誰
明之。

此篇寫周公時事，「金滕若不啟」者，乃「正聲何微茫」之意。
以上兩篇，總寫「大雅久不作」之意。

其二十九

三季分戰國，七雄成亂麻。王風何怨怒？世道終紛拏。
至人洞玄象，高舉凌紫霞。仲尼欲浮海，吾祖之流沙。

其五十三

戰國何紛紛！兵戈亂浮雲。趙倚兩虎鬬，晉為六卿分。
姦臣欲竊位，樹黨自相群。果然田成子，一旦殺齊君。

其四十三

周穆八荒意，漢皇萬乘尊。淫樂心不極，雄豪安足論？
西海宴王母，北宮邀上元。瑤水聞遺歌，玉杯竟空言。
靈跡成蔓草，徒悲千載魂。

其二十五

世道日交喪，澆風散淳源。不採芳桂枝，反棲惡木根。
所以桃李樹，吐花竟不言。大運有興沒，群動爭飛奔。
歸來廣成子，去入無窮門。

其三十

玄風變大古，道喪無時還。擾擾季葉人，雞鳴趨四關。
但識金馬門，誰知蓬萊山？白首死羅綺，笑歌無休閒。
澆酒晒丹液，青娥凋素顏。大儒揮金槌，琢之詩禮間。
蒼蒼三珠樹，冥目焉能攀？

其十三

君平既棄世，世亦棄君平。觀變窮太易，探元化群生。
寂寞綴道論，空簾閉幽情。騶虞不虛來，鸑鷟有時鳴。
安知天漢上，白日懸高名？海客去已久，誰人測沉冥？

小結：以上前四首，歷數殷商至漢，「道喪」崩壞之狀，帝王荒淫求仙之舉；後二首映像現實，以警示在位者；末一首轉寫自身，世道將亂，身世兩棄，無限感傷。

第六階段：幽州之行，胡地漫遊前後

其二十三

秋露白如玉，團團下庭綠。我行忽見之，寒早悲歲促。
人生鳥過目，胡乃自結束。景公一何愚？牛山淚相續。
物苦不知足，得隴又望蜀。人心若波瀾，世路有屈曲。
三萬六千日，夜夜當秉燭。

《擬古》其九

生者為過客，死者為歸人。天地一逆旅，同悲萬古塵。
月兔空擣藥，扶桑已成薪。白骨寂無言，青松豈知春。
前後更歎息，浮榮何足珍。

接上兩首來，更進一層。開篇以生者為過客，而以死去為歸處，反語出之，更見警策，由生死之轉念生出無限人生感歎。蘇軾後襲其意，有「人生如逆旅，我亦是行人」之語。

《擬古》其八

月色不可掃，客愁不可道。玉露生秋衣，流螢飛百草。
日月終銷毀，天地同枯槁。蟪蛄啼青松，安見此樹老。

金丹寧誤俗，昧者南精討。爾非千歲翁，多恨去世早。
飲酒入玉壺，藏身以為寶。

此首與上首，以月相銜接，寫客中之愁，由人生，延及天地日月，萬古同悲，且生出對昔日醉心求仙之悔意。

其三十四

羽檄如流星，虎符合專城。喧呼救邊急，群鳥皆夜鳴。
白日曜紫微，三公運權衡。天地皆得一，澹然四海清。
借問此何為？答言楚徵兵。渡瀘及五月，將赴雲南征。
怯卒非戰士，炎方難遠行。長號別嚴親，日月慘光晶。
泣盡繼以血，心摧兩無聲。困獸當猛虎，窮魚餌奔鯨。
千去不一回，投軀豈全生？如何舞干戚，一使有苗平。

《擬古》其六

運速天地閉，胡風結飛霜。百草死冬月，六龍頹西荒。
太白出東方，彗星揚精光。鴛鴦非越鳥，何為眷南翔？
惟昔鷹將犬，今為侯與王。得水成蛟龍，爭池奪鳳凰。
北斗不酌酒，南箕空簸揚。

此篇雖為隱語，但寓意甚明，昔日鷹犬之人此時已為王侯，「得水成蛟龍，爭池奪鳳凰」，蓋離「安史之亂」不遠矣，而太白有洞見之明。蓋此時已至冬月，太白身在胡地。

其六

代馬不思越，越禽不戀燕。情性有所習，土風固其然。
昔別雁門關，今戍龍庭前。驚沙亂海日，飛雪迷胡天。
蟣蝨生虎鶡，心魄逐旌旃。苦戰功不賞，忠誠難可宣。
誰憐李飛將，白首沒三邊。

其十四

胡關饒風沙，蕭索竟終古。木落秋草黃，登高望戎虜。
荒城空大漠，邊邑無遺堵。白骨橫千霜，嵯峨蔽榛莽。
借問誰凌虐？天驕毒威武。赫怒我聖皇，勞師事鼙鼓。
陽和變殺氣，發卒騷中土。三十六萬人，哀哀淚如雨。

且悲就行役，安得營農圃？不見征戍兒，豈知關山苦？
李牧今不在，邊人飼豺虎。

其二十二

秦水別隴首，幽咽多悲聲。胡馬顧朔雪，躞蹀長嘶鳴。
感物動我心，緬然含歸情。昔視秋蛾飛，今見春蠶生。
裊裊桑結葉，萋萋柳垂榮。急節謝流水，羈心搖懸旌。
揮涕且復去，惻愴何時平？

《寓言》其三

長安春色歸，先入青門道。綠楊不自持，從風欲傾倒。
海燕還秦宮，雙飛入簾櫳。相思不相見，託夢遼城東。

　　承上首來，又見時已至春，回憶長安春色，表達對親友的相思
之情。

《感興》其三

裂素持作書，將寄萬里懷。卷卷待遠信，竟歲無人來。
征鴻務隨陽，又不為我棲。委之在深篋，蠹魚壞其題。
何如投水中，流落他人開。不惜他人開，但恐生是非。

　　承上而來，欲作書抒懷，無奈遙無回音，把書信丟在篋中，又為
蠹魚壞，想要投入水中，隨水漂流，又怕徒惹是非，進退無狀，皆因
無所棲栖所致；蓋此時太白洞見世之將亂，思有所提醒君王，然奈何
無接近之途徑。

《擬古》其七

世路今太行，回車竟何託。萬族皆凋枯，遂無少可樂。
曠野多白骨，幽魂共銷鑠。榮貴當及時，春華宜照灼。
人非崑山玉，安得長璀錯。身沒期不朽，榮名在麟閣。

　　「回車」寫欲返回長安，路途中曠野所見之景，萬物凋枯，白骨
遍野，歎息人生經不得長久摧折，身將沒而仍期不朽。太白此時仍懷
一顆「身沒期不休，榮名在麟閣」之心，所以才有了入永王幕之事，
蓋太白雖言「我志在刪述，垂輝映千春」，但以詩歌垂名，從來都
不是太白惟一所願，只是退而求其次罷了。

　　小結：此一時段，主要是幽州漫遊前後事，及胡地所見之景。此時預見安祿山將反之狀，生西遊「獻賦」，驚醒在位者之意。

第七階段：欲三入長安，草玄獻賦前後

其三十一

鄭客西入關，行行未能已。白馬華山君，相逢平原里。
璧遺鎬池君，明年祖龍死。秦人相謂曰：吾屬可去矣。
一往桃花源，千春隔流水。

其四十六

一百四十年，國容何赫然！隱隱五鳳樓，峨峨橫三川。
王侯象星月，賓客如雲烟。鬭雞金宮裏，蹴鞠瑤臺邊。
舉動搖白日，指揮回青天。當塗何翕忽！失路長棄捐。
獨有揚執戟，閉關草太玄。

其八

咸陽二三月，宮柳黃金枝。綠幘誰家子？賣珠輕薄兒。
日暮醉酒歸，白馬驕且馳。意氣人所仰，冶遊方及時。
子雲不曉事，晚獻長楊辭。賦達身已老，草玄鬢若絲。
投閣良可歎，但為此輩嗤。

其三十六

抱玉入楚國，見疑古所聞。良寶終見棄，徒勞三獻君。
直木忌先伐，芳蘭哀自焚。盈滿天所損，沈冥道為群。
東海汎碧水，西關乘紫雲。魯連及柱史，可以躡清芬。

《感興》其七

揭來荊山客，誰為珉玉分。良寶絕見棄，虛持三獻君。
直木忌先伐，芬蘭哀自焚。盈滿天所損，沈冥道所群。
東海有碧水，西山多白雲。魯連及夷齊，可以躡清芬。

　　蕭士贇曰：「按此篇已見二卷古風之三十六首。但有數語之異，是亦當時初本傳寫之殊，編詩者不忍棄，兩存之耳。注已見前者，不復重出。」此二首重出，相似度極高，幾乎只有首句不同，而《古風》

其三十六的版本明顯比《感興》其七要精妙得多，「東海汎碧水，西
關乘紫雲」，用典切對，對仗工整，非「東海有碧水，西山多白雲」
能比，《古風》之版本似自《感興》修改而來，更加符合溫柔敦厚之
旨，且《感興》首句著眼點在「誰為珉玉分」上，但若以此為前二句，
則與下首「豈知玉與珉」意思相重複，我們可以大膽推測，最有可能
的就是李白在選此篇入《古風》時改了首句，而以原本放入《感興》
詩中，同時也可以證明此篇與下篇前後相互接續的關係。

其四

鳳飛九千仞，五章備綵珍。<u>銜書且虛歸，空入周與秦。</u>
橫絕歷四海，所居未得鄰。吾營紫河車，千載落風塵。
藥物秘海嶽，採鉛青溪濱。時登大樓山，舉首望仙真。
羽駕滅去影，飆車絕回輪。尚恐丹液遲，志願不及申。
徒霜鏡中髮，羞彼鶴上人。桃李何處開？此花非我春。
唯應清都境，長與韓眾親。

《擬古》其四

清都綠玉樹，灼爍瑤臺春。攀花弄秀色，遠贈天仙人。
香風送紫蕊，直到扶桑津。恥擬世上艷，所貴心之珍。
相思傳一笑，聊欲示情親。

承上首，寫清都之景色。

其三十七

燕臣昔慟哭，五月飛秋霜。庶女號蒼天，震風擊齊堂。
精誠有所感，造化為悲傷。而我竟何辜？遠身金殿旁。
浮雲蔽紫闥，白日難回光。群沙穢明珠，眾草凌孤芳。
古來共歎息，流淚空沾裳。

其十九

西上蓮花山，迢迢見明星。素手把芙蓉，虛步躡太清。
霓裳曳廣帶，飄拂升天行。邀我登雲臺，高揖衛叔卿。
恍恍與之去，駕鴻凌紫冥。俯視洛陽川，茫茫走胡兵。
流血塗野草，豺狼盡冠纓。

小結：此一時段的行蹤，見出「三入長安」獻賦的始末和結果。

第八階段：晚年垂暮之時

其五十四

倚劍登高臺，悠悠送春目。蒼榛蔽層丘，瓊草隱深谷。
鳳鳥鳴西海，欲集無珍木。鸒斯得所居，蒿下盈萬族。
晉風日已頹，窮途方慟哭。

其三十九

登高望四海，天地何漫漫！霜被群物秋，風飄大荒寒。
榮華東流水，萬事皆波瀾。白日掩徂輝，浮雲無定端。
梧桐巢燕雀，枳棘棲鴛鸞。且復歸去來，劍歌行路難。

其三十二

蓐收肅金氣，西陸弦海月。秋蟬號階軒，感物憂不歇。
良辰竟何許？大運有淪忽。天寒悲風生，夜久眾星沒。
惻惻不忍言，哀歌達明發。

其四十五

八荒馳驚飈，萬物盡凋落。浮雲蔽頹陽，洪波振大壑。
龍鳳脫罔罟，飄搖將安託？去去乘白駒，空山詠場藿。

其五十九

惻惻泣路歧，哀哀悲素絲。路歧有南北，素絲易變移。
萬事固如此，人生無定期。田竇相傾奪，賓客互盈虧。
世途多翻覆，交道方嶮巇。斗酒強然諾，寸心終自疑。
張陳竟火滅，蕭朱亦星離。眾鳥集榮柯，窮魚守枯池。
嗟嗟失懽客，勤問何所規。

其五十八

我行巫山渚，尋古登陽臺。天空綵雲滅，地遠清風來。
神女去已久，襄王安在哉？荒淫竟淪沒，樵牧徒悲哀。

《感興》其一

瑤姬天帝女，精彩化朝雲。宛轉入夢宵，無心向楚君。
錦衾抱秋月，綺席空蘭芬。茫昧竟誰測，虛傳宋玉文。

《感興》其二

洛浦有宓妃，飄飄雪爭飛。輕雲拂素月，了可見清輝。
解珮欲西去，含情詎相違。香塵動羅襪，淥水不霑衣。
陳王徒作賦，神女豈同歸。好色傷大雅，多為世所譏。

《感遇》其四

宋玉事楚王，立身本高潔。巫山賦彩雲，郢路歌白雪。
舉國莫能和，巴人皆捲舌。一惑登徒言，恩情遂中絕。

　　以上四首，所涉之典，所寫之情皆相似，大抵為李白行至巫山、洛水等處所作。借宋玉楚王之典，表達自己「立身本高潔」之心意。

　　小結：以上數篇，肅殺悲涼之氣，似作於安史之亂爆發之後；遲暮之感，似作於晚年。

　　綜上所述，可以得出如下結論：（1）李白《古風》創作，最大的一種可能性就是非一時一地之作，從早年求取入仕，到暮年萌生以文垂名之願，各個時段都有創作類似篇章；（2）通過給各篇前後排序後我們可以發現，《古風》與《感遇》《詠懷》類詩歌很可能出自一源，李白晚年在整理自己此類作品的時候又做了審慎的修改、編選和刪定，一些符合溫柔敦厚之旨的作品選入《古風》，其中少數篇章做了修改，以修改後的更為契合《風》《騷》傳統的底本入《古風》，而揀選剩下的或修改前的仍放置在《感興》等原題名下，此乃《古風》與《感興》等重出篇目的原因所在；（3）其選入標準就是在復古思想的指導下，符合《大雅久不作》《醜女來效顰》《宋國梧臺東》等篇所提倡的《大雅》正聲，清真、天真、貞真的詩風；（4）《古風》《感遇》諸篇混合，以歷時性原則大致排序，可以見出此類詩歌是李白一生行藏的寫照，記錄了李白人生各個重要階段的心路歷程和心態變化。

三、《古風》的定名者和入選標準

　　既然《感遇》類詩歌與《古風》存在多方面的相似性，完全可以歸入「古風型詩」看待，甚至可以從創作角度圓融無礙地插入《古風》

進行重新排序。那麼，為何《感遇》類詩歌卻被排除在《古風》之外呢？是誰確定了揀擇標準，並做了這項整理定名的工作，後人抑或是李白本人？

我們除了可依據以上所述種種跡象做出的合理性推測，認為更傾向於李白本人外，還有史料隱約可證，約與李白同時的殷璠所編選的《河嶽英靈集》選《莊周夢胡蝶》篇卻題作《詠懷》，一些詩論家和研究者即由此推斷，這類詩歌在當時並未定名為《古風》。且不論這類五言古詩本身就有題作《詠懷》等類似題目的傳統，抑或是殷璠不認同李白對《古風》的定名，還是殷璠接觸到的乃是李白定名《古風》前的原題為《詠懷》的版本等種種可能性的存在。從邏輯上講，《河嶽英靈集》所選詩人詩作最晚只到天寶十二載（753 年），此時據李白卒年還有數年時間，而李白垂暮之年整理此類詩作的可能性極大，我們也不能據此一端就直觀武斷地排除李白本人為《古風》定名的可能性。

我們至少可以確定的是，《古風》的定名，最早不過李白，而最晚不會晚於張祜，這是推測定名時間的上限和下限。張祜（約 785～849？）讀到的是題作《古風》的版本，其《夢李白》有言：「我愛李峨嵋，夢尋尋不見……匡山夜醉時，吟爾《古風》詩。振振二雅具，重顯此人詞。」〔註83〕李白詩歌中明確繼承「二雅」精神者只能是《古風》，而非其他五言古體詩。五代後蜀韋縠《才調集》選《古風》三首也是題作《古風》的。張祜生年比李白晚了約 20 年，我們再算上張祜最早能讀到李白《古風》的年齡，大約晚了 40 年左右，在這 40 年間，通過以上種種可能性分析，結合對《古風》五十九首傳本、異文的綜合考察，排除李白詩歌散佚的因素，能接觸到李白此類所有詩歌，且有可能對這類總共 87 首「古風型詩」進行修訂、刪改、整理、排序、定名等一系列複雜工作，且要契合《大雅久不作》篇中所倡種

〔註83〕〔唐〕張祜著，尹占華校注《張祜詩集校注》卷第十，巴蜀書社，2007 年，第 532～533 頁。

種創作精神與旨意追求者，最大的可能性只有三人：李白本人，族叔
李陽冰，以及魏顥。魏顥可首先排除，因李白把自己的手稿交給魏顥
的時候，還未到垂暮之年，《古風》中末篇《我到巫山渚》《惻惻泣路
歧》等所言為暮年之事，當還未創作，而魏顥所存手稿全部丟失，後
雖憑記憶書寫，文本的可信性本身就存在問題的前提下，再做一系列
修改、整理、編選、題名等繁重複雜工作的可能性不大。那麼，李陽
冰呢？《草堂集序》只說「草稿萬卷，手集未修。枕上授簡，俾余為
序」〔註84〕，一些研究者只依據前兩句，就得出結論李白「所有詩歌」
交授給李陽冰的時候，都沒有經過整理。然後兩句中，李陽冰也只說
李白拜託他作序，並未提及自己做了整理、修改、定名等工作。目前
學界對「公又疾殛」的理解也有分歧，大部分研究者傾向於李白卒於
是年，但也有反對者說是李白此年病重，後來又逐漸好轉。由於李白
「生卒年」未定，而我們也無法直接或間接證明確非是李白本人做了
一系列修改整理的工作。又基於李白自身對《古風》詩歌寄予的殷切
期許，即使垂暮之年沒有對自己所有的詩歌（有「萬卷」之多的草稿）
都進行整理修訂，但對《古風》詩而言，做這一工作的最大的可能性
只能是李白本人，且這樣的工作又正是李白「我志在刪述」願望外在
行動上的具體表現，而目的則是想要以這一組詩歌達到「垂輝映千春」
的宏願。

　　既然李白本人的可能性最大，其入選標準又是怎樣的呢？「古風
型詩」整體從語言、風格到主旨、內容，極其相似的情況下，《感遇》
類卻被排除在《古風》之外，兩相對比，我們大致可以見出《古風》
詩歌的入選標準，大致有如下幾點：一是體現其直追《風》《雅》的
精神，最重要的就是首篇《大雅久不作》，擁有提綱挈領的地位，故
放置於首篇；二是風格崇尚「清真」，以遊仙、言懷類為主，「綺麗」
之作不在考慮之列；三是能達到委婉諷諫，驚醒君主的目的者，以詠

〔註84〕〔清〕王琦《李太白全集》卷三十一，中華書局，2011 年，第 1232
　　　頁。

史類詩歌為主；四是剔除內容旨意和情感表達重複者。對少數不忍捨棄，但是又不太符合《古風》整體格調者，做了相應修改，把精心修改後的版本放入《古風》，而原始版本則依然放置在舊題之下。

更多時候，是對以上標準多方綜合的結果，如《感興》其六《西國有美女》與《古風》其二十七《燕趙有秀色》，當為同一學生底本的不同修改本，前者開篇「常恐彩色晚，不為人所觀」，有傷直露之嫌，而後者中的「纖手怨玉琴，清晨起長歡」，並未言所「怨」為何，卻自然讓人聯想起末句「焉得偶君子，共乘雙飛鸞？」意思層層遞進，又水到渠成，絲毫不見斧鑿生硬痕跡，且使後者顯得更加委婉含蓄，餘味雋永。《效古》其二《自古有秀色》與《古風》其三十五「醜女來效顰」所用典故一致，意思同為批判假偽為真者，所不同的是前者更加直接，後者更加含蓄，前者批判之意大於表達之情，後者則在批判的基礎上，又以「大雅思文王，頌聲久崩淪」進一層，表達追慕《大雅》精神之意，同時末句「安得郢中質，一揮成風斤」更進一層，昭明自己以實際行動矯正時風的願望，層次更加豐富。兩篇同選，意有重複，且後者比前者意涵層層遞進，更加豐富，所以就選了後者，而剔除了前者。《感遇》四首中，《姹姬天帝女》《洛浦有宓妃》《宋玉事楚王》三首都涉及到了「巫山雲雨」「楚王神女」「宋玉楚王」等相似典故，與《古風》其五十八《我行巫山渚》用典同類。幾首同選，就顯得有些重複了，且《感興》其二「解珮欲西去，含情詎相違。香塵動羅襪，淥水不霑衣」等句，顯得香艷綺靡而少溫柔敦厚，顯然不符合「清真」的要求，《古風》中只以「神女去已久，襄王安在哉」淡淡一筆揭過，引人思索，這樣，末句「荒淫竟淪沒，樵牧徒悲哀」才顯露出歷史的警醒意味。對比《感遇》末句「好色傷大雅，多為世所譏」就顯得直接刻意了。

「古風型詩」的整體相似性，以及《古風》和《感遇》類二十七首之間的種種區別，通過文本的細緻對比能給我們以多方面的啟迪，也能讓我們對《古風》創作之初的情形有大體掌握。

本章小結

　　本章主要從《古風》文本的整體性角度出發，考察其歷代傳本情況，早期「五十九首」的異文情況，以及《古風》創作之初的三種可能性：（1）《古風》為李白中晚年集中創作，其中早年的篇章是追憶之作，或早年創作了數量較少的幾篇，其餘諸篇皆是中晚年集中創作；（2）「非一時一地」之作，《古風》五十九首的創作貫穿於李白人生中的各個階段；（3）「非一時一地」之作，原題作《感遇》《詠懷》等，中晚年集中精力對這一類詩歌做過修訂、編選、題名、編集等工作。各個部分相互結合，由對《古風》六十一首的邏輯排序，和對「古風型詩」九十首的綜合排序，可推導出如下合理的結論：

　　（一）「五十九首」之數存在爭議，極大可能是唐五代李白詩歌原本散佚，後又經過多方搜集的歷史過程造成的。鑒於「五十九首」之數本身沒有特殊涵義，在沒有確切材料能夠證明李白自身主觀性地基於某種特殊的理由，如是否是李白 59 歲那年所定，為了契合自己的年歲選定了這個數字的前提下，我們只能從「五十九」這個數字最早出現的兩宋本中尋找緣由，認為極有可能是兩宋本的編選者宋敏求、曾鞏所搜集到的最大數量，起先冠名「歌詩五十九首」，後注「古風五十九首」。因兩宋本乃迄今所見唯一的最早可信版本，雖然略同時的咸淳本沒標明數量，前後同時代還有如「六十」「八十」等不同說法，但接受者對可信文本的慣性訴求使然，人們逐漸接受了「古風五十九首」的說法，並成為定名。

　　（二）《古風》中大量異文的存在，反映了接受者對文本由流動到穩定的訴求，除後世傳播接受過程中文本散逸，重新搜求整理中的誤讀誤寫等客觀因素外，不排除李白晚年自我對《古風》自我修訂的可能性，且這種可能性極大。也契合了李白晚年對這一組想要以之「垂名」的詩歌的極度重視。

　　（三）給《古風》定名的時間，上限為李白本人，下限至晚唐詩人張祜，期間約有 40 年的時間。其最大可能者只有魏顥、李陽冰

和李白本人，基於對古風的重視，所寄予的宏願，對揀選、修改標準的確定，定名，排序等等一系列複雜因素，李白自身的可能性是最大的。

（四）《古風》創作非一時一地，原題作《感遇》《詠懷》等，所以較早的《河嶽英靈集》選《莊周夢胡蝶》才會題作《詠懷》，因為這本就是其創作之初的原題。

（五）李白五十歲前後，在知天命之年，以「我志在刪述」思想為指引，以實際行動對這些原題作《感遇》《詠懷》類的詩歌作了整理揀選，其揀選標準大致為符合「清真」者，委婉諷諫者，剔除重複者等。在揀選整理的過程中，以《古風》為名，把《大雅久不作》放在首篇，表達其直追《風雅》的精神和「以詩垂名」的願望。

（六）揀選剩下的，便仍放置在原本題名之下，所以《感遇》類詩歌才會與《古風》從內容題旨到語言表達皆類似，且有多篇類似重複的「孿生底本」重出的情況出現，但在這些相似篇章中，《古風》中的版本明顯優良於《感遇》《詠懷》中的版本，顯得更加溫厚清雅，雍容和緩。

（七）就其創作之初的情況來看，「古風型詩」似乎更能概括此類五言古詩整體風貌。

以上，為本章對《古風》文本進行綜合整體考察之後得出的基本結論。

第六章　李白《古風》重點篇章闡釋

第一節　《西嶽蓮花山》與《昔我遊齊都》的文本錯亂問題

　　《古風》的文本雖然存在諸多不確定性，但由於《古風》其十九《西嶽蓮花山》和其二十《昔我遊齊都》爭議最大，同時也是解開《古風》一些問題的關鍵所在，所以我們首先來看這兩篇，並對相關疑問部分及韻腳作一標識：

其十九

西嶽蓮花山，迢迢見明星。九青平聲
素手把芙蓉，虛步躡太清。八庚平聲
霓裳曳廣帶，飄拂升天行。八庚平聲
邀我登雲臺，高揖衛叔卿。八庚平聲
恍恍與之去，駕鴻凌紫冥。九青平聲

俯視洛陽川，茫茫走胡兵。八庚平聲
流血塗野草，豺狼盡冠纓。八庚平聲

其二十

昔我遊齊都，登華不注峰。二冬平聲
茲山何峻秀，綠翠如芙蓉。二冬平聲
蕭颯古仙人，了知是赤松。二冬平聲

－333－

借予一白鹿，自挾兩青龍。二冬平聲
含笑凌倒景，欣然願相從。二冬平聲

泣與親友別，欲語再三咽。九屑入聲
勖君青松心，努力保霜雪。九屑入聲
世路多險艱，白日欺紅顏。十五刪平聲
分手各千里，去去何時還。十五刪平聲

在世復幾時，倏如飄風度。七遇去聲
空聞紫金經，白首愁相誤。七遇去聲
撫己忽自笑，沉吟為誰故。七遇去聲
名利徒煎熬，安得閒餘步。七遇去聲
終留赤玉舃，東上蓬萊路。七遇去聲
秦帝如我求，蒼蒼但煙霧。七遇去聲

　　目前所見李白《古風》異文頗多，尤以部分脫句和衍句的存在，
造成了文本的不確定性和解讀上的困擾，但這一部分異文，基本不會
對整篇的理解方向產生根本性的影響，即不會引發讀者對這一整篇主
旨的錯亂和疑惑。但其中有兩篇其十九《西嶽蓮花山》和其二十《昔
我遊齊都》例外，這兩篇中斜體部分句子的存在有很大的特殊性，它
不能被完全視為異文，因為就目前所見李集傳本而言，沒有與之相類
似的「孿生句子」存在，但是，這些句子卻與整篇的詩歌主旨、整体
氛圍格格不入，或如其十九末四句的「斷而不能續，末而不能結」，
即語意與上文割斷不能相續，位處末卻不適合作為結句尾；或如其二
十中間八句的「上下不相接，韻腳不相連」，即位於中間卻語意上下
不連，八句之間四四組合，小單元之間韻腳完全不同，內容有重疊但
是沒有自然的銜接轉環，不相關聯。古今以來，許多評論者如蕭士贇、
朱諫等均對此提出異議，並承認其互不接榫之處，雖已產生疑惑但卻
未能釐清緣由。我們對這兩首詩在歷代詩評家的解讀中產生的疑義進
行梳理，可能會更加清晰地認識到它們的特殊性和其中部分句子與整
篇之間的不諧調性。

　　首先是其十九《西嶽蓮花山》。這一首所產生的歧義不像其二十那麼明顯，存在兩種可能性，其一，斜體部分四句屬於該篇，但「流血塗野草，豺狼盡冠纓」非為結句，整篇似為未完之殘篇。這種可能性最大，一是全篇韻腳一以貫之，二是前述遊仙只是表象，後四句突然轉折，寫其俯瞰洛陽川所見慘痛之象，才是著意之處，於理無礙，且會帶來陡健之俶。後世評論者對這兩部分同屬一篇合理性的論證也常常基於此而發，如清代笈甫主人的《瑤臺風露》就認為：「正意在末四句，前半凌空作勢，特為奇崛」〔註1〕，認為此篇乃殘篇也是主要基於末句「流血塗野草，豺狼盡冠纓」似語意未完，不當作為結句。我們固然承認該篇為一整篇的可能性最大，但也不排除第二種可能性，即前十句為完整的一篇，末尾四句不屬該篇，乃另外之殘篇，主要原因也正是後四句的語意陡轉。正如以上所說，後四句和前十句在語意上的「陡轉」常常被掩蓋在李白天資縱橫跌宕，不合常規的表達方式的面紗之下，似乎所有的不合理處在李白這裏都變得正常或別有深意。雖有學者意識到前十句「完全遊仙，不涉現實」，後四句「陡轉現實，不承前文」的蹊蹺之處，但並不曾深入分析因由，如徐禎卿：「此篇刺玄宗也，此詩前半篇皆遊仙之詞。」〔註2〕對此篇章法如此怪異，「陡轉」而不相銜，結尾又不像結尾的疑惑，並未尋根究底，評論者大多把解釋的方向集中在兩個方面，一是認為前半部分十句遊仙詩皆為「託言」，可有可無，只是一個煙幕彈而已，後四句才是表達重點，如清人奚祿詒曰：「只是悼長安之亂，不甚重仙耳。」〔註3〕陳沆曰：「皆遁世避亂之詞，託之遊仙也。」〔註4〕二是認為這只是李白的天才式寫作手法而已，好像只有如此方為李白。但這兩種說法似乎都過於籠統和牽強，除了掩蓋本身存在的問題之外，都不能作為

〔註1〕〔清〕笈甫主人《瑤臺風露》，同治七年，桐華舸藏本。
〔註2〕郭雲鵬本《李太白集》引徐禎卿語。
〔註3〕黃叔燦玉圃手抄，奚祿詒批點本《李詩通》，群碧樓藏。
〔註4〕〔清〕陳沆《詩比興箋》卷三，上海古籍出版社，1981年，第139頁。

「前後語意割斷，結尾不似尾句」的合理性解釋。

其次是其二十《昔我遊齊都》。這一篇的問題相較上篇，雖然更加複雜，古今學者爭議頗多，但爭議點集中在篇幅的分合問題上，顯得較為明確，我們茲舉數例如下：

蕭士贇曰：此篇遊仙詩，<u>意分三節</u>：第一節謂從仙人以遠遊；第二節謂別親友而嗚咽；第三節是泣別之際，忽翻然自悟而笑曰：沉吟泣別者，為誰故哉……〔註5〕（楊蕭本《分類補注李太白詩》卷二）

朱諫曰：<u>此篇舊本全文多有疑義</u>，而<u>上下辭意不相續</u>，據士贇舊注，分為三節，云……今詳其詩意，亦恐未然，第十句（「欣然願相從」）與第十一句（「泣與親友別」），<u>上下文義不相續</u>，似有闕文，有錯簡，何也？既曰欣然願相從矣，又何至於與親友泣別，而再三嗚咽耶？所謂「君」者，又不知其何所指也，分手千里去，何時而還者，又行役離別之辭，非從仙之事也，自第十一句（「泣與親友別」至十九句（「在世復幾時」），凡八句（「泣與親友別」至「去去何時還」中間八句），義既不諧，辭宜節去，今以舊本全章附寫於後，以俟知者與訂校云。〔註6〕（《李詩選注》卷一）

王琦曰：<u>中節語意與上下全不相類</u>，當棄世遠遊，何事猶作兒女子態，與親友泣別，至於欲語再三咽耶？<u>韋縠《才調集》，只選中四韻作一首，而前後不錄，是知古似未失真，蕭本未免誤合。但首章語意似未完，或有缺文未可知</u>。朱子謂太白詩多為人所亂，有一篇分為三篇者，有二篇合為一篇者，豈指此章而言耶？今姑仍蕭本，俟識者再為定之。〔註7〕（《李太白全集》卷二）

〔註5〕〔宋〕楊齊賢補注，〔元〕蕭士贇刪補《分類補注李太白詩》），中華再造善本，元建安余氏勤友堂刻明修本。

〔註6〕〔明〕朱諫《李詩選注》卷一，中國國家圖書館藏，明隆慶六年，朱守行刻本。

〔註7〕〔清〕王琦《李太白全集》卷二，中華書局，2011年，第102～103頁。

　　　詹鍈曰：按《才調集》將此詩分為二首，與胡本同，
未嘗只選中四韻作一首，王氏之言不知何據。《唐宋詩醇》
曰：……按《唐宋詩醇》所解較是，蕭氏合成一首，不為
無見。又曰：據《古今圖書集成・山川典》卷二三《歷山
部彙考》華不注山《藝文二》詩類，載李白《遊華不注登
後追味》：『昔我遊齊都，登華不注峰。茲山何峻拔？綠秀
如芙蓉。蕭灑古仙人，了知是赤松。借余一白鹿，自挾雙
青龍。含笑凌倒影，欣然願相從。』即是此詩，僅有數字
之差異，而詩意全同。詩題與此詩甚為切合，正是此詩獨
立成篇之確證。〔註8〕

以上諸家，雖然都注意到了中節八句與上下語意全然不相類的矛盾之
處，但是卻忽視了這八句之間其實也存在矛盾，韻腳四四一組陡轉，
語意重複，銜接有隙（我們將在下文對每四句一組進行語意分析）。
王琦指出韋縠的《才調集》「只選中四韻作一首，而前後不錄，是知
古似未失真」，已經是證明中間四韻與上下不相連的有力證據，雖然
未能深入分析此八句之中前後也有矛盾的地方，但已經足以證明最早
至後蜀韋縠，此八句還是可以獨立成篇的；詹鍈先生繼而提出李白《遊
華不注登後追味》，給前十句冠以題目，更是直接而強有力的確鑿證
據，證明了前十句為完整獨立篇章的極大可能性。認為前十句為一
首，除了詹鍈提出來的證據之外，清代《道光濟南府志》載李白《古
風》一首：「昔我遊齊都，登華不注峰。茲山何峻拔，綠秀如芙蓉。
蕭灑古仙人，了知是赤松。借余一白鹿，自挾雙青龍。含笑凌倒影，
欣然原相從。」〔註9〕和以上詹鍈所引《遊華不注登後追味》內容字
句完全相同，只與原本有數字不同，如「峻秀／拔」「綠翠／秀」「兩
／雙青龍」，亦可作為旁證。
　　亦有與以上意見相左者，對其同為一篇的合理性別作強解：

〔註8〕詹鍈《李白全集校注彙釋集評》第二卷，百花文藝出版社，1996年，
　　　第109頁。
〔註9〕〔清〕成瓘《道光濟南府志》，清道光二十年刻本，第3575頁。

《唐宋詩醇》曰：此詩或作兩篇，今合而觀之，上憶
昔日之遊，下訣今日之去，意正相屬。「泣與親友別」八
句，既將別矣，復自疑焉。故下云：「撫己忽自笑，沉吟為
誰故？」〔註10〕

笈甫主人曰：此與前一首同一凌空作勢而用筆又別，
他人為之必致犯手，此變須才亦須膽。「泣與親友別」以
下，前人疑其棄世遠遊，何事作兒女態？至於「欲語再三
咽」，不知太白詩中凡言仙人及求仙者，皆寓言託興之詞，
猶屈子所謂「命豐隆求宓妃，登閬風濯清槳」耳。世人眼
光如豆，當作尋常遊仙詩讀，故訝其不倫，試以《離騷》
之意求之，自然冰釋。〔註11〕

《唐宋詩醇》強作解釋，但並未闡明「昔日之遊」和「今日之別」有
何關係，為何在今日相別的傷心之時，要先回憶昔日遊齊都登華不注
峰之事？若言是為了和下文「東上蓬萊路」相照應，但與「東上蓬萊
路」相銜接的是「秦帝如我求」，似乎理解為虛妄的遊仙之辭更為合
適，而不是詩人此時與親友相別，就是為了去「蓬萊山」，所謂「意
正相屬」，不知所云。笈甫主人則拿屈子之《離騷》類比，既掩蓋了
句意之間的割斷，又忽視了韻腳的差異，完全是自說自話，故為之說，
顯得極為牽強。

由以上分歧，我們可以假設性地先提出幾個問題，以糾正一些看
似合理實則是先入為主的觀念：

問題一：其十九歷來被認為是完整的一篇，後世評論者圍繞末四
句展開各種假說，試圖論證其位置的合理性；其二十雖然大部分評論
者認為中四句放置在一整篇中間甚為突兀，該分為兩篇或者三篇，亦
即中八句以下為一篇，或獨立成篇，但是卻從來沒有懷疑中八句在這
一部分中的合理性，以及這八句連為一體的可能性。但是，在其十九，

〔註10〕〔清〕愛新覺羅‧弘曆編《御選唐宋詩醇》卷一，清光緒七年(1881)，
浙江書局刻本。
〔註11〕〔清〕笈甫主人《瑤臺風露》，同治七年，桐華舸藏本。

其二十這「兩篇」中，部分句子之間小單元的獨立性以及與整篇大環境的斷裂性如此明顯，我們緣何先入為主，認為流傳下來的李白的《古風》五十九首中每一首都是完整的篇章，而沒有未完成的或者散佚的殘篇摻入呢？

問題二：既然《古風》非一時一地之作已成為當今學界普遍共識之觀點，且有大量異文存在，我們又如何認為李白最初完成《古風》時沒有散佚？而這些散佚的篇章經由李白創作之後，到我們目前所看到的最早的「兩宋本」，經歷了大約三百年的時間，在這麼長的時間斷限內，沒被篡改，丟失，導致有些篇目只剩下若干殘句，由於宋敏求、曾鞏等人搜求過程中的「求全責備」而保留了下來。

問題三：由於古書豎排版的方式，宋代的印刷者很多時候還沒有意識到上篇最後一字剛好到這一豎列最後一個空格結束時，如何和下篇區分開的問題，明代有印刷者則已經意識到了這個問題，故有些古書會選擇在面對這樣的情況時，在一篇完整的詩篇末尾最後一個字左下角用「」表示結句。若不明確標識，就極易導致這兩首詩中「殘句」與整篇相混的局面，後世因襲之。

有了這幾個問題的提出，我們就可以從具體的句子分析入手，進一步論證這兩首詩中錯亂部分句子的特殊性。第十九首和第二十首錯亂的句子，放在兩首詩中都不合適。這主要從語意聯結、用韻情況［註12］和句子的位置特徵（其十九主要是結句特徵）三個部分考察。在這三者中，上下語意能夠自然銜接，保證文氣的連貫性和篇章的完整性是最重要的，語意完整的重要性是超越韻腳統一重要性的。

第十九首最後四句在該篇的合理性，最大的可能是非為結句，整

［註12］古體詩用韻比較寬鬆，我們對用韻情況的分析，主要基於《古風》五十九首用韻情況的考察，據分析《古風》五十九首用韻比較統一，中途鮮少換韻，只有其二《蟾蜍薄太清》，其二十《昔我遊齊都》兩篇。

個其十九共十四句乃是未完之殘篇。這主要基於三個原因：一是該篇
韻腳統一連貫，二是末四句確有「陡轉」之效果，以之前大半部分的
飄逸遊仙反襯人世血淋淋之殘酷現實，以達到警策之效果，三是對「流
血塗野草，豺狼盡冠纓」的位置分析。前兩條是基於對這兩部分同屬
一篇的合理性的解釋，第三條是針對該篇乃未完之殘篇的闡述。我們
重點來分析第三條，該句為描述式句子，且語意未完，不適合作為結
句來看待。縱觀《古風》各篇的結句，不管是問句，還是陳述句，都
有句盡意遠，悠遠綿長的感傷之氣縈繞，或表達自我感傷的思緒，或
陳說內心願景，或表達富貴無常，生世幻滅之感，都有濃鬱的情感飽
含在內，能夠完整地承接並收束全文，不論從情感，還是位置和功能
上，都當得上「結句」。我們茲舉數例，來看一看《古風》結句所應
有的特徵：

首先，是表達自我心緒類的結句：

沉歎終永夕，感我涕霑衣。（其二）

投閣良可歎，但為此輩嗤。（其八）

使我長歎息，冥棲巖石間。（其十二）

吞聲何足道，歎息空淒然。（其二十一）

揮涕且復去，惻愴何時平。（其二十二）

聖賢共淪沒，臨歧胡咄嗟。（其二十九）

惻惻不忍言，哀歌逮明發。（其三十二）

古來共歎息，流淚空沾裳。（其三十七）

倚劍歌所思，曲終涕泗瀾。（其三十九）

懷恩未得報，感別空長歎。（其四十）

力盡功不贍，千載為悲辛。（其四十八）

歸去瀟湘沚，沉吟何足悲。（其四十九）

晉風日已頹，窮途方慟哭。（其五十四）

魚目復相哂，存心增煩紆。（其五十六）

飛者莫我顧，歎息將安歸。（其五十七）

荒淫竟淪替，樵牧徒悲哀。（其五十八）

嗟嗟失權客，勤問何所歸。（其五十九）

這一類結句有一個明顯的特徵，即表達內心情緒類的詞出現頻繁，如「歎」「歎息」「長歎」「涕霑衣」「涕泗瀾」「淒然」「惻愴」「慟哭」「咄嗟」「悲」，其中尤以「歎」字出現頻率最高，表達憂傷之情的悠遠綿長，用以收束全篇。

其次，是表達自我願景類的結句：

> 願飡金光草，壽與天齊傾。（其七）
> 吾亦澹蕩人，拂衣可同調。（其十）
> 吾當乘雲螭，吸景駐光彩。（其十一）
> 唯應清都境，長與韓眾親。（其四）
> 吾將營丹砂，永與世人別。（其五）
> 雌雄終不隔，神物會當逢。（其十六）
> 結根未得所，願託華池邊。（其二十六）
> 焉得偶君子，共乘雙飛鸞。（其二十七）
> 永隨長風去，天外恣飄揚。（其四十一）
> 吾亦洗心者，忘機從爾遊。（其四十二）

這類結句中，作為詩人主體代表的「吾」字出現頻率最高，常與「願」「應」「亦」「當」等字眼結合，表達作者的某種願景式理想，一般與遊仙相關，或申訴自己心志高潔，不甘與世俗同流合污的意願，或表達願與神仙一起修煉暢遊的心緒，相較上一類結句的感傷氛圍，這類結句往往基調顯得比較昂揚向上，自信明快。

第三，是表達富貴無常的生世幻滅之感和憤懣之情：

> 但見三泉下，金棺葬寒灰。（其三）
> 誰憐李飛將，白首沒三邊。（其六）
> 富貴故如此，營營何所求。（其九）
> 海客去已久，誰人測沈冥。（其十三）
> 李牧今不在，邊人飼豺虎。（其十四）
> 何如鴟夷子，散髮棹扁舟。（其十八）
> 秦帝如我求，蒼蒼但煙霧。（其二十）
> 世無洗耳翁，誰知堯與跖。（其二十四）
> 歸來廣成子，去入無窮門。（其二十五）

> 不及廣成子，乘雲駕輕鴻。（其二十八）
> 一往桃花源，千春隔流水。（其三十一）
> 如何舞干戚，一使有苗平。（其三十四）
> 安得郢中質，一揮成斧斤。（其三十五）
> 魯連及柱史，可以躡清芬。（其三十六）
> 靈跡成蔓草，徒悲千載魂。（其四十三）
> 流俗多錯誤，豈知玉與珉。（其五十）
> 彭咸久淪沒，此意與誰論。（其五十一）
> 安識紫霞客，瑤臺鳴素琴。（其五十五）

這類結句最多，常以對歷史人物、歷史事件或歷史典故的議論感歎作結，由對歷史的沉思遷延到現實，引發個人對現實社會問題的思考，而這種思考也具有意蘊綿長的特點。

第四，陳述式肯定句：

> 方知黃鵠舉，千里獨徘徊。（其十五）
> 崑山採瓊蕊，可以鍊精魄。（其十七）
> 三萬六千日，夜夜當秉燭。（其二十三）
> 蒼蒼三珠樹，瞑目焉能攀。（其三十）
> 去去乘白駒，空山詠場藿。（其四十五）
> 獨有揚執戟，閉關草太玄。（其四十六）
> 詎知南山松，獨立自蕭瑟。（其四十七）
> 美人不我期，草木日零落。（其五十二）
> 果然田成子，一旦殺齊君。（其五十三）

前三類是《古風》結句的主要呈現樣態，第四類較少，不好歸類，一般表達對流光逝去，鳥獸草木隨著時節遷移所引發的詩人內心的微瀾，有著淡淡的感傷氛圍，但是卻能在自我排解中消散，整體上也屬於抒情範圍。

以上，縱觀《古風》的結句，沒有一個是屬於描述詩人眼見的現實場景性的句子。反觀「流血塗野草，豺狼盡冠纓」卻是一個描述性的，不表達自我情感的肯定式句子，既不涉及詩人自我心緒，又不涉及歷史人物、事件和典故，而是完完全全地彷彿是對現實眼見之景的

如實描寫，這在《古風》的結句中僅此一例，再無與之相類似者。這種「名詞—動詞—名詞」的組合句，一般放在篇章中間，起到承上或者啟下的作用，且這四句明顯似語意未完，完全不符合「結句」的特點，不能作為結句來看待。由此可以得出結論之一：該篇前後十四句同屬一篇，但是「流血塗野草，豺狼盡冠纓」不能作為結句，該篇乃未完之殘篇。

除了以上最大之可能性之外，另有一種可能性，前十句為完整之一篇，後四句為另一篇之殘句。這主要是基於句意的割斷，這四句語意和之前部分語意全然不相關，轉換很是突兀。前十句純寫遊仙，後四句卻突兀地轉向血淋淋的現實場景，中間缺少必要的過渡和銜接。在「流血塗野草，豺狼盡冠纓」語意未完的情況下，很難做出更為合理的判斷，所以我們不得不承認這種可能性也是存在的。由此我們可以得出另外一個可能的結論，這兩句（「流血塗野草，豺狼盡冠纓」）與上兩句（「俯視洛陽川，茫茫走胡兵」），應該是一首完整篇章中的四句，此篇目前只存此四句。

第二十首和第十九首情況大致相同，又略有不同。第二十首，有分為三篇者，有分為兩篇者，又有合為一篇者。關鍵在中間八句，而這八句按照韻腳又可分為四四兩個小的意義單元，其前應該為完整的一篇，其後也應該是完整的一篇。這兩篇均起結完整，韻腳一致，語意統一。而中間這八句，韻腳不統一，不僅與之前部分韻腳不統一，且與之後部分也不統一，甚至這八句本身也不統一，前四句屬九屑入聲韻，後四句屬十五刪平聲，相差較大，且意思上下不銜接，應該分別為兩篇中的部分殘句。眾所周知，古體詩用韻比較寬鬆，可以中途換韻，但《古風》中途換韻的情況較為罕見，除了其二十之外，只有其二《蟾蜍薄太清》篇和其十八《天津三月時》篇，《蟾蜍薄太清》篇前四句「蟾蜍薄太清，蝕此瑤臺月。圓光虧中天，金魄遂淪沒」中「月」「沒」均屬「六月入聲」，接下來「蝃蝀入紫微，大明夷朝暉。浮雲隔兩曜，萬象昏陰霏。蕭蕭長門宮，昔是今已非。桂蠹花不實，

天霜下嚴威。沉歎終永夕，感我涕霑衣」中的「微」「暉」「霏」「非」「威」「衣」卻轉入「五微平聲」，雖是換韻，但由於上下句意極為連貫，均以月之盈虧暗寓人世禍亂，並不會造成文氣的割裂，致人誤解非為一篇；其十八《天津三月時》只有前四句「天津三月時，千門桃與李」「朝為斷腸花，暮逐東流水」韻腳不同，從第五句開始，之後的「流」「遊」「侯」「樓」「州」「頭」「邱」「羞」「謳」「幽」「秋」「尤」「讎」「舟」，同屬十一尤，平聲，整體韻腳還算圓整。但是其二十《昔我遊齊都》前十句屬「二冬平聲」，接下來四句轉入「九屑入聲」，又四句轉入「十五刪平聲」，剩下的十二句卻又轉入「七遇去聲」，如此頻繁而雜亂地換韻，且各個韻腳又非鄰韻，在語意割裂的前提下韻腳差異如此之大，實在不能歸為一篇，僅用「古體詩用韻寬鬆，可以轉韻」來作為解釋似乎是行不通的，更重要的是《古風》其餘諸篇均無此例。

我們還可以嘗試通過詩意的分析，把這兩部分殘句作一模糊的「背景還原」：

> 泣與親友別。欲語再三咽。九屑入聲
> 勖君青松心。努力保霜雪。九屑入聲

大意：我哭泣著與親戚朋友告別，想要再說些什麼離別的話卻再三哽咽說不出口。只能勉勵你堅守青松一樣的心靈，在霜雪中努力保持挺立的姿態。

> 世路多險艱。白日欺紅顏。十五刪平聲
> 分手各千里。去去何時還。十五刪平聲

大意：世上的道路有如此多的艱難險惡，白日流光，紅顏漸老。我和你在此地分手，此去又要相隔千里，什麼時候才能再回來相見呢。

這兩部分意思極相類，表達詩人與某位相交極好的朋友別離時的心境。由「白日欺紅顏」及世事體驗造成的感情基調的低沉感傷，可知詩人此時當是暮年；由「勖君青松心，努力保霜雪」可以推測當

時的政治環境對詩人和朋友當是很不利的，尤其是朋友。由此我們可以推測出這樣一個比較合理的「朦朧背景」：在李白暮年的時候，有一個與他極為交好的朋友和他一起經歷了「險艱」，外部環境極為不利，李白在某一個契機之下與朋友得以見面，短暫的相聚後面臨分離，李白在這種分離的氛圍中既表示極大的感傷和不捨，又激勵安慰朋友要努力在霜雪中保持一顆青松之心。那麼，李白集中有沒有類似詩歌作品的表述，與以上我們推測的「朦朧背景」相類似的呢？答案是有的。鄧小軍發表《李白與永王璘「謀主」李臺卿——李白〈贈別舍人弟臺卿之江南〉詩箋證》〔註13〕一文，結合之前的《永王璘案真相——並釋李白〈永王東巡歌十一首〉》〔註14〕論證了乾元二年（759）秋，李白流放遇赦東歸潯陽，不久自岳陽專程南下看望李臺卿，前後勾連，理路清晰，還原了李白暮年一個極為重要的歷史真實事件和劫後餘生，滄桑寥落的心態。我們對「永王璘案」的來龍去脈以及潛藏真相對李白暮年產生的影響的估量遠遠不夠，歷史真實，權利欺騙，史書記載的錯位，給李白造成的陰影和磨難比我們感受到的要深刻得多，這與我們的推測相當契合。我們來看這一首《贈別舍人弟臺卿之江南》：

> 去國客行遠，還山秋夢長。梧桐落金井，一葉飛銀床。覺罷把朝鏡，鬢毛颯已霜。良圖委蔓草，古貌成枯桑。欲道心下事，時人疑夜光。因為洞庭葉，飄落之瀟湘。令弟經濟士，謫居我何傷。潛虬隱尺水，著論談興亡。玄遇王子喬，口傳不死方。入洞過天地，登真朝玉皇。吾將撫爾背，揮手遂翱翔。〔註15〕

〔註13〕鄧小軍，李白與永王璘「謀主」李臺卿——李白《贈別舍人弟臺卿之江南》詩箋證，《北京大學學報》，2014年，第2期。

〔註14〕鄧小軍《永王璘案真相——並釋李白〈永王東巡歌十一首〉》，《文學遺產》，2010年，第5期。

〔註15〕〔唐〕李白著，〔清〕王琦輯注《李太白文集》卷十二，中華書局，2011年，第519頁。

注意以上標橫線部分句子，與《古風》契合度相當高，尤其是「良圖委蔓草」一句，又為我們反過來證明《古風》中的部分篇章是在此背景或者前後時間段內寫下的，提供了有力的支撐，從而我們也更能理解《古風》中那些託言遊仙的詩歌隱晦句子背後的真實心情，以及李白在《古風》中所表露的蒼涼痛苦心緒所產生的現實冷冽環境。

另外，為了測驗文本錯亂的各種可能性，我們甚至可以嘗試過把這兩首（十九、二十）順序打亂，重新編排，以推測斜體部分是否可能是某一首或者兩首順序錯亂所致，比如說把第十九首的四句和第二十首的八句重新排序，看是否能組成語意完整的一篇，但是這種「嘗試」以失敗告終，如果說第二十首的中八句，前四句和後四句雖然韻腳不同，但還能勉強說均表達「與親友離別」這樣一個統一主旨的話，那麼第十九首中的四句與第二十首中的八句語意則全然不相類，是不能生搬硬拉到一起的。最可能的結論只能是其十九乃是未完的殘篇，其二十中間八句乃錯亂的兩篇；亦或者除了這些錯亂句子之外的三個部分：「西嶽蓮花山」以下十句，「昔我遊齊都」以下十句，「在世復幾時」以下十二句，從語意、起結、韻腳各方面看，是完整的篇章。

以上，有理由認為，《古風》其十九和其二十的文本具有極大的變動不居性。對其十九而言，第一種情況，後四句屬於該篇，前後韻腳統一，語意的陡轉是為了突出後四句對現實的描寫，取得凌空運勢之陡健效果，但「流血塗野草，豺狼盡冠纓」不能作為結句，該篇是未完成的殘篇；第二種情況，前十句和後四句，語意陡轉而不相接，並非李白有意為之，後四句不屬於該篇，前十句為完整的一篇，後四句是某篇的殘句。對其二十而言，就更加明晰了，錯亂的句子應該是《古風》中某兩篇殘存保留下來的殘句，後人不解，由於印刷排版或其他原因，被亂入到第二十首「昔我遊齊都」「在世復幾時」中，對其二十而言，歷來爭訟的焦點不應該是「合為一篇」「分為兩篇」還

是「分為三篇」的「分合問題」，而應該是某篇殘句由於某種原因「錯亂摻入」前後兩篇，造成的「亂入問題」。另外，關於其二十錯亂句子原初背景的朦朧推測，雖有一定的契合性，但由於句子本身的朦朧隱晦，不涉具體的時地名稱，缺少直接的證據和材料進行佐證，姑且僅備一家之說〔註16〕。

第二節　白鳩、白鷺、白鷗與李白之「白」
——從「人格範式」與「理想旨歸」解讀《夷則格上白鳩拂舞辭》與《古風》其四十二《搖裔雙白鷗》

　　李白愛白，亦愛鳥，尤愛白鳥，甚至為求白鷴，曾以詩易鳥，寫過《贈黃山胡公求白鷴並序》。據李浩統計，李白集中出現過的鳥類名稱約有 60 餘種〔註17〕，並把它們分為「實際存在的」和「虛構出來的」兩類，認為李集中大多鳥類都具有比興象徵的意蘊。《夷則格上白鳩拂舞辭》及《古風》其四十二《搖裔雙白鷗》篇中「白鳩」「白鷺」「白鷗」三種白鳥的象徵意味尤為明顯，但前篇的特殊意義在於向我們展示了李白又並非愛所有的白鳥，此篇對白鳩熱烈歌頌，對白鷺則激烈貶責，通過與李集其他詩歌中出現的白鷺形象比較，我們會發現白鷺在此篇中的特殊性，李白對其情感變化顯得尤為極端和矛盾，是一個比較特殊的白鳥意象，其原因若何？是很值得我們思考的。而在《古風》其四十二《搖裔雙白鷗》篇中，李白又著眼刻畫了白鷗這一形象。現實中存在的白鳩、白鷺、白鷗三種白鳥，在這兩

〔註16〕在李白研究中問題錯綜複雜，李白在世時自己和周圍人的陳述不一，以及正史、野史的混淆，導致諸多問題無法找到直接證據，因而也就沒有明晰的正確答案，這種「合理性推測」在李白研究中較為常見，在沒有新的材料可作為直接佐證的前提下，大膽假設，小心求證不失為一種較為合理的方法，其結論雖有爭議，但仍可備一說，以激發學術思考的活力。
〔註17〕李浩《李白詩文中的鳥類意象》，《文學遺產》，1994 年，第 3 期，第 38～43 頁。

篇作品中通過鮮明的對比形成了一個帶有明確情感指向的極端化書
寫，李白賦予各自不同的人格特質及比興象徵意味，帶有明顯而強烈
的好惡之分。我們在這裡所討論的，正是李白在這兩首作品中以白鳥
類喻人格，賦予白鳩、白鷺、白鷗各自不同的人格特性，以及這兩首
作品編年和創作背景之後所隱藏的李白「否定式」和「進化式」的理
想旨歸，並由此闡論李白對「白」的雙重標準和「白」之於李白的深
層意涵。分列兩詩如下：

《李太白全集》卷五載《夷則格上白鳩拂舞辭》：

> 鏗鳴鐘，考朗鼓。歌白鳩，引拂舞。白鳩之白誰與鄰，
> 霜衣雪襟誠可珍。含哺七子能平均。食不噎，性安馴。首
> 農政，鳴陽春。天子刻玉杖，鏤形賜耆人。　　白鷺之白
> 非純真，外潔其色心匪仁。闕五德，無司晨，胡為啄我葭
> 下之紫鱗。鷹鸇雕鶚，貪而好殺。鳳凰雖大聖，不願以為
> 臣。〔註18〕

卷二《古風》其四十二載《搖裔雙白鷗》篇：

> 搖裔雙白鷗，鳴飛滄江流。宜與海人狎，豈伊雲鶴
> 儔。寄影宿沙月，沿芳戲春洲。吾亦洗心者，忘機從爾遊。
> 〔註19〕

〔註18〕〔清〕王琦《李太白全集》卷三，聚錦堂本。其後所引《古風》及
李白其他詩句，皆以王琦聚錦堂本為底本，不再一一出注。噎：兩
宋本作「咽」，楊蕭本、玉海堂本、郭雲鵬本、劉世教本、嚴羽評本、
全唐詩本、王琦本俱作「噎」。安：兩宋本注：「一作可。」首：咸
淳本注：「一作有。」鷺：兩宋本注：「一作鷹」，咸淳本、楊蕭本、
玉海堂本、郭雲鵬本俱無此注。之：兩宋本作「亦」。它字不辨，惟
「鷺」字兩宋本注「一作鷹」，乃本文關鍵，故辨析。注文所據為何
本，今已不得而知，然「鷺」作「鷹」字恐不妥，一則白鷺啄魚，
乃性之所習，與下文「啄我葭下之紫鱗」相照應；二則若此處作「鷹」，
與下文「鷹鸇雕鶚」並列，就顯得重複；三則就體型來說，白鷺與
白鳩相似性更大，然性非純真，體型相類而本性不同，更具有對比
性；四則檢所有現存李白集注本，唯有兩宋本有此注，餘本皆無。
基於以上諸因，「鷺」字為是，「鷹」字實不妥。

〔註19〕滄：李齊芳本作「蒼」。宜：咸淳本注：「一作冥。」影：楊蕭本、
劉世教本、李齊芳本、嚴羽點評本作「形」。

一、白鳩、白鷺、白鷗：李白潛意識中的三重人格範式

（一）題解：「夷則格」與「拂舞」——「君臣之論」的隱喻及「白鳩拂舞」傳統的由來

在《夷則格上白鳩拂舞辭》中，李白通過鮮明的對比，刻畫了「白鳩」和「白鷺」正面與反面的形象。要深透解讀這首作品，我們首先需要對題目中出現的「夷則格」與「拂舞」兩個概念作一考察。「夷則」是一個音律學上的概念，為古樂律名之一，古樂分十二律，陰陽各六，夷則為陽律之一。《呂氏春秋》曰：「夷則，陽律也。」[註20]古人又把十二律配十二月，「夷則」配七月，「夷」同「痍」，傷害之意，「則」有釋為「法」者[註21]，亦有釋為「賊」者[註22]，謂七月乃一歲之陽氣將衰，萬物開始被陰氣侵犯之時；以十二時言之，「夷則」為申時[註23]，言申時乃一日之陽氣漸衰而陰氣上升之時。「夷則」在樂器上以「磬」為代表，五音屬宮商，「磬」與「琴」「瑟」三者主禮之貴賤、尊卑、親疏有別；「夷則」又屬清商樂，蕭士贇注：「以其歌且舞也，亦入清商曲。」[註24]而「商」曲屬臣[註25]，李白在

〔註20〕〔秦〕呂不韋《呂氏春秋》第七卷《孟秋紀》第七，四部叢刊景明刊本。

〔註21〕《白虎通德論》：「七月謂之夷則。夷，傷也；則，法也。言萬物始傷，被刑法也。」此處釋「則」為「法」。（〔漢〕班固《白虎通德論》卷第三，《四部叢刊》景元大德覆宋監本。）

〔註22〕《釋名疏證補》釋「則」為「賊」：「夷，痍也，痍，傷也。則，賊也，言萬物傷痍，為陰氣賊害也。」（〔漢〕劉熙《釋名疏證補》續，清光緒二十二年刊本。）

〔註23〕《釋名疏證補》：「夷則，七月之律，申之氣也。」（〔漢〕劉熙《釋名疏證補》續，清光緒二十二年刊本。）《淮南鴻烈解》：「指申者，神之也，律受夷則。夷則者，易其則也，德以去矣。」（〔漢〕劉安《淮南鴻烈解》卷第三，《四部叢刊》景鈔北宋本。）

〔註24〕〔宋〕楊齊賢，〔元〕蕭士贇《分類補注李太白詩》，元建安余氏勤友堂刻明修本。

〔註25〕《漢書》曰：「以君、臣、民、事、物言之，則宮為君，商為臣，角為民，徵為事，羽為物。唱和有象，故言君臣位事之體也。」（〔漢〕班固《漢書》卷二十一上，中華書局，1962年，第958頁。）

題目中用「夷則格」，又於篇末言「鳳凰雖大聖，不願以為臣」，明顯寓「君臣」之論，提醒在位者及掌權者宜嚴守君臣之禮，修德尊賢，遠離姦佞，沈德潛曰：「時多酷吏與聚斂之臣，故作是詩以刺。」〔註26〕安旗也贊同此觀點，認為李白作此篇的目的乃是：「擬之以思賢相，刺時政」〔註27〕。故此篇題目中「夷則」乃隱喻「親賢臣（白鳩），遠小人（白鷺）」之意，與詩歌內容主旨相一致。

「拂舞」〔註28〕，原本江南，是民間歌舞的一種，舞者手執拂塵而舞〔註29〕，因拂塵材質形態不同，各朝略有差異。拂的特點是有柄可持，一端繫以塵尾或麻繩、旄朱尾等物，並以所繫物名之。拂舞歌辭迄今仍有存留〔註30〕。拂舞曲有很多，原並不專指白鳩而言，然摹擬白鳩之姿作拂舞之狀，卻源自有之，《宋書‧樂志》云：「江左初，又有拂舞。舊云拂舞，吳舞。檢其歌，非吳詞也。皆陳於殿庭。揚泓《拂舞序》曰：『自到江南，見白符舞，或言白鳧鳩舞，云有此來數十年。察其詞旨，乃是吳人患孫皓虐政，思屬晉也。』」〔註31〕可知當時白鳩舞在江南地區就已經很是流行。蕭士贇注：「然《碣石章》

〔註26〕〔清〕沈德潛《唐詩別裁集》卷六，上海古籍出版社，1979 年，第 1 頁。

〔註27〕安旗《李白全集編年箋注》卷八，中華書局，2015 年，第 799 頁。

〔註28〕李昉有《「拂舞」溯源》（《廣東技術師範學院學報》，2011 年，第 3 期），詳細追溯了「拂舞」的源流演變，此不贅述。

〔註29〕王琦注：「拂舞者，樂人執拂而舞，以為容節也。」（〔清〕王琦《李太白全集》卷三，聚錦堂本。）

〔註30〕沈約在《宋書》中就記載有《拂舞歌詩》五篇，分別是：《白鳩篇》《濟濟篇》《獨祿篇》《碣石篇》《淮南王篇》。其中《白鳩篇》曰：「翩翩白鳩，載飛載鳴。懷我君德，來集君庭。白雀呈瑞，素羽明鮮，翔庭舞翼，以應仁乾。交交鳴鳩，或丹或黃。樂我君惠，振羽來翔。東壁餘光，魚在江湖。惠而不費，敬我微軀。策我良駒，習我驅馳。與君周旋，樂道亡餘。我心虛靜，我志霅濡。彈琴鼓瑟，聊以自娛。凌雲登臺，浮遊太清。扳龍附鳳，目望身輕。」（〔宋〕郭茂倩編《樂府詩集》卷第五十四，景上海涵芬樓藏汲古閣刊本，第 635 頁。）

〔註31〕〔晉〕揚泓《拂舞序》，〔梁〕沈約《宋書‧樂志》志第九，樂一，中華書局，1997 年，第 551～552 頁。

又出於魏武，則知拂舞五篇並晉人採集亡國之前所作，惟白鳩不用吳舊歌，而更作之，命曰《白鳩篇》。」〔註32〕言吳人因執政者暴虐，思歸晉朝之仁政，而改編了亡國前的舊歌，更作新曲，「白鳩拂舞」自此流行。到了梁時，拂舞不僅已經趨於像白鳩之狀，且增加了鍾磬為伴奏〔註33〕，而磬乃陽律「夷則」的代表樂器。至唐時，「白鳩拂舞」也仍然存在。明人朱諫則認為拂舞本身就源自於白鳩雌雄相飛時拂羽之狀，故有此舞〔註34〕。

（二）溯源：「白鳩」「白鷺」「白鷗」三種白鳥形象之演變

在《夷則格上白鳩拂舞辭》中，「白鳩」的形象屬於「承接傳統寓意」「依題立義」〔註35〕。白鳩極其珍貴罕見，且性情溫順善良，用心專一，仁愛有德，歷來被視為祥瑞，《詩經》中就有許多歌頌白鳩的篇章，如《周南・關雎》《召南・鵲巢》《衛風・氓》《曹風・鳲鳩》等。《唐六典》稱其為「中瑞」之一，是為子者孝順，在位者敬老的象徵。史書及野史軼事中多載凡有「親喪子孝」之事，則有白鳩來集，如《搜神記》就記載新興劉殷因至孝得神賜粟，西鄰失火不殃，後白鳩來集，以及「白鳩郎」鄭弘因孝得官等異事〔註36〕。到了唐代，

〔註32〕〔宋〕楊齊賢，〔元〕蕭士贇《分類補注李太白詩》卷三，元建安余氏勤友堂刻明修本。

〔註33〕《樂府詩集》卷五十五載：「《古今樂錄》曰：鞞、鐸、巾、拂四舞，梁並夷則格，鍾磬鳩拂和，故白擬之，為《夷則格上白鳩拂舞辭》云。」（〔宋〕郭茂倩編《樂府詩集》卷第五十四，景上海涵芬樓藏汲古閣刊本，第639頁。）

〔註34〕《李詩選注》引《埤雅》云：「牝牡飛鳴，以翼相拂，氣交也。拂舞者，像其拂羽之狀，鳴於暮春，催耕之鳥也，故曰布穀。」（〔明〕朱諫《李詩選注》卷二，明隆慶六年朱守行刻本。）

〔註35〕胡震亨注：「『交交鳴鳩，或丹或黃。』廣言瑞應，色不一。白止詠白鳩，依題立義。」（〔明〕胡震亨《李詩通》卷三，清順治七年秀水朱茂時刻本。）

〔註36〕〔晉〕干寶《搜神記》卷十一載：「新興劉殷，字長盛。七歲喪父，哀毀過禮，服喪三年，未嘗見齒。事曾祖母王氏。嘗夜夢人謂之曰：『西籬下有粟。』寤而掘之，得粟十五鍾，銘曰：『七年粟百石，以賜孝子劉殷。』自是食之，七歲方盡。及王氏卒，夫婦毀瘠，幾至

此靈異之事則應在了名臣賢相張九齡身上，《白孔六帖》載：「張九齡遷中書侍郎，以母喪解，毀不勝哀，有紫芝產坐側，白鳩、白雀巢於家樹。」〔註37〕

　　民間亦有向朝廷獻白鳩的傳統，以此頌揚社會政治清明，在位者敬老有德。《宋書》多次記載「見白鳩」及「獻白鳩」事，以為嘉瑞，魏文帝黃初初年，吳孫權赤烏十二年八月癸丑，晉武帝泰始八年五月甲辰，及泰康二年七月，皆有白鳩出現在各地，尤其是宋文帝元嘉十八年八月庚午，會稽山陰的商世寶獲得了「眼足並赤」〔註38〕的白鳩，極為稀有，由揚州刺史王濬獻給了朝廷，太子率領臣子上《白鳩頌》一篇為賀。到了元嘉二十四年九月，白鳩又見，中領軍沈演之上表並又獻《白鳩頌》。《魏書》中也多次記載各州縣獻白鳩之情狀。對於統治者而言，「白鳩見」是祥瑞的象徵，汪紹楹按：「孫氏《瑞應圖》曰：白鳩，成湯時來，王者養耆老，尊道德，不以新失舊則至。」〔註39〕《稽瑞》載唐時有「山陽白鳩，京師青雀」〔註40〕的俗諺，並附「《襄陽耆舊傳》曰：黃穆為山陽太守，有德，白鳩見。」〔註41〕李白在《夷則格上白鳩拂舞辭》中對「白鳩」的書寫，不管是從舞蹈、音律，還是外形、性情、品行，主要承接傳統白鳩形象而來，加以敷衍，並無增添新的特別意涵。

滅性。時柩在殯而西鄰失火，風勢甚猛，殷夫婦叩殯號哭，火遂滅。後有二白鳩來，巢其樹庭。」（〔晉〕干寶撰，汪紹楹校注，《搜神記》卷十一，中華書局，1979年，第136～137頁。）卷十一又有：「鄭弘邊臨淮太守，郡民徐憲，在喪致哀，有白鳩巢戶側，舉為孝廉，朝廷稱『白鳩郎』。」（同上，第139頁。）

〔註37〕〔唐〕白居易編，〔宋〕孔傳續編《白孔六帖》，〔清〕文淵閣《四庫全書》本，中國臺灣商務印書館影印，第771頁。

〔註38〕〔梁〕沈約《宋書》，卷二十一考證，武英殿本，第507頁。

〔註39〕〔南北朝〕蕭統編，〔清〕胡紹楹證《文選箋證》卷三十，黃山書社，2007年，第827頁。

〔註40〕〔唐〕劉賡輯《稽瑞》一卷，清《後知不足齋叢書》本，鳳凰出版社，2010年，第3303頁。

〔註41〕同上。

　　「白鷺」之形象則不同，屬於「臨時性顛覆重塑」。李白以前，傳統的白鷺形象，主要體現在以下幾個方面：一是百官縉紳之象。《禽經》曰：「鷺，白鷺也，小不逾大，飛有次序，百官縉紳之象。《詩》以『振鷺』比百僚雍容，喻朝美。《易》曰：『鴻漸於乾於盤。』聖人皆以鴻鷺之群擬官師也。」〔註42〕此處顯然是讚美之意；與此相關，延伸出以白鷺之「延頸遠望」喻求官者的義涵，甚至以之為官名，《魏書》載：「初，帝欲法古純質，每於制定官號，多不依周漢舊名，或取諸身，或取諸物，或以民事，皆擬遠古雲鳥之義，諸曹走使謂之鳧鴨，取飛之迅疾；以伺察者為候官，謂之白鷺，取其延頸遠望。」〔註43〕二是雖寫白鷺捕魚，但並無嗜殺之意，如庾信《寒園即目》：「蒼鷹斜望雉，白鷺下看魚。」〔註44〕只屬於客觀描寫，並不帶有強烈的感情褒貶色彩。三是預示不祥，如《宋書》載：「晉成帝咸康八年七月，白鷺集殿屋。是時康帝始即位，此不永之祥也。」〔註45〕但出現次數不多，亦無對「不祥」之緣由的明確解釋。而李白之後，劉禹錫有《白鷺兒》〔註46〕，也無任何負面意涵，反而讚美白鷺不諧於俗，遺世獨立的高格。所以，李白在《夷則格上白鳩拂舞辭》中說白鳩「心匪仁」「闕五德」與「鷹鸇雕鶚」同屬一類，「貪而好殺」，只是在特殊語境中對以往傳統「白鷺」形象的一個「臨時性顛覆改造」，沈德潛也認為此篇「非必有惡於白鷺，藉以譏外潔內污者耳。」〔註47〕這從李集其他篇章中出現的「白鷺」形象之迥異不難見出。

〔註42〕〔晉〕張華《禽經》，宋咸淳《百川學海》本。

〔註43〕〔南北朝〕魏收《魏書》，中華書局，1974年，卷一百一十三，第2973～2974頁。

〔註44〕〔南北朝〕庾信《庾子山集》，明屠隆刻本，卷四，第83頁。

〔註45〕〔梁〕沈約《宋書》卷二十一考證，武英殿本。

〔註46〕《白鷺兒》曰：「白鷺兒，最高格。毛衣新成雪不敵，眾禽喧呼獨凝寂。孤眠芊芊草，久立溎溎石。前山正無雲，飛去入遙碧。」（〔唐〕劉禹錫著，瞿蛻園箋證，《劉禹錫集箋證》卷二十七，上海古籍出版社，1989年，第849頁。）

〔註47〕〔清〕沈德潛《唐詩別裁集》卷六，上海古籍出版社，1979年，第1頁。

　　除此篇之外，「白鷺」在李集中還出現過 12 次之多，然大多僅作為普通意象來用，並無明確的情感褒貶指向，其中有 3 次作為地名以「白鷺洲」的形式出現，如卷十三《宿白鷺洲寄楊江寧》：「朝別朱雀門，暮棲白鷺洲。」卷十七《送殷淑三首》其二：「白鷺洲前月，天明送客回。」卷二十一《登金陵鳳凰臺》：「三山半落青天外，二水中分白鷺洲。」大多時候作為一個籠統的形象出現，主要取其外形之飄逸，姿態之優美，如：卷八《秋浦歌十七首》其十：「山山白鷺滿，澗澗白猿吟。」其十三：「淥水淨素月，月明白鷺飛。」卷十八《涇川送族弟錞》：「錦石照玉山，兩邊白鷺鷥。」卷二十一《登金陵冶城西北謝安墩》：「白鷺映春洲，青龍見朝暾。」有時又主要取其顏色之潔白，如卷十二《贈宣城宇文太守兼呈崔侍御宣》：「白若白鷺鮮，清如清唳蟬。」卷十四《涇溪東亭寄鄭少府諤》：「我遊東亭不見君，沙上行將白鷺群。白鷺行時散飛去，又如雪霽青山雲。」有時兼顧其外形及顏色，如卷二十四《白鷺鷥》：「白鷺下秋水，孤飛如墜霜。」有時又很模糊，似只取其本意，如卷十七《送殷淑三首》其三：「醉歌驚白鷺，半夜起沙灘。」卷十八《賦得白鷺鷥送宋少府入三峽》：「白鷺拳一足，月明秋水寒。」對比這些篇章，可以發現《夷則格上白鳩拂舞辭》中「貪婪嗜殺」的「白鷺」與其餘所有的「白鷺」形象差距之大不啻雲泥，屬此篇中所獨有，且在李集中僅出現這一次，具有極大的偶發性。這是不是就意味著對白鷺的形象而言，此詩與李集中其他關涉「白鷺」的篇章是互相矛盾的呢？答案又不能簡單肯定或否定。

　　《夷則格上白鳩拂舞辭》中「白鷺」之形象，表面上看似矛盾，內在卻又具有一定的特殊性，代表了「兩宋本」注文中的「白鷹」，以及後文的「鷹鸇雕鶚」，它們同屬一類。李白在這兩首詩中，為了表達自己明確而清晰的感情褒貶傾向，把白鷺和白鷗做了固定化和類型化的對比處理，在特殊語境中故意突出並放大了白鷺「嗜殺」這一特性，與李集中其餘「白鷺」的形象大相徑庭。不像上半部分的「白

鳩」和《古風》中的「白鷗」僅指一種鳥，此處的「白鷺」代表的不是一種鳥，而是一類鳥，已經部分地脫離了其本原的形態，向後文「鷹鸇雕鶚」的涵義靠近，並一起演變成了一個模糊的類型化特殊符號，且該涵義只在這一篇中有傚，不具有普適性。李白在此做這樣的一種處理，只是為了與上半部分中的「白鳩」作明顯對比，表達對這類雖然外表形似，顏色潔白，而內心「匪仁」，貪婪又嗜殺的虛偽白鳥的痛惡。也就是說此篇中的「白鷺」並不能與現實中的「白鷺」以及其餘李集中的「白鷺」形象劃等號。

　　李集中這種意象的「矛盾性」不僅僅出現在這一首詩中。李白在此詩下半部分歌頌雞能司晨，有五德，然而在《古風》其四十「鳳飢不啄粟」中，卻對雞持嘲諷的態度：「焉能與群雞，刺蹙爭一餐。」顯然和「白鷺」一樣，屬於在特殊語境中對該意象的「臨時性顛覆重塑」，突出其眾多性格中的某一點缺陷，並極力使之向極端化的方面發展，以此來申述己意，同樣的例子在李白集中還能找到很多〔註48〕，此不一一。

　　白鷗則屬於「著重加強寓意」。《古風》其四十二《搖裔雙白鷗》篇中對「白鷗」的描寫，主要源自《列子·黃帝篇》中的一則寓言故事：

　　　　海上之人有好漚鳥者，每旦之海上，從漚鳥遊，漚鳥
　　　之至者百住而不止。其父曰：「吾聞漚鳥皆從汝遊，汝取
　　　來，吾玩之。」明日之海上，漚鳥舞而不下也。〔註49〕

在李白之前，以白鷗詠高蹈世外之人者亦非鮮見，如陳子昂《感遇詩三十八首》其三十：「唯應白鷗鳥，可為洗心言」〔註50〕，稱讚白鷗

〔註48〕比如李白詩歌中常出現的「鯨」意象，也有正反之別，參見：景遐東，劉雲飛《李白詩歌中的鯨意象及其影響》,《福建論壇》,2017年，第9期。

〔註49〕楊伯峻《列子集釋》卷第二《皇帝篇》，中華書局，1979年，第67～68頁。

〔註50〕〔唐〕陳子昂《感遇詩三十八首》其三十，卷一，黃山書社，2015年，第121頁。

可為洗心者言，《春臺引》：「恨三山之飛鶴，憶海上之白鷗」〔註51〕，追憶遨遊江海的白鷗鳥，李白在卷七《江上吟》中也說：「留仙人待乘黃鶴，海客無心隨白鷗。」然皆不及此篇中對「白鷗」形象的更深一層加強，《列子》寓言中，最後只寫到平日裏與白鷗在海上相嬉相親的人有了捕捉的機心之後，白鷗「飛而不下」。李白在《古風》其四十二中，開篇著重描寫白鷗在海上自由翶飛的優美姿態，接著通過與雲鶴的對比寫其自由自在的神韻，以及休歇嬉戲之地的幽美，最後於篇末發願：「吾亦洗心者，忘機從爾遊。」延續到了自身，從而對寓言進行了加強。從原本寓言中的「海人相遊——萌生機心——白鷗不下」的因果模式，拓展到了「白鷗翶翔——海人相狎——吾亦洗心——忘機從遊」的循環模式，亦即在簡單的「海人」「白鷗」之間，加入了一個「我」，這既是李白對自我內心渴望成為一個「忘機者」的描寫，也是對白鷗形象的著意加強。因此在李白之後，唐人詠白鷗者逐漸增多，且大多數都沿著李白「欣羨白鷗——願與之遊」這樣一條線發展，使「與白鷗遊」成為「忘機者」的一個象徵。劉長卿詩中就多次出現白鷗，且大多以「無心者」和「願與之親近」的形象出現，如《福公塔》：「誰見白鷗鳥，無心洲渚間。」〔註52〕《題大理黃主簿湖上高齋》：「閉門湖水畔，自與白鷗親。」〔註53〕《禪智寺上方懷演和尚，寺即和尚所創》：「平生江海意，惟共白鷗同。」〔註54〕另有錢起《送包何東遊》：「果乘扁舟去，若與白鷗期。」〔註55〕韋莊《婺州屏居蒙右省王拾遺車枉降訪病中延候不得因成寄謝》：「怪得白鷗驚去

〔註51〕〔唐〕陳子昂《春臺引》，卷二，黃山書社，2015 年，第 511 頁。

〔註52〕〔唐〕劉長卿著，楊世明校注《劉長卿集編年校注》，人民文學出版社，1999 年，第 66 頁。

〔註53〕〔唐〕劉長卿著，楊世明校注《劉長卿集編年校注》，人民文學出版社，1999 年，第 513 頁。

〔註54〕〔唐〕劉長卿著，楊世明校注《劉長卿集編年校注》，人民文學出版社，1999 年，第 278 頁。

〔註55〕〔唐〕錢起著，王定璋校注《錢起集校注》卷二，浙江古籍出版社，2015 年，第 44 頁。

盡，綠蘿門外有朱輪。」〔註56〕晚唐陸龜蒙寫過《白鷗並序》，黃滔
寫過《狎鷗賦》，皆承李白而來，在歌頌白鷗的同時，於詩中加入了
「自我」的意願。

（三）解讀：「白鳩」「白鷺」「白鷗」──賢人、小人、逸人的象徵

由以上白鳩、白鷺、白鷗三種白鳥的溯源，我們可以發現，李白
在《夷則格上白鳩拂舞辭》及《古風》其四十二《搖裔雙白鷗》篇中
賦予了它們各自不同的人格特徵，使其分別代表了李白潛意識中三重
不同的人格範式。它們除了顏色上的「潔白」之外，其餘無論是性情
品行、生活方式，還是象徵寓意，都有著較大的差別。

白鳩象徵「賢人」。李白在《夷則格上白鳩拂舞辭》中，開篇以
鍾鼓齊鳴狀白鳩拂舞之盛大和隆重。繼而專寫白鳩，言其白如霜雪，
已經足以令人珍視。然又非徒白也，其性情安馴，更難得的是哺育七
子，卻能做到平均如一，不偏不倚〔註57〕，此乃有仁愛均一之心也；
能首農政，暮春時節，到了播種穀物的時候，雌雄相飛，拂羽相鳴，
提醒農事〔註58〕，此乃有應時及物之功也；白鳩食物不噎，天子於王
杖頂端鏤刻其形以賜老人〔註59〕，此乃有重老敬賢之德也。白鳩有如
此種種德行，足為「賢人」之代表。

〔註56〕〔唐〕韋莊著，聶福安箋注《韋莊集箋注》，上海古籍出版社，2002
年，第 199 頁。

〔註57〕《毛詩故訓傳》曰：「鳲鳩之養其子，朝從上下，莫從下上，平均如
一。」（〔清〕段玉裁《毛詩故訓傳定本》，清嘉慶刻本，第十四，第
102 頁。）

〔註58〕《爾雅翼》曰：「鳲鳩，一名鵠鵴，又名布穀，江東呼獲穀，又呼撥
穀，又呼郭公，以此鳥鳴時布種其穀，似鷂長尾，牝牡飛鳴，翼相
靡拂。」（〔宋〕羅願著，石雲孫校點《爾雅翼》卷十四《釋鳥二》，
黃山書社，2013 年，第 167 頁）

〔註59〕《後漢書．禮儀志》：「仲秋之月，縣道皆按戶比民。年始七十者，
授之以王杖，餔之糜粥。八十九十，禮有加賜。王杖長九尺，端以
鳩鳥為飾。鳩者，不噎之鳥也，欲老人不噎。」（〔南朝〕范曄等《後
漢書．志第五．禮儀中》，中華書局，1965 年，第 3124 頁。）

　　白鷺類比「小人」。李白在下片開篇便定下了對白鷺進行批判的基調：雖然外表潔白，色似白鳩，然性非純真；外雖相似，內心匪仁。它不像雞一樣，能司晨，有五德〔註60〕，卻伺機延望，暗藏殺機，只為啄蘆葦下鮮美的遊魚，和貪婪嗜殺的鷹、鸇、雕、鶚同屬一類，乃急功近利，迫害無辜的姦佞之徒，不祥之鳥。此詩之作年不確，然大抵在天寶年間（詳見下文論析），如果說外表潔白而內心非仁的「白鷺」象徵在位之奸相李林甫的話，那麼「鷹鸇雕鶚」嗜殺而貪婪的個性則明顯隱喻其手下猙獰的酷吏及貪腐的官員。「白鷺」在此篇中乃是姦佞「小人」的象徵。

　　白鷗則隱喻「逸人」。其性愛自由，難以被人馴服，終日自在逍遙地在海面遨遊，遠離喧囂的人群和是非爭端之地。偶有純潔無機心之人到來，才會與之相互嬉戲，它不像雲中之鶴，為了追逐功名被人所乘騎，而是一生追求自由自在；一旦人萌生逮捕它的念頭，就會立刻升起警惕之心，遠遠逃離。它的休歇之處在遠離人群的月色下的沙洲之上，嬉戲遊玩的地方也在芳草叢生的幽靜小洲之間，不染塵垢，引來詩人欣羨之情。李白表明自己也願意做一個洗心之人，滌蕩世俗之塵埃，與白鷗忘機遠遊。故白鷗乃「逸人」之形象。

　　在這兩篇作品中，李白通過白鳩、白鷺、白鷗三種白鳥的刻畫，實際上不僅僅是寫白鳥本身，而是賦予了其強烈的潛意識中的三重不同人格範式，白鳩、白鷺和白鷗只是其表象，「賢人」「小人」「逸人」才是其實質。安旗也認為此篇的創作方法乃是：「以諸禽類喻人也」〔註61〕。在李白之前，因為先民時期就有把鳥作為圖騰崇拜的民族心理和文學傳統，《詩經》中出現過各種各樣的鳥類形象，隱喻人格特質的源自有之，不可一一枚舉。而在李白之後，賦予鳥類以人格化特

―――――――――――――

〔註60〕《韓詩外傳》：「君獨不見夫雞乎？首戴冠者，文也；足搏距者，武也；敵在前敢鬥者，勇也；得食相告，仁也；守夜不失時，信也。雞有此五德。」（〔漢〕韓嬰《韓詩外傳》，景上海涵芬樓藏明沈氏野竹齋刊本，卷二，第27頁。）

〔註61〕安旗《李白全集編年箋注》卷八，中華書局，2015年，第799頁。

徵的作品也並不罕見。韓愈有《雙鳥詩》，對雙鳥的描寫奇崛詭幻，想落天外，雖然此篇主旨向來說法不一〔註62〕，然大多闡釋者都注意到了韓愈在此篇中賦予雙鳥的「人格特質」，如：「此詩的『雙鳥』形象，人格化的特色很明顯……雙鳥的人格化特點和善鳴的特性，使人們比較自然地聯想起詩人的形象。」〔註63〕蘇軾也曾取法其意作《書元丹子所示李太白真》：「天人幾何同一漚，謫仙非謫乃其遊。揮斥八極隘九州，化為兩鳥鳴相酬，一鳴一止三千秋。開元有道為少留，麋之不肯貌懇求。」〔註64〕直接以雙鳥比太白和杜甫。李白之後，隨著唐代政權由穩到亂，被貶詩人數量逐漸增多，「鳥」與「人」的隱喻關係顯得更加具體而密切，主要朝著以「籠中鳥」的形象譬喻某個人（主要是詩作者或被貶友人）自身遭際的方向發展，如柳宗元《跂烏詞》《籠鷹詞》《放鷓鴣詞》，皆以鳥暗喻自我患難坎壈的人生遭際，相比李白純粹地以某種鳥類比某種人格而言，其模式、方向和側重點均已悄然發生了變化。

二、創作背景及李白「否定式」與「進化式」的理想旨歸

　　在這兩首作品中，李白對「白鳩」「白鷺」「白鷗」三者的態度極其明確：直接否定「白鷺」，一生追求成為「白鳩」，功成身退後，希冀成為超脫的「白鷗」。

　　論及李白在這兩篇中表達的理想，我們首先要關涉的便是其創作背景及作年，然這兩首作品雖然寓意甚明，但通篇比興，引譬連

〔註62〕此詩主旨大致有以下幾種：「諷刺執政者」「排斥佛老二教」「以雙鳥諷元白」「以雙鳥喻韓孟」，甚至「以雙鳥喻李杜」等。詳見《雙鳥詩》眾家匯評（韓愈《韓昌黎詩繫年集釋》卷八，上海古籍出版社，1994 年，第 839～842 頁）。論文可參考：錢志熙《奇篇試賞析——也說韓愈〈雙鳥詩〉的寓意》，《古典文學知識》，1996 年，第 5 期；王炎《論韓愈〈雙鳥詩譬喻可能性〉》，《文教資料》，2013 年，第 13 期。
〔註63〕錢志熙《奇篇試賞析——也說韓愈〈雙鳥詩〉的寓意》，《古典文學知識》，1996 年，第 41 頁。
〔註64〕〔宋〕蘇軾《東坡全集》，明成化本，卷第二十二，第 820 頁。

類，無一字能明確聯繫現實，似不好確論。詹鍈在《李白詩文繫年》中繫《夷則格上白鳩拂舞辭》於天寶三年（744），曰：「按詩云：『白鷺之白非純真，外潔其色心非仁。闕五德，無司晨，胡為啄我葭下之紫鱗。』似指貌似君子而陰為訕謗者，蓋白被讒以後所作，故云『鳳凰雖大聖，不願以為臣』耳。」〔註65〕安旗繫此篇於天寶六載（747），云：「自開元季葉以來，李林甫大權獨攬，欲盡除不附己者。天寶四載以後，重用酷吏羅希奭、吉溫為己之爪牙。二人隨林甫所欲，羅織成罪，無能脫者，於是屢興大獄，濫殺朝臣……由此可知此詩之作意及作年。若非本年春赴越途徑金陵，則是本年歲暮自越中返至金陵時。」〔註66〕僅就寓意而言，詹氏與安氏之說似皆有理，但從白鷺「嗜殺」這一李白「臨時性」強加的人格特性來說，明顯有所指示，安氏之說較為可信，如詹氏之論，僅僅指「讒言者」和「訕謗者」，似不足以當「貪而好殺」之惡評。

若依安氏之言，下片激烈指斥李林甫，則上片也當有所隱喻，非純寫自然界之白鳩。從「白鳩」之寓意來說，似指開元末年最後一位賢相張九齡，前文已言，張九齡母喪，毀不勝哀，有紫芝產坐側，白鳩、白雀巢於家樹，其在位期間，聲名顯赫，獎掖後進，直言敢諫，維護了開元盛世最後的繁榮，並預言安祿山將反，死後玄宗每有任命，便問受任者是否有「九齡風度」，後「安史之亂」果成讖語，玄宗奔蜀時憶及張九齡之言，追悔莫及，曲江憑弔。張九齡去世於開元二十八年（740），時李白已 40 歲，與此同時，開元盛世結束，天寶紀年開始。史書中雖不見李白與張九齡有直接交往，李集中也並無直接呈張九齡之詩文，然張九齡之聲名，李白定當有所耳聞。二人前後文風相繼，皆倡導復古，李白《古風》《感遇》等篇，無論從風格語言，還是敘事內容，與張九齡《感遇》詩都極為相似〔註67〕。張九

〔註65〕詹鍈《李白詩文繫年》，人民文學出版社，1984 年，第 50 頁。
〔註66〕安旗《李白全集編年箋注》卷八，中華書局，2015 年，第 801 頁。
〔註67〕〔清〕王士禎曰：「唐五言古詩凡數變，約而舉之：奪魏晉之風骨，變梁陳之俳優，陳伯玉之力最大，曲江公繼之，太白又繼之。《感遇》

齡在《感遇》其四《孤鴻海上來》中，以孤鴻自喻，以翠鳥諷刺其政
敵李林甫，意存雙關，寄託遙深，可與《夷則格上白鳩拂舞辭》相參
讀。而與李白有親密交集的杜甫在《故右僕射相國曲江張公九齡》中
稱張九齡：「千秋滄海南，名繫朱鳥影」〔註68〕，似亦可作為旁證。
由此，上部分追憶已逝的賢相，下部分指斥在位的姦臣（身份同為宰
相），篇末警醒天子慎用賢臣，遠離姦佞，前後關涉，似較為通。元
代劉履《風雅翼》選錄此篇於《古風》十八首之後，並分析其主旨
曰：「言白鳩有德之鳥，故漢帝刻形於杖以賜老人，若白鷺之外飾而
內污，與鷹鸇雕鶚貪而好殺者均為鳳凰之所棄。蓋以警夫在朝之臣無
德而貪殘者，使聖人在位，必不容之，亦可以見當時朝廷任人之不當
也。」〔註69〕是為正解。

　　《搖裔雙白鷗》篇，蕭士贇認為乃供奉翰林時所作：「此太白
託興之詩也。鮑照詩曰：『寧作野中之雙鳧，不願雲間之別鶴。』詩
意實祖乎此。雲中之鶴，乃供仙官控御者，以喻在位之人也；海上之
鷗，乃與野人狎玩者，以喻閒散之人也。太白少有放逸之志，此詩豈
供奉翰林之時，忽動江海之興而作乎？不然，何以曰『吾亦洗心者，
忘機從而遊』者哉？飄逸不可羈之氣，白心聲之所發歟！」〔註70〕
徐禎卿則認為不當繫年：「蕭說近是。大抵白志在疏逸，不在祿位，

《古風》諸篇，可追嗣宗《詠懷》，景陽《雜詩》。」（〔清〕王士禎
《古詩選‧凡例》上海：中華書局，1936 年，影《四部備要》本。）
沈德潛亦曰：「唐顯慶、龍朔間，承陳、隋之遺，幾無五言古詩矣。
陳伯玉力掃俳俍，仰追囊哲，讀《感遇》等章，何嘗黃初、正始間
也。張曲江、李供奉繼起，風裁各異，原本阮公。唐體中能復古者，
以三家為最。」（〔清〕沈德潛《說詩晬語》，人民文學出版社，1979
年，第 206 頁。）
〔註68〕〔唐〕杜甫著，〔清〕仇兆鰲《杜詩詳注》卷十六，中華書局，1979
年，第 1414 頁。
〔註69〕〔元末明初〕劉履編，何景春刊刻《風雅翼》，卷十一選詩續編一，
明弘治刊本。
〔註70〕〔宋〕楊齊賢，〔元〕蕭士贇《分類補注李太白詩》卷二，元建安余
氏勤友堂刻明修本。

故有是言。至謂供奉翰林之時，忽動江海之興，則滯矣。」〔註71〕安旗繫於天寶三年，謂：「去朝前作，言其放浪江海之志。」〔註72〕巧合的是，天寶三年，正是李白被玄宗賜金放還之時。若言兩篇皆作於此年，從表述上看，《夷則格上白鳩拂舞辭》指斥奸佞，情詞激昂，而《搖裔雙白鷗》篇則較為閒蕩舒緩，白被賜金放還之時，似不應有如此平和之心境，蕭氏認為供奉翰林之時忽動江海之興，不無道理。

　　以上諸說，不論是天寶三年，還是天寶六載，因為李林甫擅權，大唐時局已經開始滑入亂政的深淵，最終導致「安史之亂」的爆發。面對如此時局，李白在「白鳩」和「白鷺」之間，做了一個「肯定」和「否定」的選擇，這是李白性格中極端激烈、黑白分明一面的表現。李白一生對入世建功立業有著熱烈的渴望，不論是年少時為了求名而故意隱居博名，還是中年時的入長安奔走權貴，以求薦舉，都是為了完成自己的理想抱負。然而在玄宗下詔徵召，經過了短暫的榮耀和狂喜，接觸到了官場的黑暗面後，他作為詩人的浪漫潔淨的一面，以及作為一個俠士嫉惡如仇的性情，使其對現實的黑暗非常痛苦，無法接受，於是選擇逃離。又因李白終其一生追求的，也並不僅僅只是成就功名，而是「功成名遂身自退」「事了拂衣去，深藏身與名」「功成拂衣去，搖曳滄州傍」。「身」「名」被「深藏」之後做些什麼？在李白來講，一是煉丹求仙，但是這個願望明顯不具有現實可實現性；二是像范蠡一樣告別朝堂，泛舟五湖，做一個像白鷗一樣飄逸瀟灑的「逸人」，後者既是李白人生得意、前途光明的時候，所期待的圓滿而美好的結局；又是李白在人生失意、前途晦暗的時候，聊以排遣的自我安慰。李白在他的詩歌中一再申述此心願，如卷三《鳴皋歌送岑徵君》曰：「白鷗兮飛來，長與君兮相親。」卷十一《贈王判

〔註71〕郭雲鵬本引徐禎卿言，見郭雲鵬本《分類補注李太白詩文》寶善堂本，嘉靖二十二年。

〔註72〕安旗《李白全集編年箋注》卷六，中華書局，2015年，第586頁。

官，時余歸隱居廬山屏風疊》：「明朝拂衣去，永與海鷗群。」由賢德
於政的白鳩到逍遙天地的白鷗，由朝堂到江海，由完成現實人生入世
階段到跳脫出來進入成功之後出世階段，這是另一種「進化式」的理
想旨歸。

　　從「白鷺」到「白鳩」再到「白鷗」，李白在虛擬的想像中完成
了一個由「否定式」到「進化式」的理想旨歸，這也是李白終其一生
所追求的最完美的人生階段。但我們知道，「深藏身與名」的前提是
「事了」，即理想抱負實現之後，而李白終其一生都沒有實現自己「明
主賢臣」的志願，徘徊掙扎在「入世」和「出世」的泥淖中，在「白
鳩」和「白鷗」二者之間搖曳不定，痛苦抉擇。

三、李白之「白」的雙重標準與深層意蘊〔註73〕

　　李白稟性好潔淨，喜歡一切「白」的事物，白色意味著極致的
純潔，高尚，不同流合污，不與現實的黑暗渾濁妥協，意味著一種從
身體到精神，由外而內的堅守。其詩中出現過的白色動物就有白龍、
白馬、白鹿、白鶴、白兔、白猿、白駒、白鷴、白羊、白雉等，其他
意象如白虹、白雪、白雲、白沙、白煙、白石、白波、白露等等，更
是不勝枚舉，楊國娟曾統計「白」是李白詩出現頻率最高的顏色詞，
在 423 句詩中出現過 425 次〔註74〕，在這一層面上，李白對於「白」，
沒有好惡之分，但這個說法又是不準確或不全面的。前人研究李白與
「白」，只注意到了李白愛「白」，全然沒有對不同的「白」加以區分。
從另外一個層面來說，也正因為李白愛「白」到了無以復加的地步，
所以其詩歌中對大部分白色事物的描寫是帶有寓意的。如果涉及到深
層性格，在「白」之進一步的層面上，李白是有明顯的好賢惡凶、好
善厭惡之別的，這既表明李白之於「白」有著自己的雙重標準，同時

〔註73〕康懷遠有《論最喜愛用「白」字的詩人──李白》（見《李白論談》，
　　　　陝西人民教育出版社，1993 年，第 109～115 頁），可資參考。
〔註74〕楊國娟《李白詩中白字顏色象徵與運用藝術》，《中國李白研究》，
　　　　2001 年。

又顯示了「白」之於李白的特殊意義和重要程度。

　　對於自然界中一些沒有生命的事物，如白日、白雲、白雪、白波、白石、白璧、白煙、白沙、白露、白羽等，因為它們沒有好壞之分，也沒有賢惡之別，我們可以說李白是全部熱愛的，這一部分在李白集中佔有相當大的比例。但對於另外一類有生命力的白色動物，李白對其好與壞、是與非、對與錯、賢與惡的強調和要求，遠遠超越了因其自身天生外表顏色潔白而喜愛的層面，更看重的反而是其內在的某些美好品德和屬性。白鷺在《夷則格上白鳩拂舞辭》中作為一個反面的凶鳥形象，就是李白所厭惡甚至貶斥的。在這一層面上，李白對這些有生命的，有象徵意味的白色動物，有著極高的要求和標準：不僅要外表潔白，而且要內在純真，有德有仁。徒有其表面的潔白，但卻內心險惡的白色之物，代表著虛偽和狡詐，是李白所深惡的，如卷三《行路難三首》其二中的：「羞逐長安社中兒，赤雞白犬賭梨栗。」卷十二《贈宣城趙太守悅》：「自笑東郭履，側慚狐白溫。」雖然這類白色的凶惡浮華之物不多，但是我們卻不能忽視它們的存在，以及李白對他們激烈而明確的批駁態度。其出現次數不多的原因，大抵是李白性好賢善，除了在某些語境中為了批判和對比才會偶有提及，而在詩歌創作時潛意識裏對這類白色的惡物作了有意規避。

　　除此之外，另有一類如白髮、白骨、白首等，雖不至像此篇貶斥白鷺一樣激烈批判，但亦是李白所不喜之「白」。「白髮」和「白首」代表著蒼老，歲月流逝，年華不再，徒然令人傷悲，如卷三《將進酒》：「君不見高堂明鏡悲白髮，朝如青絲暮成雪。」卷八《秋浦歌》其四：「猿聲催白髮，長短盡成絲。」卷二十三《獨酌》：「東風吹愁來，白髮坐相侵。」卷三《俠客行》：「誰能書閣下，白首太玄經。」「白骨」則代表著戰爭流血，生民塗炭，使人淒愴，如卷十一《經亂離後，天恩流夜郎，憶舊遊書懷贈江夏韋太守良宰》：「白骨成丘山，蒼生竟何罪。」卷三《戰城南》：「匈奴以殺戮為耕作，古來唯

見白骨黃沙田。」卷二十四《擬古》其七：「曠野多白骨，幽魂共銷鑠」〔註75〕等。

以上，在《夷則格上白鳩拂舞辭》和《古風》其四十二《搖裔雙白鷗》篇中，李白不僅對「白鳩」「白鷺」「白鷗」的形象做了不同的傳承、改造和加強；且賦予了它們明確的人格範式，隱喻著「賢人」「小人」和「逸人」的不同形象，帶有強烈的感情色彩。尤其是「白鷺」形象的「臨時性顛覆重塑」，尤為值得我們注意，它既提醒我們李白詩歌中對同一意象運用的矛盾性和特殊性，更警惕我們李白對「白」有著雙重標準，並非愛所有的「白」。

第三節　李白《古風》「真」意解讀與盛唐詩壇的 「真偽之辨」——兼及杜甫「別裁偽體」的 另一種可能性解讀

李白、杜甫作為盛唐詩壇的「雙子星」，雖然詩風整體差異較大，但因生活時代基本相同，互相之間又有密切交往，使二人在某些詩歌理論的認識上具有相似之處，而詩歌理念的傳承往往會表現在論詩詩中。李、杜以詩論詩的詩歌中〔註76〕，有一組頗為值得我們關聯起來論述但是卻往往被割裂開來單獨作解的作品，那就是兩位詩人在《古風》和《戲為六絕句》中論述當世詩歌「真偽」（或「正偽」）這一組相對立概念時，體現出的觀點高度相似性及某種詩學理念上的共同認知和前後傳承。李白《古風》其一《大雅久不作》倡導的「清真」詩風和杜甫《戲為六絕句》中「別裁偽體」的詩論觀點甚為著名，為後人反覆闡述，然後世詩歌評論家往往對其各自單獨解說卻忽視了李白《古風》中對「真」與「非真」的甄別和杜甫之所以提出「偽體」之間的聯繫。但是從詩歌概念的前後邏輯關係上來講，沒有李白對詩

〔註75〕〔清〕王琦《李太白全集》卷二十四，中華書局，2011 年，第 935 頁。
〔註76〕主要指李白《古風》中的 3 篇和杜甫《戲為六絕句》。

歌「真」與「非真」的分辨意識和種種努力，何來杜甫「偽體」之說？
若各自單獨生發，杜甫之前少有對詩歌目為「偽體」之論調，其「別
裁偽體」的觀點突兀出現，因何而來？該作何解釋？且杜甫與李白交
往密切〔註77〕，甚至杜甫對李白自始至終都有一種崇拜的情緒貫穿於
二人的交往過程之中，在《春日憶李白》中更是以無比懷念的口吻言：
「何時一尊酒，重與細論文」〔註78〕，其所要「細論」的「文」是否
涉及到詩歌理念的共同認知，最有可能表現在哪一方面？這些問題若
從李、杜為代表的盛唐詩壇暗湧的詩歌理論概念中「真偽之辨」的角
度作解，或許會給我們提供一個全新而獨特的看問題視角。杜甫所言
「偽體」承接李白「非真」觀點而來，是其進一步接受和深化，此為
本文立足之著眼點。從先秦至盛唐，詩論沿著「正—變—弊—非真—
偽」這一條線索發展，盛唐詩壇以李、杜為首的詩人在詩歌理論中表
現出了較為明顯的「辨偽」意識，從「正變」到「真偽」，傳統詩論
內核悄然發生了質的改變，這與當時的社會整體特殊背景有關，並影
響到後世詩歌的接受方向。

〔註77〕雖然目前所見資料有限，並沒有直接材料可證明李杜分別之後相互
之間再有明顯而直接的交往，但是歷史上資料散佚嚴重，也並不能
說李杜分別之後就再無交流，李杜分別之後的交往亦有蛛絲馬蹟可
尋，郭沫若在《李白與杜甫》一文中，就多方面證明李杜分別之後
互有詩歌寄贈活動，且這些詩歌涉及到《古風》中的若干篇章，比
如《古風》其一有「我志在刪述，絕筆於獲麟」，杜甫《寄李十二白
二十韻》不僅題目有「寄」字樣，且詩句中有「幾年遭鵩鳥，獨泣
向麒麟」語，杜甫《送孔巢父謝病歸遊江東兼呈李白》中又有「罷
琴惆悵月照席，幾歲寄我空中書。南尋禹穴見李白，道甫問信今何
如」句，蕭滌非考證此詩作於天寶六載（747）年，與李白《古風》
的創作時間亦相差不大，種種跡象都能表明，李杜二人即使在分別
之後，或是直接的書信往來，或是通過共同認識的朋友，二人之間
也保持著長久的交往。

〔註78〕〔唐〕杜甫著，〔清〕仇兆鰲注《杜詩詳注》卷一，中華書局，1979
年，第 52 頁。後引杜甫詩句同出此本，卷數頁碼隨引文附錄於後，
不再一一出注。

一、李杜詩論中的「真偽之辨」與杜甫「別裁偽體」新解

〔註79〕

　　李白《古風》五十九首中對「真」〔註80〕的論述，主要體現在
《古風》其一《大雅久不作》，其三十五《醜女來效顰》和其五十《宋
國梧臺東》三篇，分列如下：

　　　　大雅久不作，吾衰竟誰陳？王風委蔓草，戰國多荊榛。
　　　龍虎相啖食，兵戈逮狂秦。正聲何微茫，哀怨起騷人。揚
　　　馬激頹波，開流蕩無垠。廢興雖萬變，憲章亦已淪。自從
　　　建安來，綺麗不足珍。聖代復元古，<u>垂衣貴清真</u>。群才屬
　　　休明，乘運共躍鱗。（其一）

　　　　醜女來效顰，還家驚四鄰。壽陵失本步，笑殺邯鄲人。
　　　一曲斐然子，<u>雕蟲喪天真</u>。棘刺造沐猴，三年費精神。功
　　　成無所用，楚楚且華身。《大雅》思文王，頌聲久崩淪。安
　　　得郢中質，一揮成風斤。（其三十五）

　　　　宋國梧臺東，野人得燕石。夸作天下珍，卻咍趙王璧。

〔註79〕　關於杜甫《戲為六絕句》的創作背景和作年，說法不一，古人大多
　　　　籠統而模糊地認為指向當時不良風氣，惜少具論；現代學者亦眾說
　　　　紛紜，有認為應作於寶應元年（762）杜甫寓居梓州時，為李瑀文學
　　　　集團中人多謗傷批駁前賢之風而發，此論可參見梁瑀霞《杜甫〈戲
　　　　為六絕句〉創作與李瑀梓州文學集團》（《中國杜甫研究會第六屆年
　　　　會論文集》，2012年），也有認為應作於上元二年（760）杜甫寓居成
　　　　都時，因處世態度和文學觀念不同，杜甫不能融入蕭穎士、李華文
　　　　學集團，為此感歎而發，見李貞《從「不薄今人愛古人」看杜甫與
　　　　「蕭李」集團的關係》（《貴州師範學院學報》，2016年，第1期）。
　　　　由於李白詩文於中晚唐和北宋早期多有散佚，李、杜交往之具體資
　　　　料缺失，直接證據難尋，本文只是從邏輯思辨的角度，從文本本身
　　　　出發，抽取文學理論中「真偽」這一組概念，從其前後傳承角度提
　　　　供對杜甫《戲為六絕句》的另外一種可能性解讀，此為本文之一部
　　　　分，李白《古風》之「真」意解讀為另一部分，兩者並行不悖；杜
　　　　《戲為六絕句》之創作背景和創作時間等具體考證，俟他日有證據
　　　　時再辨。
〔註80〕　《古風》其四《鳳飛九千仞》篇提到「舉首望仙真」，其五《太白何
　　　　蒼蒼》篇言「我來逢真人」者，明顯指「仙人」意，與「真偽之辨」
　　　　的「真」意不同，不在本文論說之列。

趙璧無緇磷，<u>燕石非貞真</u>。流俗多錯誤，豈知玉與珉。（其
五十）〔註81〕

在這三篇《古風》裏皆提到「真」字，「真」乃真實之意，與「假」
「偽」相對而言，「正」與「真」在某些情況下可作同義解，名實
相符者可稱為「真正」，與「虛偽」「虛假」互為反義，「貞」又可
假借為「正」，有「端方正直」之意〔註82〕。李白在《大雅久不作》
篇提倡復古，崇尚「清真」的詩風；在《醜女來效顰》篇認為詩人
在詩歌技法上過於雕琢會喪失其「天真」之趣；在《宋國梧臺東》
篇譏諷野人珍以為寶的燕石非「貞真」之品，不能辨識玉與珉之高
下差別，卻反過來嘲笑趙王無瑕之白璧，該篇所言「流俗多錯誤」
者，與其三十五《醜女來效顰》篇所舉效顰之醜女，邯鄲學步之壽
陵人，樂曲上過於雕琢的斐然子之樂，在荊棘上雕刻猴子並自以為
技藝高超的匠人等例子是一致的，李白認為這種時風流俗所重的都
是華麗無用之物，只有《大雅》所代表的詩歌正聲才是值得詩人追
求的。

杜甫《戲為六絕句》其三至其六與李白《古風》其一《大雅久不
作》篇有著高度的相似性，由於論述需要，分列全詩如下：

其一

庾信文章老更成，凌雲健筆意縱橫。

今人嗤點流傳賦，不覺前賢畏後生。

其二

王楊盧駱當時體，輕薄為文哂未休。

爾曹身與名俱滅，不廢江河萬古流。

〔註81〕以上三篇，分別見於清代王琦《李太白全集》卷一，聚錦堂本。後
引李白詩句同出此本，不再一一出注。

〔註82〕《尚書·太甲下》說：「一人元良，萬邦以貞」（〔唐〕孔穎達等《尚
書正義》卷八，中華書局，1980 年，第 165 頁），《論語》也有：「君
子貞而不諒」（〔魏〕何晏注，〔宋〕邢昺疏《論語注疏》卷十五，中
華書局，1980 年，第 2518 頁），皆端方正直之意。

其三

縱使盧王操翰墨，劣於漢魏近風騷。

龍文虎脊皆君馭，歷塊過都見爾曹。

其四

才力應難跨數公，凡今誰是出群雄？

或看翡翠蘭苕上，未掣鯨魚碧海中。

其五

不薄今人愛古人，清詞麗句必為鄰。

竊攀屈宋宜方駕，恐與齊梁作後塵。

其六

未及前賢更勿疑，遞相祖述復先誰。

別裁偽體親風雅，轉益多師是汝師。〔註83〕

尤其是從其五和其六來看，杜甫所言「遞相祖述」者與李白在《古風》其一《大雅久不作》篇中從前往後歷數各個時代詩歌整體風貌變化的嘗試和努力相關；其三所言「劣於漢魏近風騷」者，又與李白《古風》其一中「大雅久不作，吾衰竟誰陳」「正聲何微茫，哀怨起騷人」和《古風》其三十五中「大雅思文王，頌聲久崩淪」對《詩》《騷》的追念相關，李、杜所共同步追的古人乃創作《詩》《騷》中正聲典範的先秦時期的詩人；其「劣於漢魏」者，又與李白所言「自從建安來，綺麗不足珍」相似；而其五所言「清詞麗句」正是李白「聖代復元古，垂衣貴清真」中「清真」之意的延續，句意的表達上有高度相似性。

杜甫詩歌中對「偽體」〔註84〕的論述以《戲為六絕句》最為著

〔註83〕〔唐〕杜甫著，〔清〕仇兆鰲注《杜詩詳注》卷十一，中華書局，1979年，第899～902頁。

〔註84〕杜甫所「別裁」之「偽體」究竟所指為何，歷來各家說法不一。現代學者朱立元《美學大辭典》認為：「偽體，指因襲模擬，毫無生命力的文學作品。」「別裁偽體」，是「進行去偽存真的文學選擇。」（上海辭書出版社，2014年，修訂本，第199頁。）傅璇琮，許逸民等主編《中國詩學大辭典》進一步認為：「偽體，偽者不真之別名，指的

名，也最具代表性，那麼反過來看，杜甫對「真」是怎樣的態度呢？是否和李白《古風》所言「清真」「天真」「貞真」有相似之處呢？杜甫詩歌中提及「真」字者有許多，排除與本文所論意思完全無關者，尚有多處明顯可以看出與李白所倡之「真」有密切聯繫，最直接的是杜甫懷念李白所作的《寄李十二白二十韻》，言：「劇談憐野逸，嗜酒見天真」（卷八，662 頁），稱揚李白「天真」自然的本性，可謂知李白甚深；在《贈王二十四侍御契四十韻》中曰：「由來意氣合，直取性情真」（卷十三，1126 頁），又直接表明杜甫交友的標準是志趣投合，性情真誠；在《寄張十二山人彪三十韻》中，杜甫自我感歎：「疏懶為名誤，驅馳喪我真」（卷八，657 頁），認為自己為名利所誤，整日奔波，是在逐漸喪失自己天真自然的本性；在《促織》中說：「悲絲與急管，感激異天真」（卷七，611 頁），在《寄薛三郎中據》中說：「二公化為土，嗜酒不失真」（卷十八，1621 頁），在《李潮八分小篆歌》中說：「嶧山之碑野火焚，棗木傳刻肥失真」（卷十八，1550 頁），對「天真」自然者，人物品性之「不失真」和書法篆刻之「失真」等各個方面所表現出的「真」與「非真」都有強調和分辨；杜甫還有一首《敬寄族弟唐十八使君》，其中有言：「⋯⋯在今最磊落，巧偽莫敢親⋯⋯物白諱受玷，行高無污真⋯⋯長年已省柂，慰此貞良臣」（卷二十一，1864～1865 頁）明顯是對當世機巧偽詐之風的批駁，同時盛讚族弟品性真貞，雖然一時蒙受小人玷污，終歸還是一個貞良之臣。以上這些對「真」的表達，與李白在《古風》中對「真」的看法和杜甫在《戲為六絕句》中對「偽體」的態度都是一致的。綜上，杜甫認為所要別裁的「偽體」雖然未明言到底為何體，但應與李

是那些違背了《詩經》以來優良的風雅傳統和現實精神的作品。」（浙江教育出版社，1999 年，第 115 頁。）任競澤《杜甫的文體學思想》（《廣東社會科學》，2015 年，第 2 期）則認為指的是杜甫在「集文體之大成」的基礎上體現出的「辨體意識」，關注點則在「體」之一面，而忽視了杜甫對「偽」的強調。結合李白之「真」與杜甫之「偽」，從基本概念「一體兩面」的角度出發論述，似乎更為合理。

白所言雕蟲之功和流俗錯誤的詩歌體式無太大區別，而其所倡者也應
該是符合「清真」「天真」「貞真」特徵的「真詩正體」。

　　基於李白、杜甫二人對「真偽」的共同認識，我們甚至可以提出
一種大膽的假設，有理由懷疑並認為杜甫《戲為六絕句》後四首尤其
是其五和其六皆是為隱約照應太白《古風》而作〔註85〕。理由除了以

〔註85〕認為《戲為六絕句》為杜甫指向李白而作之觀點雖不常見，但亦非
　　　　筆者首倡，周鳳章《〈戲為六絕句〉為李杜之爭》（《寶雞師院學報》，
　　　　19 年，第 2 期）持類似論調，認為《戲為六絕句》和《古風其一》
　　　　乃杜甫與李白詩學觀點差異之爭；筆者認為，周先生之文雖有一定
　　　　合理之處，但仍頗多主觀臆斷，李、杜觀點雖有爭論之處，亦不無
　　　　相互影響，李、杜作為唐代詩壇乃至整個中國古代詩歌史上成就最
　　　　高，且在某種程度上被推向詩壇「仙聖」地位的兩大具有範式意味
　　　　的詩人，面對詩歌發展史上的共同問題，究其癥結所在，探討反省
　　　　詩歌本質及走向，其詩論觀點自有高屋建瓴的相通之處，李白對《古
　　　　風》的重視昭然明晰，杜甫雖題為「戲」作，內容亦非遊戲筆墨，
　　　　泛泛而論，假使真如周先生所言《戲為六絕句》為李、杜之爭所發，
　　　　亦非純為意氣之爭，差異處自然要辨，詩歌理論相互契合的合理之
　　　　處，亦須言明。本文著眼點雖與周先生之文相同，都指向杜甫映像李
　　　　白而作，但行文思路與周先生之文頗有正反之差，故注明，周先生之
　　　　論析詳見論文，茲不贅述。杜詩注本頗多，宋代已經號稱「千家注
　　　　杜」，關於《戲為六絕句》的題旨，限於論述重點和篇幅，我們不可
　　　　能一一窮盡，只能擇要以作考察。筆者遍查杜詩唐宋以來各種重要
　　　　注本，包括古本如楊倫《杜詩鏡銓》、錢謙益《錢注杜詩》、仇兆鰲
　　　　《杜少陵集詳注》、朱鶴齡《杜工部詩集輯注》等，以及近現代杜詩
　　　　選本如鄧魁英、聶石樵《杜甫選集》等，對《戲為六絕句》的解讀
　　　　在題旨上基本大致相同，均認為杜甫是以遊戲筆墨的態度，針對當
　　　　時後生譏誚前賢而作；但在個別字句理解上的差異之處，往往不能
　　　　互圓其說。這一點往往為人所忽視，比如「汝」的所指，見下文論
　　　　析。關於「偽體」，錢謙益認為：「騷雅有真騷雅，漢魏有真漢魏，等
　　　　而下之，至於齊梁唐初，靡不有真面目焉，捨是則皆偽體也。」（《錢
　　　　注杜詩》卷十二，中華書局，1958 年，第 407 頁。）然《騷》《雅》
　　　　作為中國古典詩歌的源頭，漢魏五言古詩又作為五言詩的源頭，對
　　　　於源頭來說，發源之初，肇始之端，「正變」之論或有之，但有何「真
　　　　偽」可言？齊梁以下，雖無「真偽」之論，然詩歌創作中實則支脈
　　　　漸多，雜蕪叢生，即李白所言「王風委蔓草，戰國多荊榛」者，越
　　　　來越真偽難辨，所以到了李白、杜甫，才有了辨別「真偽」的意識和
　　　　努力，此為事物發展之必經的階段和規律，詩歌自然也不例外。

上所論詩句用詞到觀點的種種相似之處外，還有如下幾點頗值得玩味的地方：首先，其三之「君」，其六之「汝」所指為何人？〔註86〕沒理由在前兩首中其一寫庾信，其二寫王、楊、盧、駱，都是具體的詩人個體，而到了後幾首就變成了模糊的不確定的群體性所指；第二，在其四中所言「今」之能「出群雄」之上，堪稱「掣鯨手」〔註87〕者，在當時也只有太白能有如此之影響力，能駕馭「龍文虎脊」，掣「鯨魚」於「碧海」中者，也只有太白能有此天資縱橫之才情氣魄，從杜甫寫給李白的詩歌來看，能讓杜甫給予如此之高的評價者，也唯有其一路追揚崇慕的李白一人而已；第三，「鯨魚」與「碧海」又是太白詩歌中常見之意象，以之隱喻李白其人自然而然；第四，其五中所言「愛古人」「清詞麗句」「竊攀屈宋」「恐與齊梁作後塵」者，都可從李白古風《大雅久不作》篇中句子找到一一對應關係；第五，從歷代以來詩歌評論家對《古風》五十九首的溯源可知〔註88〕，「別裁偽體親風雅」正是李白在《古風》五十九首中所作種種努力的體現，「轉益多師」者也正是李白在《古風》五十九首中糅合《小雅》《國風》《騷》體和阮籍《詠懷》，左思《詠史》，郭璞《遊仙》，陳子昂、張九齡《感遇》詩的種種表現。所以，我們疏通一下這一組詩歌各篇之間的前後關聯，大體乃是：其一其二是杜甫借當時輕薄者對庾信與王、楊、盧、駱的輕慢態度而發言，批駁這種輕侮前賢的風氣；其三其四是過渡，隱約提出能駕馭「龍紋虎脊」和「出群雄」者，並未明言；其五其六則完全是基於李白《古風》其一《大雅久不作》而言，

〔註86〕對其六「汝」之理解，各家說法不一，如錢謙益認為：「呼之曰汝，所謂爾曹也」（《錢注杜詩》卷十二，中華書局，1958 年，第 407 頁），認為指杜甫所批輕薄之徒；王嗣奭則曰：「此亦公之自道也」（《杜少陵集詳注》卷十一，文學古籍刊行社出版，1955 年，第 55 頁），認為指杜甫自身而言。此為矛盾難解之處。

〔註87〕葛立方曰：「李太白、杜子美，皆掣鯨手也。」（《韻語陽秋》卷三，上海古籍出版社，1984 年，據上海圖書館藏宋刻本影印。）

〔註88〕關於對《古風》的溯源，已於第二章論述，限於篇幅題旨，此不展開。

從各個角度化用其句詩意指向李白，其所言「別裁僞體」者，正是李白在《古風》中對「真」的一系列探索和對「非真」所做出的種種甄別、辨別的努力。

那麼，緣何後世對杜甫這一組詩歌的接受，整體上都傾向於認為杜甫所言乃是泛指爾曹輩？首先，此論有其合理之處，韓愈言：「李杜文章在，光焰萬丈長。不知群兒愚，那用故謗傷」〔註89〕，雖然是針對韓愈生活時代的人對李、杜的指謫而言的，但是我們從杜甫《戲為六絕句》中可以看出，這種輕慢前人的風氣在杜甫時代當已產生，杜甫《戲為六絕句》正是針對當時輕薄之徒在現實中對前人及自身的肆意謗傷之風而發〔註90〕，這是其大的整體寫作背景和契機，適用於前兩首，但是不能作為對後四首的具體解讀。杜甫《戲為六絕句》後四首，是在批評這種風氣之後，隱約襃揚追慕太白《古風》之「正」處，承繼太白《古風》中對「真」與「非真」的解讀，提出《古風》乃「別裁僞體親風雅」之力作，堪為表率，與前文輕薄之徒作比。其次，後世尤其是宋代對李、杜這兩組詩接受上的偏差和錯位，與太白《古風》在李白詩歌整體接受史上所受到的關注過晚有關，《古風》至南宋朱熹才開始受到關注，而杜甫的詩歌在北宋黃庭堅為代表的江西詩派的搖旗吶喊下早已是熾熱之狀了，二者之間出現了接受時段上的錯位，然我們從詩歌自身發展史上來看，李白在杜甫之前，杜甫又極其景仰李白，二人在論詩歌「真僞」的問題上，其先後次序應該是李白先強調「真」與「非真」，杜甫在贊同並接受的基礎上再進一步深化，強調要「別裁僞體」，沒有李白對「真」的重視和對「真」與「非真」區別的質疑，何來杜甫「僞體」之說？此先後次序是不可顛

〔註89〕〔唐〕韓愈著，錢仲聯集釋《韓昌黎詩繫年集釋》，上海古籍出版社，1994 年，第 989 頁。

〔註90〕這種對李、杜的「謗傷」之風，與杜甫同時代而略晚於杜甫的竇宇《奉酬楊侍郎十兄見贈之作》中有所流露，曰：「翠羽雕蟲日日新，翰林工部愁何神。」大抵杜甫寫作《戲為六絕句》，亦有借對誹謗前賢之風的批判，來暗諷誹謗自身和李白者之意。

倒而論的。

然李白、杜甫這兩組詩歌在宋代接受史上的時空錯位，造成了後人解讀方向上的整體偏頗，雖然概言杜甫乃泛指也能從大體上作合理性的解讀，但各注家在小問題及詩句的詳細理解上總是不能達到一致統一，互圓其說，尤其是影響到明清人注杜詩時對杜甫這一組詩歌的評價方向，清人不從李、杜「真偽」之先後次序出發，而是受宋人影響，在接受其優點的同時也很難甄辨其不足之處，造成接受上的二次誤讀。但我們由此亦可見出杜甫知李白甚深，二人對詩之「真偽」的觀點看法一脈相承，不無緣由，亦非偶然，從杜甫寫給李白的詩中，我們也能看出二人在交往的過程中，是探討過詩歌理論問題的，如《春日憶李白》寫到：「白也詩無敵，飄然思不群。清新庾開府，俊逸鮑參軍。渭北春天樹，江東日暮雲。何時一尊酒，重與細論文？」〔註91〕李白俊逸的詩風是為人所熟識的，而以「清新」論李白者，則甚為少見，杜甫偏偏在這裡拈舉出「清新」二字，這與李白在《古風》其一《大雅久不作》篇對「清真」詩風的提倡是一致的，且杜甫懷念李白的一個很重要的理由就是，相見之後，可以把酒「細論文」，一個「重」字，一個「細」字，向我們顯示出二人在交往的過程中，對某些詩歌理念是至少有過一次深入探討的，且杜甫對李白詩論中的某些理念印象較為深刻，受到了相當大的影響，認為李白詩風乃「清真」與「俊逸」並重。後人解杜之「別裁偽體親風雅」，不從李白之「真」與杜甫之「偽」二字著眼，而單論杜甫者，往往易入歧途而不自覺。

除了李白、杜甫，約與李白同時代且交往密切的道士吳筠，在《覽古》十四首中也有類似對「偽」的表達：「興亡道之運，否泰理所全。奈何淳古風，既往不復旋。三皇已散樸，五帝初尚賢。王業與霸功，浮偽日以宣。忠誠及狙詐，殽混安可甄。余智入九霄，守愚淪

〔註91〕〔唐〕杜甫著，〔清〕仇兆鰲注《杜詩詳注》卷一，中華書局，1979年，第52頁。

重泉。永懷巢居時，感涕徒泫然。」〔註92〕吳筠在感慨興亡之運，自有天道，否極泰來，也是理所當然的同時，對世風澆薄，淳古之風不再的現實生發出無限感歎，認為當世浮薄狡詐之風日盛，忠誠貞潔和狙詐機巧相互混淆，不易甄辨，一個「甄」字，顯示出詩人辨別「真偽」的意識和努力，吳筠又有言：「豈作者之唯艱，誠歷世而可久，莫不道貫通於古今，跡無繫於奇偶，鎮末代之偽薄，使向風而歸厚」〔註93〕，正顯示了在詩歌創作中辨別「真偽」，追求「真正」之風，脫離澆薄之勢，努力使風氣歸於「淳厚」的努力，其《覽古》十四首，基本上是這種努力的體現，與李白的《古風》宗旨相似，在宋初姚鉉所編《唐文粹》中，皆被收入《古風》一類。

　　稍晚於李、杜、吳三人的孟郊在《送任齊二秀才自洞庭遊宣城並序》中也說：「文章者，賢人之心氣也。心氣樂則文章正，心氣非則文章不正。當正而不正者，心氣之偽也。賢與偽見於文章。一直之詞，衰代多禍。賢無曲詞。文章之曲直，不由於心氣；心氣之悲樂，亦不由賢人；由於時故。」〔註94〕認為盛世之文章是賢人心氣的體現，心氣和樂則文章氣正，心氣詭詐則文章不正，人心之賢與偽，在文章中可一覽無餘，然世道衰微之時多禍害橫生，文章之曲直已經和詩人個人心氣之悲樂，品性之賢偽沒有太大的關係了，反而主要受時代風氣影響。

　　關於詩歌「正／真偽」的問題，在盛唐詩壇不是一場宗旨明確、群體龐大的論爭，以上詩人詩文作品中所體現出來的，也只是一種努力識別、辨別並維護詩歌正源的意識和努力。就目前所見資料來看，在當世詩壇並未見大型的群體性論爭，只是在個人的詩文作品中有所道及，這是李、杜等人「真偽之辨」與稍後的韓愈等人所倡導的「古

〔註92〕〔唐〕吳筠《宗玄集》卷下，上海古籍出版社，1992 年，第 28 頁。
〔註93〕同上，第 7 頁。
〔註94〕〔唐〕孟郊著，韓泉欣校注《孟郊集校注》卷第七，浙江古籍出版社，2012 年，第 325 頁。

文運動」和元、白等人發起的「新樂府運動」的不同之處，也是其受到忽視的重要緣由。但是李白、杜甫、吳筠等作為生活時代大致相同的詩人，其相互之間的交往又比較密切，在詩歌作品中共同體現出這種努力甄別分辨詩歌作品「真偽」的意識，並在詩文中闡述個人觀點的努力，當不僅僅只是完全偶然和獨立的個人行為而已，而是某一個時期在相似的背景下詩人共同產生的對詩歌的「辨偽意識」，這種意識的產生，表明了先秦時期即產生並一直影響到唐代的「正變」為主導的詩論內核悄然發生了某種質的轉變。

二、從「正變」到「真偽」：李白《古風》「真」意解讀

　　唐以前，尤其是先秦兩漢時期，詩歌強調「正變」，《詩大序》中言：「至於王道衰，禮義廢，政教失，國異政，家殊俗，而變風變雅作矣。」〔註95〕此「變風變雅」是與「正風正雅」相對而言的概念，以王道政教得失，家國禮儀風俗變遷為評判標準，「變風變雅」大約產生於西周王道衰微時期，溫柔敦厚之氣漸少，而怨誹諷諫之言增多，但是情緒的發洩還能保持在比較克制的範疇之內，依然維繫著「風雅」的精神旨歸，是以才有了「國風好色而不淫，小雅怨誹而不亂」〔註96〕的說法。其後雖經歷了漢魏風骨，給五言詩提供了一個良好的發端和模仿學習的榜樣，奈何齊梁陳隋，綺靡之音漸熾，離詩之正道愈來愈遠。

　　所以到了初唐陳子昂，在《與東方左史虬修竹篇序》中才感歎說：「文章道弊五百年矣……余嘗觀齊梁間詩，采麗競繁而興寄都絕……常恐逶迤頹靡，風雅不作，以耿耿也。」〔註97〕陳子昂以復古

〔註95〕〔漢〕毛亨傳，鄭玄箋，〔唐〕孔穎達疏，陸德明音釋《毛詩注疏》，上海古籍出版社，2013年，第17頁。

〔註96〕〔漢〕司馬遷《史記·屈原賈生列傳》卷十四，中華書局，1983年，第509頁。

〔註97〕〔唐〕陳子昂著，彭慶生校注《陳子昂集校注》卷一，黃山書社，2015年，第163頁。

為革新的努力，主要提出了「風骨」和「興寄」兩個概念，並且首次把「漢魏風骨」和「風雅比興」聯繫起來，這樣，其復古的目的就不僅僅是「風雅」中的美刺比興傳統而已，而是偏向於在詩歌中恢復漢魏風骨的剛健之風和慷慨悲涼之氣，在詩歌創作中追求濟世之志和文人意氣。陳子昂的認識使初唐人耳目一新，對詩道的振興有振聲發聵之功。然陳子昂認為建安以來文章之道「弊」，乃在強調齊梁以來的詩風是衰敗、疲困而有害的，是「變」而「非正」的，但是卻還沒有到「偽」的地步，還是可以拯救的，所以要興利除弊，也就是要重新振興「漢魏風骨」，恢復風雅傳統，以革除這種齊梁以來詩歌發展上的疲病之態勢。

　　到了李白，在《古風》中則一再強調「真」與「非真」，努力辨別什麼是「真」詩，什麼是「非真」之詩；至杜甫，則直言要別裁「偽體」，認為這些「偽體」已經是不能拯救的了，在學詩「轉益多師」的過程中，當歸入「別裁」之一列。

　　我們從以上各個階段發展之關鍵詞可以看出，由「正變」到「真偽」，詩歌發展大致經歷了如下幾個階段：

先秦　→　漢魏　→　梁陳　→　李白　→　杜甫

正　→　　變　→　　弊　→　非真　→　偽

量變　────────→　質變

在上述變化過程中從前往後有著上下對應關係，「正變」強調的是社會風氣的變化導致的詩歌表層表現方式的不同，主要體現在兩個方面：一是社會風氣的變化，由中和清明到流蕩澆薄，導致詩歌內容發生了變化；二是詩人表達方式的變化，由溫柔敦厚到激烈指斥，但是情感的表達總體上還能控制並保持在一個合理的範圍之內。從強調「正變」到關注「真偽」，其發展的不同時段是有所卻別的。由「正」到「變」，其本質內核不變，變化的主要是外在的，形式的，語言的，以及帶給讀者感官刺激程度上的差異。由「變」到「弊」，其變的程度加深，已經不能維持在「風雅」內核的層面，流於病態的

頹勢。由「弊」到「非真」，其本質已經發生了改變，但從程度上來說，還顯得輕微。到了「偽」的地步，無論是本質還是表達，都已經達到了了不可挽救的地步了，要「別裁」之，排除到真正的詩歌之外了。「非真」和「偽」強調的是詩歌的內核，是屬於質的層面，詩作在書寫內容上發生了極大的轉變，在格調和精神層面也已經完全不能延續前賢之遺。前三者「正」「變」「弊」是量的變化，後兩者「非真」「偽」是質的改變。

概言之，從「正變」到「真偽」，是由正統觀念的量變到質變過程所引發的「辨偽意識」，在這個過程中詩論內核在李、杜身上悄然發生了質的轉變，李、杜認為，對於詩歌發展過程中的「變」「弊」和「非真」之間的差異，要「別」，努力甄別，甄辨，在認識上還能接受其作為詩歌之本質的一面，但對於「偽」而言，則在甄別、甄辨的同時，要「裁」，從詩人學習的對象中排除出去。這種詩論內核的轉變，加上李、杜在唐詩史上無可匹敵的地位和無以復加的影響力，極大地引導了後世詩歌評論者，學習者和編選者的整體接受方向的轉變。

基於以上，我們可以總結李白在《古風》中所倡導的「真」，應具有如下幾個方面的內涵：首先，李白《古風》之「真」意，在於源頭上要「正」，《大雅》正聲才是其崇尚的「真正」之詩，陳子昂雖然提倡復歸風雅，實際上是折衷「風雅正源」與當世綺麗之風，取法「漢魏風骨」，李白在《古風》中對「真」與「非真」的強調，以及整個《古風》五十九首所顯示出來的，是直追《詩》《騷》的努力，基於對詩之「正源」的重視，所以再三甄別論說到底什麼才是「貞真」之詩。其次，李白《古風》中提出了「真詩」風格上的具體評判標準，即「清真」「天真」「貞真」三者，「清真」者〔註98〕，對應「綺靡」

────────────────

〔註98〕對李白「清真」詩風的探討，代不乏人，幾乎所有論及「清真」詩風者，均會提到李白《大雅久不作》。如章學誠：」昔李白論詩，貴於清真，此乃今古論詩文之準則，故至今懸功令焉。」（章學誠撰，

而言，偏重於清麗之一面，避免浮華艷麗，錯彩鏤金等語言表層上的技巧性繁飾，倡導恢復詩歌「清」之本性，是宏觀層面對詩風的倡導者〔註99〕提出的要求；「天真」者，即強調「自然而然」，在詩歌創作手法上不要過於強調技巧性的雕琢，而要回歸自然之本來樣態，詩歌要成為詩人內心真實情感的自然流露，是對詩歌的創作者，即作詩者本人提出的要求；「貞真」者，強調在詩歌創作中要有「識」辨之明，對於流俗所崇尚之錯誤的風氣，和真正白璧無瑕的好詩，要有自我的

葉瑛校注《文史通義校注》，中華書局，2014 年，第 660 頁）。又如傅璇琮，許逸民等主編《中國詩學大辭典》解釋「清真」的概念：「古代詩學概念。語見晉山濤稱阮咸『清真寡欲，萬物不能移也。』（《世說新語・賞譽》）原用於品鑒人物，指其自然真率，不矯飾性情，不為俗塵所染。後為文學家所接受，用來批評文學。如李白《古風》其一『聖代復元古，垂衣貴清真』。頌揚唐王朝上追黃帝、堯、舜，實行無為而治，其中亦包括實施所謂崇尚淳質，摒黜浮華的文化政策。李白認為此種政策促使文壇風氣朝自然質樸的方向轉變。他本人崇尚『清水出芙蓉，天然去雕飾』（《經亂離後天恩流夜郎憶舊遊書懷贈韋太守良宰》）之美，其詩作明朗自然，奔放飄逸，正可謂『清真』理想的體現。」（浙江教育出版社，1999 年，第 126 頁）。王運熙《李白的文學批評》也認為「重視清真自然，力圖扭轉南朝以來的浮靡之風。」（《中國李白研究集萃》，第 490～491 頁）。餘者多論其乃「綺麗」的對立面，含淳樸自然之意。惟俞平伯主編《唐詩鑒賞辭典》沈熙乾評《大雅久不作》一反故意，翻為新說：「王、楊、盧、駱、沈、宋的詩，雖各有勝處，但用『清真』兩字，也只是李白個人的說法，而不足以代表初盛唐的風格。」（上海辭書出版社，2013 年，第 229 頁。）另有潘顯一等《道教美學思想史研究》設專節論「李白的『清真』文藝美學」（商務印書館，2010 年。）梁森《李白「清真」詩風探源》（《中州學刊》，2005 年，第 5 期）等，可供參看。縱觀各家觀點，所忽視略有兩端：一是對「清」和「真」分開論述者不多，這本是兩個側重點完全不同的概念，「清」更傾向於語詞表達，清新潔淨，有淘洗之功；「真」則更傾向於感情抒發，真實自然，尋源歸正。二是相比來說，對《古風》中另外兩個與「真」密切相關的概念，「貞真」和「天真」的關注較少。

〔註99〕李白在《古風》其一中言「聖代復元古，垂衣貴清真」，意即大唐王朝盛世要想恢復元古醇正之風，就應該垂拱而治，提倡清真的文風。對於文學而言，往往上行下傚，能影響一代文風的「倡導者」約等同於以皇帝為代表的上層統治階級。

正確判斷，是對詩歌的接受者提出的要求；以上三者，是李白在《古風》中對「真」之涵義不同層面詳細而具體的表達。第三，是自然。李白在《古風》中對「清真」詩風的倡導，雖然沒有明言，但是還含有「自然」之一面，提倡保有人和物之自然「本性」和「本心」，獨立不遷，不隨世俗而變，在《古風》其六《代馬不思越》篇中說「情性有所習，土風固其然」，其十二《松柏本孤直》篇中說「松柏本孤直，難為桃李顏」，其四十七《桃花開東園》篇說「詎知南山松，獨立自蕭瑟」都是對物之自然本性堅貞不改的頌讚，包括其三十五《醜女來效顰》篇，也是倡導摒除外在的巧飾雕琢之功，恢復自然而然的天真之態。因為李白很明確地認識到天真自然則趨於人本性之純良，而機巧雕飾則易流於詭詐的自然法則運行規律。唐書《無能子‧質妄第五》中也有類似的認識和表達：「今人莫不失自然正性而趨之，以至於詐偽激者。」〔註100〕提出人在失去自然本性之正的時候，容易流於狡詐的觀點，進而詳細論述其間的關係，說：「文出於行，行出於心，心出於自然。不自然則心生，心生則行薄，行薄則文縟，文縟則偽，偽則亂，亂則聖人所以不能救也」〔註101〕認為詩文表現個人行為，而行為又出於本心的自然流露，心不自然，嫌隙滋生的話，行為會趨於澆薄，行為澆薄則詩文繁縟，詩文繁縟則偽作叢生，亂象顯現，即使聖人也不能救了。

三、「真偽之辨」發生的社會背景及在晚唐的延續

盛唐以李、杜為代表的詩人在詩歌作品中體現出的「真偽之辨」，與初唐至李、杜時期大的社會背景中太宗朝對真、信的強調，以及武則天朝特殊的朝代身份轉換有一定的關係。初唐時期，太宗朝在治國之策上對真、信十分強調和重視，《貞觀政要》載魏徵直言進諫曰：

〔註100〕〔唐〕佚名著，王明校注《無能子校注》卷上，中華書局，1981年，第9頁。

〔註101〕同上，卷下，第41頁。

「陛下每云：『我之為君，以誠信待物，欲使官人百姓，並無矯偽之心。自登極已來，大事三數，皆是不信，復何以取信於人？』太宗愕然曰：『所云不信，是何等也？』」〔註102〕從「陛下每云」可以看出，太宗平日裏對誠信是極為看中的，其目的是通過自身的重視使社會從上到下都沒有矯偽之心，世風歸於淳厚，魏徵敢直言太宗為君之過失，也正是基於太宗對誠信向來重視的態度。唐太宗與魏徵這一對明君賢臣，共同開創了初唐時「貞觀之治」的盛世太平，給了後來的士人以莫大的鼓舞和幻想，極大地激發了士人為官從政，實現理想的抱負和激情，李白對於「聖代復元古」美好願景的期許，也正是以大唐初期的清明之治為前提的〔註103〕。太宗朝在律法上對「詐偽」的懲處也是格外嚴格的，《故唐律疏議卷第二十五》專列《詐偽》一卷，凡二十七條，對各種涉及詐偽的行為都規定了詳細的懲處措施。《貞觀政要》又載：「是時，朝廷盛開選舉，或有詐偽階資者，太宗令其自首，不首，罪至於死。俄有詐偽者事洩，胄據法斷流以奏之。太宗曰：『朕下敕不首者死，今斷從流，是示天下以不信矣。』胄曰：『陛下當即殺之，非臣所及，既付所司，臣不敢虧法。』太宗曰：『卿自守法，而令朕失信耶？』」〔註104〕大理少卿戴胄和太宗的矛盾衝突顯示出了君主和朝臣對自我「真信守諾」和職位操守的堅持，太宗認為詐偽階資者應該處死，在太宗而言，其所顯示的一方面是對詐偽者的痛恨，另一方面是君王對言出必守信的重視和堅持，以及失信給君王顏面帶來的傷害；而戴胄作為執法者則判定為流放，也是對律法的堅持。君王與臣子的爭論中，共同體現的是整個上層統治階級對詐偽的

〔註102〕〔唐〕吳兢著，謝保成集校《貞觀政要集校》卷二，中華書局，2003年，第117頁。

〔註103〕廖美玉《大雅的失落與召喚——唐代詩人的盛世論述與王道想像》（《南開學報》，2011年，第5期）認為唐代詩人關注政治，呼應《大雅》的創作精神，從而對「盛世」和「王道」抱有極高的幻想，所顯示的是詩人透過文學以參政的期待。其觀點有值得參考之處。

〔註104〕〔唐〕吳兢著，謝保成集校《貞觀政要集校》卷五，中華書局，2003年，第281頁。

嚴厲懲處和對「真」「信」的共同堅守。這種良好的社會風氣，引導了整個社會層面對「真」的價值信仰走向。

然到了武則天朝，女主當政，牝雞司晨，駱賓王作《代徐敬業傳檄天下文》，開篇即以「偽」字開頭，說：「偽臨朝武氏者，人非溫順，地實寒微……」〔註105〕武氏一朝，多被其反對者稱為「偽朝」，這種稱謂一方面是男權社會對於女性稱帝的極端心理性排斥，一方面顯示了封建時代士人深入骨髓的正統觀念，只有李姓男子為帝，才是正統。「正偽」的意識經武則天一朝的刺激，凸顯於世人面前，「辨偽」成為了武后一朝一個敢想而不敢言的話題。在李白《古風》其一中，李白幻想中「聖代復元古」的大唐盛世，本應沿著太宗朝的清明之治繼續發展，但「偽武」擅權，這一切都變成了一種幻想。

到了晚唐，大唐王朝整體走向衰微，衰世多詐偽橫滋，上論產生於晚唐的唐書《無能子》對人心之自然與文章之詐偽的論說即發生於此時。另外，最具代表性的是晚唐羅隱《兩同書·真偽第八》中的論述，限於篇幅，節選重要句子如下：

> ……善惡相生，是非交蹂，形彰而影附，唇竭而齒寒，苟有其真，不能無其偽也……愚小莫不攘臂切齒以疾姦佞，及所誅逐則謬加賢良，此有識者之所嗟痛也。夫山雞無靈，買之者謂之鳳，野麟嘉瑞，傷之者謂之麘。然麟鳳有圖，麘雞無識，猶復以真為偽，以偽為真……是以魯退仲尼，委政於季氏……趙信郭開而殺李牧，卞和獻玉反遇楚刑，東郭吹竽濫食齊祿。若斯之類，實繁有徒，然則所是不必真，所非不必偽也。故真偽之際有數術焉，不可不察也。何者？夫眾之所譽者不可必謂其善也，眾之所毀者不可必謂其惡也。我之所親者不可必謂其賢也，我之所疎者不可必謂其鄙也……然則良馬驗之於馳驟，則駑駿可分，不藉孫陽之舉也；柔刃徵之於斷割，則利鈍可見，不勞風

〔註105〕〔唐〕駱賓王著，〔清〕陳熙晉箋，王群栗標點《駱賓王集》卷十，浙江古籍出版社，2015年，第476頁。

胡之談也；苟有難知之人，試之以任事，則真偽自辯，以
塞天下之訟也。故先王之用人也……然後素絲皆染，白璧
投泥而不渝；黃葉並彫，青松凌霜而獨秀，則偽者去而真
者得矣。〔註106〕

羅隱的論述，雖然是基於統治者如何辨別真偽，從施政層面為治國獻
策。但其所論之關鍵詞與李白《古風》中的諸多篇目可相對應，羅隱
關於「真偽」主要有如下幾點論述：首先，「真偽」相生，不可單獨
論述，李白亦有此認識，在《古風》中一直致力於辨別「真」與「非
真」，如其五十對野人之燕石和趙王之白璧的比較；其二，世人常有
「以偽為真」，混淆不辨者，羅隱所舉山雞鳳凰難辨，魯退仲尼，卞
和獻玉反受刑法者，與《古風》其四十言「鳳飢不啄粟，所食唯琅玕。
焉能與群雞，刺促爭一飧」，《古風》其二十九《三季分戰國》篇「仲
尼欲浮海，吾祖之流沙」，《古風》其三十六「抱玉入楚國，見疑古所
聞。良寶終見棄，徒勞三獻君」，其二十五《世道日交喪》篇「大運
有興沒，群動爭飛奔」以及《古風》其二十一《郢客吟白雪》篇陽春
白雪不辨的世人皆有極大的相似之處，羅隱言世人善惡莫能辨，《古
風》其二十四《大車揚飛塵》篇說「世無洗耳翁，誰知堯與跖」，皆
是同意；其三，羅隱指出了辨別「真偽」的數種途徑，總結起來就是
堅持自我貞潔本性不變，與《古風》各篇中對鳳凰、松柏等的描寫更
是多有相似之處；第四，詞句例子之間的相似，羅隱所感歎李牧者，
《古風》其十四《胡關饒風沙》篇有言「李牧今不在，邊人飼豺虎」，
羅隱所說「素絲皆染，白璧投泥而不渝；黃葉並彫，青松凌霜而獨秀」
者，與《古風》其五十九「惻惻泣路歧，哀哀悲素絲」，《古風》其五
十六「獻君君按劍，懷寶空長吁」，其四十四「綠蘿紛葳蕤，繚繞松
柏枝。草木有所託，歲寒尚不移」，其十二「松柏本孤直，難為桃李
顏」相類。綜上，羅隱所論「真偽」，雖然主要目的是針對統治者施

〔註106〕〔唐〕羅隱著，潘慧惠校注《羅隱集校注》，浙江古籍出版社，2011
年，第464～465頁。

政而發，但其觀點例子大多借由李白《古風》相關篇目中提煉生發而來，二者之間是有一定關係的，李、杜「真偽」之辨延續至晚唐亦可見一斑。

四、盛唐詩壇「真偽之辨」的意義與影響

關於詩歌「真偽」的問題，在盛唐詩壇不是一場開放或盛大的辯論，其所體現的是一種內在努力識別、辨別並維護詩歌正源的意識。從「正變」到「真偽」，在這個過程中，李白對詩歌「非真」的認識成為了一個很重要的詩論轉關節點〔註107〕，李、杜在詩歌創作上所達到的高度，成就了二人在唐詩乃至整個中國古典詩歌史上獨一無二的地位，成為後世詩人學習倣法的兩大榜樣，二人在詩歌理論上先後體現出的「真偽之辨」，極大地影響了後世論詩者、學詩者和編詩者的接受方向。

李、杜二人「真偽之辨」的意義，一方面顯示了當世詩人維護詩歌正源的努力，對當時世風狡詐，詩風澆薄的現象有一定的糾正作用；另一方面，主要影響到後世宋元明清論詩、學詩、編詩者的接受方向。對於前者，由於時代久遠，資料散失，其真實效果具體如何不可確論，我們主要關注後者。值得注意的是，李杜之後，先秦詩歌「正變」關係，就變成了「正偽」，與「偽」相對的「正」往往與「真」同意，其後論詩之「正」，往往體現的是後學者尋求「真」詩的努力。嚴羽《滄浪詩話》開篇即為「辨體」，強調學詩要得其「正」，「學者須從最上乘，具正法眼」〔註108〕，批評「野狐外道」〔註109〕，嚴羽

〔註107〕李白之前，從漢魏到隋，以曹丕《典論·論文》鍾嶸《詩品》和劉勰《文心雕龍》為代表的三大詩歌理論體系中，曹丕沒有涉及「真偽」之說，鍾嶸雖言「辨彰清濁」，亦非「真偽」之論，劉勰《文心雕龍·正緯》言及「世憂文隱，好生矯誕，真雖存矣，偽亦憑焉」（劉勰著，范文瀾注《文心雕龍注》卷一，人民文學出版社，1958年，第29頁）但主要是針對緯書的真偽而言，並非針對詩歌，故不在本文所論之列，而《明詩》篇也不涉及「真偽」之說。

〔註108〕〔宋〕嚴羽著，郭紹虞校釋《滄浪詩話校釋》人民文學出版社，1961

所反覆強調的學詩者在入門之時即須辨別詩之正邪、高下的觀念，正是李、杜「真偽之辨」的延續；元好問《論詩三十首》第一首開篇即言「正體無人與細論」〔註110〕，並於其後對自我判斷中各家詩風之「正偽」進行論述，也是一種更加細緻的接受和延伸；明人詩歌整體成就不高，但其學詩過程中所顯示的「復古尋正」的努力卻是值得肯定的；清人錢謙益以杜甫「別裁偽體親風雅」為準則編詩，沈德潛繼承其觀點，編《唐詩別裁集》的種種努力〔註111〕，都是受李、杜「真偽之辨」的影響而來，朱庭珍《筱園詩話》關於編詩者如何「別裁偽體」的論述更加詳盡：

　　　　詩不可入詞曲尖巧輕倩語，不可入經書板重古奧語，不可入子史僻澀語，不可入稗官鄙俚語，不可入道學理語，不可入遊戲趣語，並一切禪語、丹經修煉語，一切殺風景語，及爛熟典故與尋常應付公家言皆在所忌，須掃而空之，所謂陳言務去也。自宋以來，如邵堯夫二程子陳白沙莊定山諸公，則以講學為詩，直是押韻語錄；其好二氏書者又以禪機丹訣為詩，直是偈語道情矣；此外講考據者以考據為詩，工詞曲者以詞曲為詩，好新穎者以冷典僻字別名瑣語入詩，好遊戲者以稗官小說方言俚諺入詩，凌夷至今，風雅掃地，有志之士急須別裁偽體，掃除羣魔，力扶大雅，上追元音，勿為左道所惑，誤入迷津，若夫已入歧途者，宜及早回頭，捐除故技，更求正道，如康崑崙之於段師，雖失之東隅，猶可救之桑榆也……〔註112〕

年，第 11 頁。

〔註109〕〔宋〕嚴羽著，郭紹虞校釋《滄浪詩話校釋》人民文學出版社，1961年，第 12 頁。

〔註110〕〔元〕元好問著，狄寶心校注《元好問詩編年校注》卷一，中華書局，2011 年，第 45 頁。

〔註111〕錢謙益、沈德潛「別裁偽體」編詩之得失，可參考：梁琳《沈德潛與錢謙益「偽體」觀的異同——兼論沈、錢「別裁」編詩的得失》（《西北師大學報》，2012 年，第 1 期）。

〔註112〕〔清〕朱庭珍《筱園詩話》卷四，清刻本，第 116 頁。

從不可入詩的十種語句類型出發，排除一切須掃去的陳言；又論述從宋代以來使詩歌「風雅掃地」的各種不當的作詩方法，比如以講學為詩，以丹訣為詩，以考據為詩，以詞曲為詩，以冷僻之語稗官野史入詩，認為這些都是錯誤的，用這種方法所作的詩都是需要別裁的「偽體」，只有《大雅》正聲才是正道，在作詩的道路上已經走向偏頗者急需立刻回頭，抽身尋正。林豪在《光緒澎湖廳志稿》的《藝文總錄》中也說：「其或構題陋，措詞俚，無關要義者，則為偽體，在別裁之列。」〔註 113〕提出了自己對「偽體」的另一種看法。可以見出，到了清代，對詩歌「真偽」的辨別和認識已經有了很詳盡的觀點和看法了，而這種認識是直承李、杜「真偽之辨」而來的。

綜上，由「真偽」這一組相對立的詩歌理念出發，我們不僅能更好地理解李白在《古風》詩中對「真」與「非真」的區別和強調，認識到其「真」意的深刻內涵，更能從另一個角度對杜甫「別裁偽體親風雅」做出別一種合理性的解讀，解決各家論述中不能互相融合的細微矛盾之處。同時，李、杜的「真偽之辨」，顯示出了中國古典詩歌從「正變」到「真偽」，詩論內核已經悄然發生了質的轉變；盛唐以李、杜為代表的詩人在詩歌理論中所做出的「真偽之辨」的努力，與當時特殊的社會背景有極大的關係，同時也影響到後世詩歌評論者、學習者和編選者的接受方向。

本章小結

這三節以《古風》中的《西嶽蓮花山》《昔我遊齊都》《搖裔雙白鷗》《大雅久不作》《醜女來效顰》《宋國梧臺東》六篇為重點，並關涉到與李白《古風》之外的其他詩歌如《夷則格上白鳩拂舞辭》的聯繫，以及對杜甫《戲為六絕句》的另外一種可能性創作背景的解讀。分別探討了《古風》中的文本錯亂問題，意象選擇問題，以及所反映

〔註113〕〔清〕林豪《光緒澎湖廳志稿》總論，清抄本，第 660 頁。

的詩論觀念問題，三者雖各自成文，卻以單篇闡釋為核心，從三個角度分別有所發明：一是《古風》各篇之間的內在關聯及所反映的某些共同問題，二是《古風》詩與李白其他詩歌之間的聯繫，三是《古風》詩與李白同時代詩人詩歌之間的關係。對《古風》單篇的解讀，自不僅限於以上三節。但以上三個問題的典型性卻是毋庸置疑的。

　　這是一種新的嘗試，從不同角度出發，以發現問題者為前提，以解決問題為目標，而不是以第四章定量分析中所得出的各代關注頻率最高的單篇詩歌為論述對象。「古風型詩」，尤以《古風》五十九首為要，在李白詩中雖然是面目特殊，風格特異的，但也不是與其他李詩完全無關，我們不能強作對比，也不能完全割裂。與李白同期其他詩人詩歌之間的聯繫就更加幽眇難尋。從內在邏輯觀念出發，或許是一個可供借鑒的方向。其他重點篇章，暫不能一一顧及者，只能以俟來日了。